陳若曦 著

慧心蓮

九歌出版社印行

前言

儘管寫作多年，我以前從不曾有過書寫佛教僧尼的念頭。

我年輕時代曾是基督教浸信會信徒，後來居住中國，雖受無神論洗腦，然而一回到西方世界又開始追求宗教信仰，這時便對佛教感到莫大的興趣。八十年代中我曾兩度上青藏高原，為的是了解喇嘛教。九十年代才開始接觸台灣佛教界的出版刊物，其中有關「人間佛教」的宗旨宣揚令我感到心有戚戚焉，相信是東亞佛教中興的希望所繫。

一九九五年閏八月，我返台定居，有幸認識了佛教學者江燦騰教授，晤談甚為相得。論及台灣的宗教活躍現象，尤其是佛教的蓬勃發展，江教授以為是很好的小說題材。我收集的佛教著作中，很多是江教授推薦或贈送的，對台灣佛教的研習上極有助益。

我很敬佩台灣比丘尼的表現，她們的成就值得大書特書，但是否小說題材卻甚感躊躇。同時也結識了許多學佛的同好，不少是穿梭於眾多新興佛教的道場之間，茫然不知所宗的，更有被神棍騙財騙色，企盼我能代鳴不平的，可歎我何德何能可堪此任，也遲遲不敢下筆。

世紀末的一場大地震改變了我的想法。生命無常，有話當說，何況這場浩劫也應該做些省思和紀錄才是。去年春天，我終於動筆寫作《慧心蓮》這部小說了。

回溯小說寫作的動機，江燦騰教授功莫大焉，謹此致謝。

陳若曦 二〇〇一年一月
台灣埔里

《慧心蓮》中主要人物

外　婆　杜阿春，是個樂天知命的老人家。

大女兒　杜美慧，法號承依。

二女兒　杜美心，早期曾汲汲於追求人間虛華的事物。

外孫女　王慧蓮，為杜美慧的女兒，出家為尼，法號勤禮。

杜美慧

一九七五年一個天高氣爽的秋日，杜美慧在淡水海光寺落髮出家。妹妹美心領著媽媽從埔里趕來觀禮。

一起落髮的還有尤純純，她無親無戚，僅有一位結拜姐姐出席典禮。

儀式在大殿舉行，住持澄清老和尚座下唯一男弟子承佐法師擔任維那，全寺六名尼僧齊來唱誦佛號。戒臘最高的承慈法師領著另一名尼師，先給美慧和純純剪髮。

幾縷長髮甫落地，淒厲的哭聲隨之而起，原來杜媽媽捨不得女兒，忍不住號啕大哭了。美心勸她，結果是兩人抱住了哭成一團。純純的結拜姐姐受到感染也抽泣起來，霎時間殿中一片悲泣之聲。

被哭聲包圍的美慧，屏氣凝神要體會「色即是空」的意義，只覺一頭烏絲成片地離她而去，頭皮感受到一股股沁心的涼意。她但願往事如斷髮隨剪而落，偏偏充塞耳殼的是媽媽傷心的呼號。

「我對不起你阿姐呀！媽媽害了她一生……」

美慧當即斂目凝神，默禱觀音菩薩保佑母親，自己不孝走上這條路，卻怨不得老人家。活到廿六歲了，經歷生子育女和婚變，儘管對人世悲觀厭倦，她誰也不怪，只嘆自己命苦。當然，比起身旁的尤純純，年方二十就在大火中失去了公婆、丈夫和襁褓裡的孩子，娘家也沒人了，隱入空門僅有一個結拜姐妹來送行，她杜美慧已經很知足了。

頭髮剪得只剩前額一小撮時，忽然剪刀離她而去。

「恭請上人！」

維那高聲唱誦後，慈眉善目的澄清老和尚隨即步出東廂的觀音殿。他接過利剪，先轉向美慧。

美慧恭順地闔上眼，期盼所有的煩憂能隨著最後一縷髮絲永遠離她而去。

「法號承依，從此六根清淨，一心向佛……」

她睜開眼，只見媽媽已經哭倒在妹妹懷中了。

一週後，十年一度的傳戒大會在樹林萬壽山的吉祥寺舉行，承依和法號承信的純純聯袂而往。戒會從開堂到圓滿長達兩個月之久，媽媽掛心家裡的兒子沒人照顧，早回埔里去了。承依接受三壇大戒時，便只有美心來觀禮。

大雄寶殿集合了來自台灣南北部的新戒，濟濟一堂，尼多僧少，大家排隊受戒。前來觀禮的親友人數更多，儀式沒開始就有人掏手帕了，相互傳染似的很快就傳出抽泣之聲。

承依和承信是最後點戒的兩個。承信緊張過度，已等得手腳冰冷，等燒戒時，一時慌張疼痛，身子不由自已地閃躲了一下，好在忍耐了沒哭出聲來。

輪到承依時，她緊閉雙目並咬緊牙關，忍受著香火炙烤皮膚的疼痛，心中不停地默誦觀音菩薩的法號。

姐妹連心，美心一見姐姐青白的頭皮上冒起煙霧，頓時痛徹心肺。她忍不住衝向前抱住她，頓腳叫喊：「姐姐你別出家了！」

承依一心忍痛，只覺天地灰濛濛，忽然被人抱住，一時氣往上湧，衝得腦門快爆裂了。爲了突圍，她狠力推開妹妹，眼前卻金光閃閃，啥也看不清了。

這時親友們的抽泣聲並未稍減，給莊嚴神聖的場面抹上一道宛如生離死別的淒慘色彩。

回到寮房時，有人送來一籃西瓜皮，據說拿來覆蓋在頭皮上可以消腫止痛。承信蓋一片還嫌不夠，又換了一片，不料傷口反而越發紅腫了，夜裡出現發燒現象。她睡不安寧，身子翻騰且囈語不斷，承依一直在旁安撫她。這樣折騰了兩夜才平靜下來。她們在吉祥寺人生地不熟，好在傳戒師和羯磨無限慈悲，讓承依留在寮房照料病人。

燒最高的夜裡，承信曾拉著承依的手說：「姐姐，我會死嗎？」

「阿彌陀佛，菩薩保佑，沒事的。」

承依柔聲安慰她，內心至爲不忍。可惜我太卑微了，她想，如果我有辦法的話，一定要免去出家人這趟火烙的肉刑。

戒會圓滿，返回海光寺的路上，承信感激地表示：「師姐，你眞像一個好媽媽！」

承依溫婉地糾正她：「師父說過，一入佛門我們就不是女人了，彼此要稱呼『師兄』才是。」

「是，師兄，」承信立即改口說，「能和你一起出家眞是我的福氣，以後我就跟定你了。」

「快別這麼說了，」承依聽了感到惶恐得很，「都是師父慈悲，我們才能有緣千里來相識嘛！」

想想師徒也是有緣。以前從來未曾上廟燒香拜佛的人，清明節被拉去參加台中一場法會，聽到師父開示時竟淚流滿面，不能自已。上人離場，她整個人竟如鐵釘找到了磁石一般，奔上前就噗通一聲跪倒在塵埃。法會結束的次日，不顧妹妹勸阻，她草草收拾了就隨師上路。

除了媽媽，師父是她最感恩的人。承信看破紅塵時，傾其所有地捐出廿萬元香油錢，而她空手入門，師父待她並無差別。

「入了佛門，」她鼓勵承信說，「一切都會好起來。」

雖是安慰之語，後來卻證實言不虛發。

海光寺座落大屯山腰，林木清幽，晨嵐夕照皆是佳景，一直是淡水人喜愛的遊憩之地。它前身爲德行堂，建於日本領台後十年，原爲王氏家族的齋教庵堂，供奉觀世音菩薩。原始庵堂僅有三開間的一條龍建築，後來爲台灣佛教龍華會人士購得產權，加建東西兩廂成三合院，改名海光寺，歸隸日本臨濟宗派下，常住的帶髮修行齋姑總在五六名上下。寺廟的主要建築是傳統閩南格局，前庭造景有池塘和假山，但山門取法日本神社的鳥居設計。

國民政府遷台後，澄清法師自蘇北輾轉渡海而來，掛單月眉山靈泉禪寺時，曾到海光寺結過緣。他後來行腳全島，努力弘法並廣結善緣，終於在一九五四年集資購下海光寺，組成管理委員會，出任住持。

澄清以為齋教非佛教，決心重建為中國佛教。他以「一佛二菩薩」的傳統方式，改為主供釋迦牟尼佛，配以迦葉和阿難尊者，而把觀音佛像移到東殿供奉，西殿闢為齋堂。另外，他在兩廂之間建了三川殿，左右門內供了四大天王，並鏟平了假山，使四合院圍起的中庭顯得開闊些。前院的池塘養了蓮花和金魚，慢慢就成了放生池。鳥居的山門也改為中式牌坊，大正元年立的大銅香爐還保留，只是「大正」已被刮掉，改為「民國」罷了。

澄清還帶來兩名大陸籍男弟子，對願意留下的齋姑進行剃度，海光寺遂成男女兩衆的道場。女衆住西廂，住持和男衆寮房分別在東廂兩頭。廿多年下來，男弟子有減無增，僅剩下承佐一名，而尼僧加了承依、承信倒有八名之多，其中承慈擔任監院。澄清年事漸高，生活上需要男僧照料，頗感人手不足，可嘆出家男衆少，他又不隨便收徒，這就難以改善男女懸殊的比例了。

承佐是軍隊撤退大陸時，臨時被拉伕來台灣的，後來因病退役了，輾轉經人介紹投到澄清門下，屬於半路出家。他為了念經才學認字，如今五十出頭也念出了中學的語文程度，平常照料師父起居，也兼管文書和財務。他一直盼望師父收個男弟子幫他分勞，不料一口氣來了兩位尼師，嘴上不說，其實相當失望。

然而承依倆受戒的次年春天，有個在高雄大崗山出家的和尚雲遊到此，與淡水夕照相看不厭，竟致流連忘返。承佐熱情招待，師徒倆幾次陪他品茗談禪，相處甚歡。十天後，他改拜澄清爲師，賜名承幽。

三十出頭的承幽是台東農家子弟，塊頭高大壯健，性情隨和勤快。他和承佐輪流照料師父的起居。監院承慈年歲也大，很高興有個男衆來分擔執事，從此把一些裝修改建和泥水工作，還有香積組採購等等，都叫他一手包攬過去。好在承幽性格活潑勤快，派遣任何執事都來者不拒，全寺老少都很歡喜。

有一次，承依和承僖倆在前院打掃。承依見池塘水色凝滯渾濁，蓮花僅剩一朶，滿池是枯枝敗葉，一片頹廢景象。她感到十分惋惜，正好大師兄路過，忍不住提醒他注意。

「師兄，好像池水的進出口堵住了，能不能麻煩承幽師兄來疏通一下？」

「當然可以了，我和他說去。」

他答應後正要離去，突然想起什麼似的又止步回頭了。

「你們知道爲什麼上人給師兄『承幽』這個法號嗎？」

他並不指望對方的回應，隨即自問自答起來。

「師父是懷念往生的師兄承佑哪！他和我一起受戒，也是寧波老鄉。」

「承佑，承幽……」承依懂了，「原來還有一段因緣哪！」

承僖年少好奇：「那個師兄生什麼病嗎？」

「那裡是生病，一場政治冤獄呀！」

原來承佑勤敏好學，曾到台南開元寺參訪，拜見過住持證光法師。證光俗名高執德，曾留學日本，是日治時代台灣有名的學問僧。台灣光復後，他受台灣佛教會推派出席在南京舉行的全國佛教大會。返台後不久發生了「二二八事變」，從此招惹嫌疑，終致誣諂，一九五五年以「中共同路人」的罪名遭到逮捕和槍決。受高氏事件牽連，承佑也難逃死劫，還讓海光寺長久籠罩於恐怖陰影之下。

「上人一再關照大家『莫問政治』，實在是經驗慘痛啊！」

承依倆唯唯稱是。

「對了，承幽說他買了很多的素食材料，但是端出來的菜並不高明，和大崗山道場的伙食簡直沒法兒比。兩位師兄上大寮去主廚個把月好嗎？看看能不能改善一下。」

承依一口答應了。平常執事都是輪值，幾天一換，大家習慣了依樣畫葫蘆，不敢也不想更動。她早發現了，無論誰接掌大寮，端出來的菜都是又鹹又油，可說一成不變。能讓她倆掌杓一個月，乘機改善一下，她自是躍躍欲試。

承依自小幫媽媽炊煮，嫁到竹山又是大家族，燒慣了大鍋菜，全寺一打僧口的伙食絲毫難不倒她。一旦掌握了素食的原則，她開始變化口味，而且粗食細作，像豆腐總是一塊塊炸過才紅燒，入口不至於寡味。她連器皿都用了心思，捨棄臉盆盛菜的陋習，改用大盤子，還常把餐後水果切片做盤邊的裝飾。她也盡量就地取材，譬如採收中庭的桂花粒來灑上綠豆湯，讓人眼鼻一振。如此一來，衆人不但口舌翻新，用膳時也覺得爽心悅目了。

有幾位女信徒長期在大寮幫忙，見承依在改善伙食，都很興奮，每天主動捐些新鮮蔬果讓她變換口味，大家也樂得分享。

擔任灶頭的尼師告訴承依：「我出家五年了，現在才發現素菜很好吃呢！」

承依不忘給師父熬些柔軟易化的湯食。她找到了一本素食譜，學用素火腿燴羹，白瓷碗上擱了幾葉碧綠的九層塔，色香俱全。老人家一嚐，還以爲吃到了兒時家鄉的鱔魚羹呢！老人喜得胃口大開，碰到來寺隨喜的老施主，更樂得留下來共享。很快，海光寺素齋好吃的名聲不脛而走了。

海光寺每月初一和十五拜大悲懺，參加法會的信徒可以在寺裡享用齋飯。以往這種齋飯常有剩餘，現在開始供不應求了。信徒喜歡來海光寺裡做法會，香火更加興旺了；香火旺了香油錢跟著水漲船高，對寺廟的財務自是大有挹注。

最得師父歡心的是承依的好學不倦。她一有空就手不釋卷地閱讀經書，很快創下圖書館借書最多的紀錄。每星期二、四上午是師父講經的時間，一部《金剛經》講了一個月，弟子還不甚了了。承依卻在這段日子裡自修了數遍《觀世音菩薩普門品》。至於各種版本的《阿含經》、《彌陀經》、《心經》、《地藏菩薩本願經》以及館藏的幾本印順法師的著作，她都讀過了。

這年年底，師父查看了借書紀錄，特地叫她來問話。

「承依，你書讀這麼快，都懂嗎？」

生性羞怯的承依十分惶恐，俯首斂眉地回答：「不懂。」

師父笑笑說：「你只有高中學歷，很難得了。有什麼問題要問師父嗎？」

她覺得自已讀經是囫圇吞棗，不懂的太多了，一時無從問起。最大的願望是，佛經的古文艱澀難懂，若能翻成口語就好了，但是這種願望說了也無濟於事，她不說也罷。然而師父慈悲，自己長這麼大也只碰到這樣一位可以無所不談的長者，她很願意說出另外的心事。

「師父，我學佛以來還沒得到解脫，反而覺得人生更苦了……怎麼才能離苦得樂呢？」

「苦和樂是相對的，」師父說，「生爲人就離不開八苦，即生、老、病、死、愛別離、怨憎會、求不得和五陰熾盛。苦只能由心感受，是不是？」

「是。」

「可見心怎麼想最重要。心造業，心受果報，如此循環不已，是不是？」

「是。弟子有嗔恨心……」

「你要學會放下，不要『我』字當頭。能把嗔恨他人之心，化作自我慚愧之心，這就叫『自轉法輪』了。」

「是。」

「你愛讀書是好事。別擔心我們廟小藏書不多，等你讀完了可以出去留學，譬如基隆的靈泉禪寺，或台北的善導寺、彌勒內院，你都可以去。」

「是。」

師父勉勵她：「你好好用功讀書，將來才能挑好如來的家業，有效地弘法利生。因緣具足的時候，我打算恢復禮拜天的學佛班。這次要分初、中和高級三個班，對外招生。到時你教初級班，承幽教中級班，都用台語上課。」

聽到教課，她十分惶恐：「師父，幽師兄可以教，但是我不行呀！」

老和尚又微微笑了：「到時我說行，你就一定行。」

「是……」她不敢違逆，神情卻頗惶然。

澄清老和尚在大陸時就是太虛大師的信徒，入主海光寺以來，一直想辦個佛學院以弘揚大師的「人生佛教」。他不諳台語，頭幾年講經還得找人翻譯，煞費周章。貼身弟子承佐也不高明，他住了三十年台灣還是一口寧波腔，偏偏自以爲「比蔣總統發音清楚」，一直不求改進。不懂方言難以和地方人士溝通，不但籌款不易，禮拜天的講經班聽衆也不踴躍，佛學院的構想更是遙遙無期了。

和尚到了晚年才省悟到弘揚佛法的瓶頸所在，決心要改弦更張。他把希望寄托在承依和承幽兩位徒兒身上。

他鼓勵承依說：「承幽雖然學歷高，但最用功精進的卻是你。俗話說『勤能補拙』，何況你的悟力還很高呢！」

有一天早齋後，他留下兩人談話，又說起了佛學教育的重要性。

「台灣的民衆太無知也太迷信了，佛教在台灣已淪爲死亡的宗教。這固然是受中國儒家『厚葬久喪』的傳統影響，但也和我們佛教叢林的不長進有關係。什麼樣的神職人員，就有什麼樣的信徒嘛！」

他說「馬祖建叢林，百丈制淸規」，叢林中的一切規矩都是百丈大師草擬的，他和俗姓馬的道一禪師建立了中國叢林。

「叢林是什麼？它是道場，也是佛教專科大學嘛！它應該提供經典、音樂、雕塑和建築等等的文化教學才是。但是今天我們很多時間和精力都耗在趕經懺，忙於爲死人服務，簡直是疲於奔命呀！」

承幽自告奮勇說：「師父，以後這方面的事，讓我們來代勞吧。」

「好。我年紀大了，以後對外的法事，你們兩位要多擔待些。」

承依點頭應承，並委婉地建議：「也許我們不再一家家地跑，改爲定期在寺裡做集體的超度法會，行嗎？」

「那當然最好，你們以後就朝這方面努力吧。」老和尙解釋說：「現在台灣經濟好轉了，我們道場並不那麼仰賴誦經拜懺的收入。我如此奔波，除了爲擴建道場累積資金外，也想傳播莊嚴的佛教喪葬儀式，免得助長了奢靡的大陣頭排場，或像『五子哭墳』之類形同鬧劇的歪風邪氣。」

師父用心如此良苦，讓兩位弟子深受感動，頻頻點頭表示認同。

老人家諄諄叮囑：「佛教中興的希望在台灣，你們這一代任重道遠，一定要努力精進才行。」

談話後不久，師父出門做法事，以往是承佐隨行，現在改讓承依和承幽跟班了。

趕了幾趟經懺，承依就能體會師父的苦衷了。原來台灣的喪葬眞是繁瑣之至，從一個人宣告死亡開始，入殮、出殯，加上頭七到滿七，合起來就有十天次要做法事，若再加上對年和三年各一次，足足有十二天次之多！喪家好面子的話，還講究僧侶越多越好，難怪上人說是「疲於奔命」呢！

紅包當然是好賺，念個把小時的經，就有幾百元收入；老和尙出馬還拿雙份。承依拿了紅包都轉手交給上人，自己不取分毫。她靠監院每月發的三百元「單金」打發必需品，經常手頭拮据，但以爲出家理當如此，並不以爲苦。

經懺雖然繁瑣，卻讓她學會思考，譬如台灣怕鬼的文化。她自己從小就怕鬼，不敢一個人獨處，然而多做法事後，竟不再畏懼了。有時爲往生者助念「阿彌陀佛」聖號時，眼見對方的臉容由緊繃而漸趨和緩，她知道這人絕不可能做鬼去的。

她把自己的想法告訴師父，老人家呵呵笑了。

「根據六道輪迴，你說吧，人往生後，墮入惡鬼道的機會有多少？」

她回答：「只有六分之一的機會。」

「對呀！可見怕鬼是無明心作祟。承依，你可以從經懺課畢業了，以後就代替師父應卯去吧。」

她正要謙虛和推託，上人卻轉身就走，不給她抗辯的機會。無奈，以後眞的就不時要代替師父，和承幽一起出門了。

承僖和承依同時進門，非常羨慕承依升遷快，卻並不妒忌；打從剃度起，她對承依就有一份孺慕之情。師父威嚴令人敬畏，但承依法相莊嚴美麗，待人又溫柔，她自小失怙，下意識裡是認承依做母親了。

其他的尼僧多少覺得師父偏心。道場講究師承先後和戒臘高低，一切按步就班；破格提升當然有，但是拔擢太快總是令人側目。然而出家講修行，儘管心裡吃味，也沒人敢公然傷了和氣。

承慈是齋堂時代唯一留下來的，受過完整的日文佛學教育，跟隨師父念經才開始學習中文。語言受限制，住持又刻意革除日本佛教的影響，加上尼眾地位低下的佛門陋習，凡此種種都使承慈的學養難有發揮之地。她的職位雖是僅次於住持的監院，但實際執掌香積和雜務，財務大權落到承佐手上，她卻並不計較。已到知命之年的人，經歷過改朝換代，尤其目睹同門師兄無端罹難的場面，據說從此噤若寒蟬。除了誦經和默默做事，她平常不愛說話。承依剛到寺裡時，有事請教，她都一問三不答，幾乎懷疑她非聾即啞。

每聽到有人讚美承依的炊煮可口，承慈會淡淡地提醒一句：「出家人修心不修口。」

承依對這位師兄著實敬畏有加。

承佐是上人的貼身秘書，一向大權在握，自認有責任督導新進門者。

「上人教導『生活禪』，要我們在日常瑣事中領會禪機，磨練身心。」

基於上述教導，承佐會在出坡時加派承依一些勞務。寺產包括一片山坡地，五十年代生活艱苦，上人讓弟子們開墾了一塊菜地，也種了幾株果樹。原先一些荷鋤耙地的活兒都有承佐的份，現在改分攤到承依和承幽身上。承幽忙於跑外務，無暇農作，他分內的事也等於加到承依肩上了。

承依逆來順受，並不以爲苦，常常刨土刨到手掌起泡也不吭聲。承僖心疼師兄，不時抽空過來幫忙。她出身農家，勤快賣力但不事精耕細作，譬如鋤草就大而化之，承依常要再來耙梳一遍。

承僖勸她：「差不多就算了，草是永遠除不盡的呀！」

承依卻說：「除草是除雜念，總要盡其在我。」

承僖肅然起敬，從此耕耘如耕心了。

一個陽光普照的午後，澄清老和尚拄杖步行到後山來，見到菜地一片翠綠，方整精緻如綠毯，四周桃花盛開，承依倆正彎腰摘擷豌豆苗，一幅農家樂的景象。老人倚杖而觀，一臉的欣慰和感動。

「聽說你們把菜地整得像花園，果然是好。」

師徒見過禮後，澄清指著地角一株兩米高的樹，不無驚喜地說：「這是我十年前種的香椿苗，一眨眼長這麼高了！它的嫩葉搗碎了拌油炒，可是素食裡的上品呢！承依，你摘一點做做看。」

承依恭謹地答應了。

那晚，她給師父端去一碗香椿醬拌麵線。老人家吃得很歡喜，吩咐她多做一些，好讓常住們分享這道美味。發現許多人喜愛這道菜後，承依請示大師兄，可否乘著春來雨水多，嚐試插枝，好多種幾株香椿。

承佐並不欣賞香椿醬的特殊風味，當下表示：「你想吃，你就去種唄！可別佔用了菜地才行。」

承依很高興，決定利用午休的時間去墾荒。

承幽聽說承依要種香椿，跑來向她遊說：「我們廟後山坡上的涼亭，西曬得厲害，也種幾棵樹好嗎？」

「種樹當然好。要種什麼樹呢？」

「台灣欒樹怎麼樣？」

「好呀！」承依說：「我們埔里人叫它五色木，是我們的鎮樹呢！」

「可不，花苞是碧綠色，開黃色花，然後結成一串串小燈泡似的紅果，果實乾了呈褐色，加上墨綠的樹葉，果然是一棵樹五種顏色，水噹噹耶！我們台東人拿它做行道樹，秋天到了，看去像一片花海哪！」

承依越聽越開心了：「要不要我找大師兄去批示？」

「別麻煩他了，我掏錢買樹苗去。」

次日，他找花匠運來兩棵一米高欒樹，在涼亭西側，一株桂花樹旁刨了土坑種下。

「承依師兄，以後就勞駕你澆水，好嗎？」

她滿口答應。

受到承幽劍及履及的精神鼓舞，她次日過堂後就去開墾香椿苗圃。

承信瞌睡連連，卻決心犧牲睡眠去陪她。

三月的驕陽相當猛烈，刨了一陣地，兩人已累得滿頭大汗，便坐到樹蔭下歇息喝水。承信喝兩口就打起哈欠了。承依想起夜裡聽到她的哭聲，不禁關懷起來。

「你昨夜是不是做惡夢了？」

承信一聽，慌張地瞥了四周一眼，這才小聲承認：「我夢到死去的孩子，又看到屋子起火，想救他偏偏邁不開腳步，哎呀，急得心快跳出嘴來了……對不起啦，師兄，打擾你的睡眠了。」

沒說完她已眼眶泛紅，鼻翼一搧一搧想哭了。

承依連忙一手搭上她肩，柔聲勸慰說：「你要想開才好，須知生死有命，孩子早走也是早解脫，安知不是福報呢？」

承信不能否認，卻未釋懷，只是佩服地望了她一眼。一起出家，人家修行就是比較精進，對生死看得如此超脫。聽說她有兒有女，卻能斷然割捨，換了自己是絕對辦不到。同住寮房一年了，朝夕相處十分親近，承依溫和隨緣，但對往事守口如瓶，不免引人遐想。

承信一思及承依的身世，自己的心事立即拋到九霄雲外去了。

「師兄，你就不想孩子嗎？」

承依一臉黯然。師父有戒在先，一旦進入佛門就是斬斷俗緣，不許回家，不要牽掛門檻外的事，包括生身父母和親生骨肉。她儘管白天壓抑不想，夜裡何嘗不是思念和夢想呢？離開兒女的頭一年最是難熬，閉了眼彷彿就傳來女兒慧蓮的吶喊：「媽媽，媽媽，你爲什麼不要我了？」

她常常是想急了就咬指甲，或者咬被角，再不就像鴕鳥一樣把臉埋到被窩裡去。婚姻失敗，有家歸不得，佛門是她最後一個救生圈，她不敢大意。

如今放眼四周，青天白雲，林木幽幽，大地也進入午休般靜悄悄。她受承僖感染，這時也想敞開胸懷，散發一點層層積壓的鬱悶了。

「我有個九歲的女兒，兒子也七歲了……」

承僖有些吃驚：「女兒這麼大了！你幾歲做媽媽的？」

「我高中畢業就匆匆結婚，所以……」

她不想也不願解釋早婚的因由，惦念的是兒女的現狀。

「以前孩子跟祖父母住，我還放心些。自從他們的爸爸再婚以後，我就不知道後母對他們如何了。」

「師兄，你兒女雙全，」承僖有些困惑，「怎麼捨得離婚呢？」

承依喟然長嘆。

「不是我要離，而是我被蒙在鼓裡，讓人給偷偷離掉了！」

見承僖一臉茫然，她只得解釋周全些。爲了逃避虐待成性的丈夫，她把孩子交給婆婆，自己跑去台中和妹妹同住，不時回去探望孩子。丈夫卻轉去高雄工作，也悄悄把戶口遷去，同時向法院訴請離異，理由是她不履行同居義務。法院一封封通知書都寄到新戶籍地，她當然收不到，期限一到就自動判決離婚了。

承僖聽了既爲她心疼，也嘖嘖稱奇。

「這個男的眼睛長到哪裡去了？你這樣溫柔美麗，竟不知愛惜呀！」

承依苦笑了：「彼此沒緣吧……不對，是孽緣，命中注定逃不掉。他迷戀酒家女，婚後一個接一個就沒曾斷過。聽說續絃的也是個酒家女。」

「唉，敢是『紅顏薄命』呀，好女偏嫁了個薄倖郎！」

承僖說著，耳中彷彿又響起了剃度時杜媽媽「害了她一生」的哭訴，她相信承依歹命是誤聽了媒妁之言。

「是不是父母作的主……咦，剃度時你爸爸沒來呀？」

承依聽到「爸爸」，耳膜喀嚓一下，如同收音機斷電，頓時隔絕了聲響。

「嗄，你爸爸肯定捨不得你，是不是？」

經不起追問，她乾脆說：「我沒有爸爸！」

「原來你是孤兒呀！」

承信更加同情了，忍不住惺惺相惜地伸手環抱起對方來了。

孤兒？承依聽到這個名詞有些發楞。原來沒有爸爸就叫孤兒，她算不算是孤兒呢？出家人謹守五戒：不殺生、不打誑語、不偷盜、不邪淫和不喝酒。承依想想，自己和美心是媽媽未婚所生，身分證上註明「父不詳」，孤兒一詞不算誑語才對。父親據說是南投大地主，外公在他的香蕉園裡打工，因爲門戶不對，加上大婦善妒，連社會允許的細姨地位都沒有。美心生下不久，父親急病去世，母女三人連最後一面都見不到，遑論認祖歸宗了。後來媽媽爲了生活，經人介紹嫁給大陸來台的軍人，但繼父終非生父，她還是一個孤兒。

然而不管是生父或繼父，承依都不願談起。

「午休時間過了吧？我們快回去！」

她說著霍地站起身，用手撣撣灰布長褲，隨即扛起鋤頭，大踏步地走了。

中秋節前，杜媽媽在美心陪伴下，上海光寺看女兒來了。

美心這天打扮得光鮮亮麗，天生就明眉皓齒，雖是淡施脂粉，但黑髮燙得蓬鬆卷曲，加上一身是紫，衫裙和皮包皮鞋都是紫色，襯得白皮膚更加粉嫩如雪，明艷照人。她一出現，宛如給灰瓦灰簷的寺廟投下一把火，所到之處都引起或明或暗的騷動。姐妹倆站在一起，一個蒼白嚴肅，一個艷若桃李，難怪引來寺裡上下的注目禮。

母女倆在寺內用午膳，然後承依把她們帶到寺後的涼亭去說話。

一落座，她沉下臉問妹妹：「你來看我，何必打扮得像個電影明星呢？」

美心吃吃笑了，未開口就被媽媽搶去了話頭。

「美慧呀……對不起，現在是承依師父了……你妹妹眞的是電影明星耶！」

承依爲之一愣。美心多年在酒廊上班，煙酒不離口，一身脂粉氣息曾讓姐姐傷透了腦筋。好不容易前年才轉業當了時裝模特兒，以爲生活會漸上軌道，再相機嫁個好人家，誰知又混進影藝界去了。

「沒想到吧，姐姐？」

媽媽趕緊糾正女兒：「該叫師父嘛！」

「哦，姐姐師父。」

對這個從小就愛頑皮搗蛋的妹妹，承依莫可奈何，只當沒聽見。

媽媽說：「是吳先生居中牽的線，他認識中視的導播嘛！」

媽媽言下有些得意，承依只覺逆耳。

吳先生是省政府一名科長，偶然和人上酒廊認識了美心，從此緊追不捨。可嘆妹妹不知自愛，明知他有家有室，竟然飛蛾撲火般投進人家的懷抱，前年甚至答應男的爲她別築香巢。姐姐說破了嘴，後來氣得都不想理她了。

每次姐姐說重一點，美心就不服氣地回嘴說：「你自己沒戀愛過，當然不懂得什麼叫愛情嘛！」

對於承依，妹妹的墮落猶如駱駝身上最後一根稻草，把她壓倒了。她當年憤而出家，有一半也是出於對妹妹的失望。偏偏美心什麼時候都是我行我素，抱著「船到橋頭自然直」的信念，一路也都順心如意似的。

「我以前就想過，有機會當電影明星過過癮才好，果然機會就來了！」美心興奮地告訴她，「電影公司到台中出外景，臨時有個演員生病了，急著找替身。吳先生透過中視導播去推薦我，結果試了一次鏡，人家都說不錯呢！我剛剛簽了約，過幾天要上台北拍片子啦！」

美心說得眉飛色舞，承依不知是否該祝賀她。姓吳的讓美心跳出酒廊，如今又從模特兒轉進影劇界，顯然是母女眼中的大恩人了。至於他坐享齊人之福，讓美心淪爲受人鄙視的「第三者」，她們卻不知計較後果。影藝圈以是非多和人情險惡著稱，承依想想不但歡喜不了，還著實爲妹妹擔憂。

「我從埔里到淡水，要輾轉坐一天車子，太遠了。」媽媽說完就叮嚀美心：「你搬到台北後，要常來看姐姐喔！」

美心答應得很爽快：「那是當然！」

「媽媽要不要搬到台北和妹妹住呢？」承依想到比較實際的問題。「台北學校好，弟弟念書也方便些。」

「我不住台北！」媽媽堅決的口氣就像台北和她有仇似的。「繼光是埔里中學的籃球校隊，他才捨不得離開呢！」

「不要緊，」美心說，「李繼光有志考台大，到時還能不住台北嗎？我先到台北建立橋頭堡，以後接弟弟來，到時媽媽鐵定跟來！」

「我不住台北！」老媽毫無妥協之意。

談了一回家常，媽媽和美心不敢多坐，當天要趕回南投。分手前，兩人都到大雄寶殿添香油錢。承依送母妹出山門時，老媽從懷裡掏出一個紅包，硬塞進女兒的手中。

「出家人儘管吃穿不愁，還是有用錢的時候。」

承依不忍心拿媽媽的錢，但月例單金實在微薄，也就勉強收下了。

美心忽然想起什麼，連忙打開皮包，掏出一個包紙揉得皺皺的，但內容顯然厚實的紅包。

「我差點忘了，爸爸托我給你一個紅包。」

老媽聽了，不屑地哼一聲說：「這個老不死的！」

等瞥見承依一臉木然，老人家連忙拉長了臉喝斥小女兒：「你把這個紅包給老頭子退回去！」

美心一楞，見姐姐雙手袖在身後，毫無承接的意思，也只好收回紅包。

「姐姐師父，我會常來看你。」

承依雙手合十說：「阿彌陀佛，小廟接待不了大明星。」

「阿彌陀佛！哪有出家就六親不認的道理？」美心得理不饒人，還管自笑嘻嘻地。「好啦，我化裝成乞丐，上門托缽得啦！」

承依笑而不答，望望頭上的驕陽，管自對媽媽說：「天熱呢，媽媽慢走，小心中暑。」

媽媽眼眶紅了，扶著美心下坡去，一步一回首，直到轉彎不見爲止。

當晚打板後，承信說：「你妹妹好漂亮呀！大家都說，她很有電影明星的架式！」

承依說：「她是想當明星。」

「那很好啊！」

「有什麼好？色即是空，一個看破紅塵了，一個卻千方百計要跳進去，眞是業報呀！」

「她可不像是福薄的人。師兄也是有福報的人，不但有媽媽，還有這麼漂亮的妹妹來看你，多好！」

承依想到她的家人葬身火窟，當下就不做聲了。

然而美心卻一去無消息。秋去冬來，聯繫家人消息的永遠是弟弟的書信。

這個中學生先是奉母親之命給大姐寫家書，後來寫出興趣來了，不時送來山城埔里的消息，也透過紙筆傳達了自己的思想感受。

李繼光三歲時大姐出嫁就沒回過娘家，進小學時陪媽媽去竹山探望過一次，留下一副憔悴村婦的影象。幾年來姐弟未再晤面，影像也逐漸淡化，如今又凝聚成白衣大士的模樣了。於是他下筆時就像祈禱神明似的，不時要告解一下心事，而且越寫越無拘束。

承依是每信必覆，不外勸告弟弟待人忍讓，用心讀書。

「大姐，有個同學幾何考試拿鴨蛋，把全班分數拉下來了，老師打得他手心出血，好可憐呀！老師認爲他沒有交錢補習才考不好，可是也有人補習還考壞的，他就不打，好偏心喔！我們背後都喊他超級惡煞！」

「光弟，老師打學生都是爲學生好。實在管教太過分了，不妨讓家長出面去說，罵人是造業，背後罵人更不好，而且於事無補。」

「爸爸上個禮拜回台北去了，他在埔里時還是住到關伯伯家裡。聽說爸爸中了愛國獎券，我問他，他沒說中也沒說不中，好神秘呀！爸爸好像也買股票，但他叫我不要亂講，尤其不可以對媽媽說。買股票不好嗎？」

「我沒買過愛國獎券，也不懂股票，不過爸爸叮嚀的話，你要聽才是。」

「大姐，我不知道媽媽信的是哪國的佛教，也許是道教吧？她吃素又念經，拜好多的佛，有什麼中華聖母和孔子，還提過耶穌呢……媽媽信了這個教以後，爸爸就不回家了，一定是爸爸討厭她信教。我看來看去只有一個好處，那就是媽媽不再到處求神改運了。記得小時候，她經常打聽哪裡的神和卦靈驗，集集那棵老樟樹就拜過好幾回呢！她這樣迷信，很容易給人騙去錢。爸爸每月寄來的錢，她用不完的都當香油錢送掉了，好可惜呀！」

「光弟，媽媽信教是求平安，最重要是求心安，錢只要夠家用，其他的拿去寺廟供養也是積德，你不要心疼。媽媽只你一個兒子，她做什麼都是爲你好，你別操心錢的事，專心念書就好。」

「台灣將來怎麼樣都不知道，我們光念書有什麼用呢？一退出聯合國，日本也和我們斷交了，無情無義，我們在世界上成了孤兒似的，將來『中華民國』還怎麼存在……」

「政治是大人的事，你現在還小，只管念好書，別管國家大事了。佛經上說諸行無常，萬物變化到頭來一場空，我相信政治上也是這樣。我的恩師一再告誡：政治碰不得。光弟，切記不要去碰政治才好。」

「我眞想找個山洞練功去，中國的內功和武術蓋世無雙耶！我們埔里得天獨厚，四周都是山，我若練出一門獨家功夫來，也可以像史艷文那樣走遍天下去行俠仗義了。」

「史艷文那樣的武俠並不是眞有其人，你不要整天迷著他。」

「大姐，其實『雲州大儒俠』那伙人，我並不特別喜愛史艷文。我最佩服藏鏡人，這個打不死的壞傢伙才了不起呢！我們班上有一次表決，百分之八十的男生是藏鏡人的死忠！」

「光弟，那些打不死的、會飛簷走壁或口吐劍光的人，除了在小說裡，現實世界又哪裡看得到呢？你好像喜歡活在幻想的世界裡，也許你將來適合讀文學，我們家出一個詩人或小說家也是好事。」

「我對書本沒興趣，爲什麼要把我綑在學校裡呢？每天補習、考試，考進高中又考進大學，那樣一路『烤』個沒完沒了，幹嘛呀？完全是浪費生命！」

「光弟，我眞是羨慕你能安心讀書，不愁柴米油鹽的事。你知道我念一點書有多艱難嗎？我們這裡清晨四點打板上早課，我都是三點半悄悄起身，到盥洗室（那裡通宵亮著燈）讀經。上人慈悲，中午讓大家休息兩小時之久，我常常只瞇一下眼，然後就起來念書。只要有一點空，我都不浪費。讀經做什麼？我想了解佛教，了解一切宗教。我看到許多不合理的事，但是我不知道它怎麼形成的。如果我明白透徹了，我可能會安心接受，或者想辦法改善它。海光寺的藏書眼看就讀光了，上人曾說讓我去留學，但是老人家近來身體很弱，我不敢提起。現在是第四遍讀《金剛經》了，還覺得有收穫。光弟，你試試靜下心來念書，你會發現讀書有如倒吃甘蔗，越來越甜呢！」

弟弟多少聽進了姐姐的勸告，以後來信都表示成績有進步，數理科目尤其出色。

澄清老和尚的健康確有滑坡現象。有一天帶完早課，他忽然感到心跳紊亂，顏面緊繃，身子搖搖欲墜。承幽搶步上前，一把抱住了師父。承佐連忙過來，兩人扶了師父去禪房，讓老人家躺下休息。尼師們關切地擠在門外探頭探腦，個個憂形於色。

上人一再揮手表示：「我沒事的，你們走吧。」然而他掙扎著卻起不了身。

承依焦急地在門外提醒一句：「趕快帶師父看醫生吧！」

「嗯，先打電話問問宋施主，上人有病都找他的。」

承佐說著，出去打電話向宋醫生請教。醫生吩咐病人躺著別動，當天中午就上山來探視了。

「師父，你八成是太勞累了，有事讓手給徒弟做嘛！」

宋醫生一面寬慰病人，一面聽筒套上了耳朵。他仔細聽了一回上人的心臟後，臉色略顯凝重。

「還好是小中風，休息一陣應該就沒事了，但是以後可勞累不得。」

老和尚遵從醫囑，果眞下放並重新安排執事。採購仍由承幽負責，經懺交給承依負責去統籌輪值，每月兩次拜經由承佐主持，上人只一旁督導。每週照常講經，春節後開始的《妙法蓮華經玄義》，養病中也沒短少一堂，反而督促更嚴了。

「你們要寫讀經心得。」

大家都怕寫心得，尤其是承幽。

承幽是常住裡學歷最高的，他讀了兩年師範大學，因爲父親生病而輟學回家，專心侍奉父親。不料父親纏綿病榻五年多後，還是撒手而去。經歷了至親骨肉人老病死的折磨，他決心出家了脫生死之關，從此沒再回過學校了。

「我有一個毛病，」他向承依坦白，「我從小不愛念書。經書比起來更像天書，讀兩頁就想打瞌睡了。」

要交讀經報告的前夕，他總是愁眉苦臉地問她：「你有什麼心得沒有？」

承依發現學歷和禪悟畫不上等號，倒是十分同情他，總是有求必應，慷慨地把自己的心得報告借他參考。她只叮嚀一聲：「小心師父說你抄襲哦！」

老和尚似乎明察秋毫，他給承依的評語是「優」，給承幽的不過「可」字。他從不說破，只在講經時提了一句：「經書從來是開卷有益，哪怕抄寫一遍也有功德。」

阿彌陀佛，承幽事後向承依表示，老人家眞是寬大爲懷。

豈止寬大，承幽後來的遭遇，讓兩人都體會到師父心胸的寬廣和慈悲。

這年端午節後，一個炎炎夏日的午後，有位女客來寺裡參拜。拈香後，她踏出大殿，站在門廊下對著左右廂房來回張望。

大殿西南角設有桌椅，掛了「知客處」牌子，由尼師坐鎮輪值，提供香燭和免費經書。這天正好是承依當值，看到香客舉止不尋常，便出門來合十問訊。

「這位居士要找什麼人嗎？」

女客也合十回禮：「請問師父，你們這裡有一位台東來的和尚嗎？」

承依心想，莫非找承幽師兄，但她還是小心地求證：「居士知道他上下怎麼稱呼嗎？」

客人搖搖頭說：「不知道，不過他本名叫洪義雄。」

「我們這兒只有一位台東來的師兄，法號承幽。」

「是不是高高壯壯的？」女客用手比劃了一下高矮和大小。

「承幽師父以前在高雄出家……」

「那就對了！」客人驚喜交加，急忙打聽：「他在哪裡？我要見他！」

承依慎重地問她：「居士找他有事嗎？」

「有呀！我也是台東人，我是他……」

說到這裡客人忽然打住了，紅潮湧上臉頰，不勝嬌羞狀。然而猶豫了片刻，她到底鼓起勇氣又說下去。

「我是他的未婚妻。」

承依大吃一驚。儘管先後進門，兩人也比較談得來，但她從未打聽承幽的俗家姓名和身世，萬萬沒想到會跑出一個「未婚妻」來。看這位女子，年紀約略二十出頭，而承幽出家好幾年了，這是何時訂的親呢？

事情來得蹊蹺，承依感到有義務護衛同門師兄，不讓他受到無謂的干擾。

「請居士回去吧，他已經出家了。」

「我知道，師父，您就行行好，讓我見他一面吧！」女的說著雙眸閃閃發光，一臉熱烈急切的神情。心軟的承依，一時猶豫不決了。

「師父一定要行個方便，讓我見義雄一面，他媽媽想他想得一病不起……」師兄還有母親在世！承依更加驚訝了。天大地大，但哪裡比得上父母的恩大呢？

「你到會客室坐坐，我幫你去找人。」

「多謝師父了！」

女子雙手合十，感激不盡地連連拜謝著。

承依把客人引到東廂的會客室，獻上了香茗。

男眾寮房在東廂盡頭，鄰近三川殿。她站在走廊中掛著「女賓止步」的牌子下，遠遠喊了一聲：「承佐師兄。」

須臾，承佐的頭探出門外來。

「打擾了，師兄。有位香客找承幽師兄，說是他台東的同鄉。」

「同鄉呀……有什麼事嗎？」

「說是師兄的母親病了。」

「哦……你等一等，我喊他。」

不久，睡眼惺忪的承幽邊拉扯著長衫，慌慌張張地出門來。他跟著承依邊走邊問：「我媽媽派人找我，這人是誰呀？」

承依一聽，一顆忐忑不安的心才似大石落了地。

她刻意模糊了訪客的性別，心裡直念叨著是否犯了不打誑語的僧戒，以及嚴防男女的比丘尼戒律。如今大師兄又隱去母親生病一節，明顯是不想嚇著承幽了，可見人同此心，都有一份善良意願。本來嘛，放下屠刀尚且能夠成佛，何況只是多年前的一場婚約，她相信以平常心看待是不犯戒的。

「師兄，你的同鄉在會客室等你。」

她有意迴避，便回到大殿，拿了抹布把纖塵不染的供桌和法器又細細揩拭一番，把供佛的花卉重新整理了一遍。她做事專心，一下子就忘了會客室的人，他們幾時離開也沒看到。

黃昏時刻，僧尼都到齋堂用藥石，卻不見了承幽的影子。

她和承佐互望了一眼，儘管滿腹狐疑，卻都默默地埋頭用餐。師父病後就單獨在方丈室用餐了，一時也沒人在意承幽缺席的事。

第二天早課仍不見他的影踪。早餐後承依即被師父傳去問話。在場的還有大師兄。

「昨天究竟誰找承幽來了？你說說。」

她不敢隱瞞：「一位女居士，她說是師兄的同鄉，又說師兄的母親因爲想念兒子而一病不起。」

「這位女居士是誰，承幽的親戚嗎？」

「她說……以前是他未婚妻。」

老和尚和承佐一聽，不禁面面相覷。

承佐驚訝之餘，更加面露不滿之色。他詰問承依：「師兄，你開始怎麼不說客人是他未婚妻呢？」

承依愧疚地俯首不語。

「算了，業報要來，躲也躲不掉的。」師父的語氣倒是不慍不火，接著問承依：「客人還說些什麼沒有？」

承依據實回答：「沒有了，師父。」

老和尚揮揮手說：「那好，你下去吧。」

上人沒有責備，但承依自覺慚愧，因而惶惶不安，總以爲師兄的出軌和自己的疏忽有關。出於懺悔，她安單前誦讀了一遍比丘尼恃奉比丘的「八敬法」，發誓要約束自己的言行。

承信很快就把師兄的失踪和承依的不安聯想在一起了。她一再追問，承依卻不便多說。

「幽師兄有私事下山去了，他會回來的。」

兩天後，承幽果真回到山上來。他去了哪兒?本人先就守口如瓶。

次日正逢每半月必定舉行一次的「布薩」日，這天闔寺上下一起開會，互相檢討半月來是否守戒，以自我批評爲主，但也可以批評他人。

師父領著弟子拜佛並誦完戒律後，衆人的目光都瞟向承幽，全等著聽他自己坦白交待。承幽在目光壓力下承認自己急於探望母病，犯了不告而別的錯誤，甘願領罰，但細節全略而不提。

大家頗爲失望。承佐有意追問，不料老和尚對承幽的語焉不詳並不追究，竟然順著他的意思罰閉關三天而已。

澄清雖然重視戒律，但一向慈悲，「禁閉」也者是備而不用，因而關房就是方丈隔壁的書房，不外叫犯錯的人閉門讀書兼思過的意思。禁閉室和會客室隔著一條走道，它房門外鎖，僅在面向走道的窗戶開個小洞，大小方便遞送食物而已。給師父送飯者順便也給關房送飯，氣氛並不嚴厲。

閉關的第二天，正好輪到承依送藥石。她覺得熱了一整天，師兄高頭大馬，一定十分口渴，特別爲他多準備了一瓶冷開水。推開洞門送進食物時，房內人似有感覺，立即撲到洞口，低聲招呼她。

「承依師兄嗎？對不起，我給你添麻煩了。」

她也低聲回應：「沒有的事……你媽媽的病呢？」

他嘆口氣說：「一言難盡，我以後告訴依師兄吧。」

「是，你多保重。」

離開後，她記起有條不能和異性共立耳語的比丘尼戒律，心裡不禁叫苦。我莫非又犯了戒？承幽師兄，你果眞是給我添麻煩呀！無奈，安單前她又翻開比丘尼戒律，認眞誦讀了一遍。

尼師都對承幽的事充滿了好奇，但是知情者不作聲，大家都沒輒。甚至他步出關房後，也沒人敢直接打聽。人人都感覺承幽變了，以往活潑爽朗且笑口常開的人，如今靜默多了，等閒不開口。

承僖沒人處曾問了一聲：「師兄敢情有心事？」

「有心事嗎？」承依也只含糊以應：「有心事就該找師父告解去。」

眞的，承幽沒找她談話，自己也不明白他的底細。

到了中元節，配合民間大拜拜普渡陰間好兄弟，海光寺也舉行布施和祈福法會。事實上，鄰近的基隆以中元祭聞名全省，從十四夜放水燈開始，十五日下午有普渡和民俗表演，夜半更有跳鍾馗送孤等，吸去了大量的人潮。海光寺卻有大護法陳金元居士獨力捐獻齋供，並請到縣議會的議員前來拈香祈福，因而十五日早上聚集了不少信徒。於是唱念、拜經和開齋等，從準備到結束，全寺忙了好幾天。

事後上人停一堂課，也是暑熱難當，體恤弟子辛勞，讓大家歇息一天。

這天，尼衆早齋後都回寮房補睡去了，只有承依捧了本經書上涼亭。

涼亭座落山坡上，水泥砌的樑柱，屋頂覆以茅草，石桌石椅，樸素中另有一番雅緻。春天種的欒樹已長得枝葉茂盛，並掛了許多碧綠的花苞，桂花開始吐芽，風過處幽香撲鼻而來，添上蟬聲彼落此起，暑意之濃簡直賽過了陳年佳釀。承依讀了兩頁經書，眼睛不知不覺就闔上了。

「依師兄，我就知道你在這裡用功呢！」

聽聲就知是承幽，睜眼一看，果然是他，正搖著一把蒲扇走過來。

「我從來是考試才念書，眞佩服依師兄這麼勤奮精進。」

承依連忙放下書，起身向師兄行禮。

「師兄沒去休息呀？」

「沒有。我雖然不愛讀書，也沒有白天睡大覺的習慣。依師兄快請坐吧。」

兩人隔著石桌對面而坐。承幽先爲上次事件而連累她，再道歉一次。

「師父慈悲，並沒有說我什麼。」她耿耿於懷的是他母親的病情。「你媽媽的病，好了吧？」

他歉意地笑笑說：「媽媽健康得很，哪有什麼病！」

承依一楞：「令堂沒病……那麼所謂『未婚妻』也是揑造的咯？」

「不，不，未婚妻倒眞有其事。」

承依一頭霧水，經過再三解釋，才釐清了來龍去脈。

原來承幽進師大時，即和一位女同學墜入愛河，雙方訂下海誓山盟。大二時父親突然生病，且來勢洶洶。他生性孝順，當即停下學業，回鄉去奉侍湯藥。老人病情好好壞壞，後來轉爲癌症，竟纏綿床榻五年之久。他是長子，父母關切他的終身大事，早就屬意鄰家女麗珠了。麗珠小他七歲，印象中是個拖鼻涕的女娃娃，儘管「黃毛丫頭十八變」，如今出落得美麗端莊，但他情有獨鍾，實在無法改變初衷。深知父母反對自由戀愛，他一直沒膽量提起師大的女友。

父親往生前一年，母親希望按台灣習俗，讓兒子娶進麗珠來爲老爸「沖喜」。事到臨頭，他不得已才供出自己的戀情，並說女友分配到羅東教中學，一直等著和他結婚。不料老人非但不諒解，還堅持他和麗珠訂親，否則「死不瞑目」。母親更是哭哭啼啼，百般指責他不孝。出於無奈，他只好答應先訂婚，於是給鄰家送去了一百盒喜餅。

辦完父親的喪禮後，他正想著怎麼給自已解套，這時竟傳來女友在蘇花公路被砂石車撞死的惡耗。自稱懦弱成性的人，不知如何應付這雙重打擊，他終於留書出走，跑去高雄出家了。

兩年後，母親找來道場了，吵著要他還俗回家，迎親以傳宗接代。不管他怎麼解釋，老娘就是不諒解。折騰兩年後，他只得遠走高飛，一路雲遊，最後在寶島最北端的淡水落腳了。

聽到這裡，承依恍然大悟：「幽師兄出家，原來是爲了逃婚呀！」

承幽咧嘴苦笑，滿臉是無奈的神色。

「台灣就這麼一點大，能逃到哪裡去呀！這不又找上門來了？」

「還是勸你還俗去結婚嗎？」

承幽只是長嘆一聲，等於默認了。

玩笑歸玩笑，承依其實很同情他的遭遇。

「難為師兄了，經歷如此坎坷，只可惜我們無法為你分憂。」

「依師兄肯聽我傾訴，感恩不盡了。我無法在『布薩』時坦白認罪，內心可是天人交戰呀！眞的，我非得找個人懺悔不可！」

她直覺感到自己不該是懺悔的對象。

「幽師兄，你的事要跟師父說才是。」

「嗯，我說了大部份。」

她不知道「大部份」是哪些內容，也不便追問。尤其是，他出走的這兩天，究竟去了哪裡？做了些什麼？也許除了上人，對大家都是個謎吧。

「上人讓我持咒念經，說這些都是前世的孽緣，都是業報，可是我……」

是了，她知道，師兄語氣的猶疑和近日來臉色的陰沉，在在說明他還有心結未解。

「幽師兄，你再找師父談談嘛！」

「我寧可先和你說一說。」

她受寵若驚地「哦」了一聲，趕緊坐直身子，斂容以待。

「麗珠說她夢到我的大學女友阿翠，阿翠叫她來找我，讓我和她結婚。」

他見承依沒啥反應，連忙解釋：「你知道，阿翠的小名是我叫出來的，這個稱呼，我從沒告訴過別人，包括我父母在內。」

這一說，承依才覺得故事有點玄了，不禁豎起耳朵，興趣盎然地聽下去。

「阿翠生前沒來過我台東的家，當然也沒見過我家任何人，可是她說起來好像住過我家，一切瞭若指掌哪！」

承依有些好笑：「這是麗珠說的，她是你鄰居，當然是瞭若指掌嘛！」

「不，不止是這樣……」

承幽一時不知怎麼表達，竟焦急得伸手搔起刮得精光的頭皮來。

「她說了很多極爲隱密和隱私的事，這些事麗珠是絕無可能知道的……你是比丘尼，我實在說不出口……這種事你可是過來人……你懂我的意思嗎？」

承依不知他指的何事，只能約略猜測是男女之事，當下就含糊放過。倒是師兄似乎言之鑿鑿，讓她想到民間流傳的「抓交替」，即使大太陽底下也叫人起鷄皮疙瘩了。

「師兄的意思……」她猜測地表示，「是阿翠的魂附在麗珠身上，爲的再續前緣嗎？」

承幽聽了眼睛一亮，立即放下蒲扇，順手一拳就打在石桌上。

「正是！難道不是嗎？天下不可能有這樣巧合的事呀！」

她不知說什麼好。上人一再指示要「正信」，不可聽信神通之類的旁門左道，但承幽又說得活龍活現，實在不可思議。

「那麼，師兄那兩天……」

「我和麗珠去了台北。」他說著愧疚地低下頭來。「我也不知道怎麼回事，全忘了自己出家這回事，一心只想著要找回阿翠。我是……一片一片地拼湊著，希望能夠湊出一張完整的圖……你懂嗎，依師兄？我要知道是不是阿翠回來了。」

他說他像作夢似地，陪麗珠住了兩天旅館。那兩天他是渾然忘我，既不計較時間的飛逝，連海光寺的人事也都拋到九霄雲外去了。直到麗珠提起要訂火車票回台東，他才黃粱夢醒，嚇得一路奔回淡水來。

「反正麗珠也回去了，師兄就當是作了一場夢吧。」

她的勸告並未緩和他的迷惑和茫然。

「我怕這夢是醒不了咯！」

她不理解：「你爲什麼這樣想？」

「媽媽要我回家，阿翠……嗳，是麗珠，她說她這輩子是洪家的人了，非我不嫁，一心只想生我的孩子……」

承幽的年紀和戒臘都大過承依，這時卻像個迷途的孩子，向她投來求援的眼光。

「依師兄，你說我該怎麼辦？」

這是一道問題，但聽來又不是問題，因爲答案若隱若現，只等著否決或肯定而已。

她沉吟半晌，不知怎麼回應。

入佛門三年了，她知道出家各有不同的因緣，像她是走投無路，有人是看破紅塵，師兄卻是出於逃婚，但是「既來之則安之」，豈可輕易脫離道場？可是師兄若解除了婚姻的恐懼，結婚又能成全一老一少兩個女人，其實也是功德一樁，有必要再過晨鐘暮鼓的生活嗎？

忝爲同門，她理應幫助他堅定道心才是，何況自己也捨不得師兄離開。他年紀輕輕就走南闖北，見多識廣，彼此又談得來，已成了她通向外界的一扇窗子。道友難得，她但願學佛道上能有他長相提攜才好。

然而她生性誠實，面對著這道坦誠求助的目光，絕不忍做違心之論。

「師兄，你是不是考慮要還俗？」

「嗯，我就是拿不定主意……也怕人笑話，更怕人罵呢！」

她誠懇地建議：「找師父去！師父很慈悲，相信不會爲難你。」

「眞的嗎？」大男人忽然變成膽小驚慌的孩子似的，毫無把握。「他上回關了我三天禁閉哪！」

她笑了：「那是你不告而別嘛！關幾天不是很好嗎？讓你冷靜地思考，好好地反省，可以把人倫和道義想想淸楚嘛！」

他心悅誠服：「我服你了，師兄。我悶在肚裡個把月的事，被你三言兩語就消解了。師兄一定會修成正果，眞的，你弘法的本事不在師父之下耶！」

她一聽，惶恐地合掌求饒了。

「阿彌陀佛，快別這麼說了！承你誇獎，我一定努力修行就是。」

「依師兄的恩惠，我將來一定要報答！」

她還要謙虛，忽然念頭一轉：「你如果還俗了，可要當我的護法哦！」

他正色承諾：「不在話下！」

一週後，澄清成全了承幽還俗的願望。

消息傳開後，常住大感意外，當著承幽面不說，背後可是議論紛紛，頗多責怪之聲。承依並未透露什麼，承幽本人更三緘其口，卻有人認定他是被一個女人勾引而墮落，既「有辱師門」，也「背叛佛陀」，犯了「欺師滅祖」的大罪。接著的一次「布薩」例會中，老和尚僅以「人各有志」就把還俗的事輕輕帶過。

這天承依給上人送藥石，碰到承佐在那裡吐苦水。

「我少了這麼個幫手，好些事找誰做呀？師父您不該讓他跑嘛！」

上人微笑說：「你沒聽過『鐵打叢林流水僧』的說法嗎？他一旦想走，我即使能留他的身，又怎麼留他的心呢？眾生根器不同，緣起緣滅，一切但求自在。」

承佐當面諾諾，出來後仍是滿腹牢騷。

「以後，」他問大家，「誰願意當採購呀？」

承信勇敢地站出來：「我來做吧！」

「好吧，你先和承幽實習一次，以後自己可要獨當一面了。」

承信次日就和師兄下山買菜。晚上安單後，她和承依隔著蚊帳說起悄悄話來。

「出家男衆比我們女衆受重視，地位也高，師兄怎麼捨得走呢？」

半天沒聽到回答，承信又換了個問題。

「爲什麼出家的女人這麼多，但是男人這麼少呢？」

承依瞪大了眼，望著無邊的黑暗，想了一陣才說：「因爲女人比較苦。我們一定是前生造了孽。」

「嗯，女人是苦……燒香拜佛的多是女人，不苦又何必跑來求告呢？唉，但願我下輩子別再當女人才好。」

「那就多多念誦藥師佛的法號吧。」

「藥師佛？」

承依告訴她，自己又讀了一遍《藥師琉璃光七佛本願功德經》，經裡提到若有女人爲苦所逼，願捨女身，「若聞我名，至心稱念，即於現身，轉成男子，具丈夫相，乃至菩提」。

「經上說，東方的琉璃國裡，佛土純一清淨，無諸欲染，亦無女人……想來信女到了極樂世界，全變做男身了。」

承信很感動：「藥師佛眞好，我要找他的經來念！」

「你最好什麼經都念，因爲好多部經裡都提到念經的功德，其中之一是來世不生爲女人。」

「那好，我要多念經了。」

一日勞累，承信感到心滿意足，不假思索就轉身呼呼入睡了。

承依卻開始對自己的答案加以反芻。念了兩千多年的經，女人仍受困於生老病死，是否還另有解脫之道呢？抑或是命中註定，其實無關修行？她思來想去，想得頭腦發脹了才昏睡過去。

承幽脫下袈裟告別海光寺那天，衆人避嫌不肯和他話別。承依幾經掙扎，才鼓起勇氣送他出三川殿。

臨別依依，他才走幾步就頻頻回顧，不捨之情溢於言表。

「承依師父，我一定常常來看你，別忘了我是你的護法喔！」

承依合十說：「不嫌廟小，請常來奉茶才好。」

送走了洪義雄，她才體會到大師兄嚷叫「孤單」的苦衷。爲了賺紅包，許多尼師搶著出去趕經懺，她必需場場奉陪，結果耗去了寶貴的修行光陰。台灣的殯儀文化讓她痛心，以前可以和承幽訴說，如今都只能埋在心裡了。

七十年代以來，社會逐漸富裕了，人們對身後事漸趨鋪張，喪葬採取佛教儀式的越來越多。其實很少有純佛教儀式，多是佛道夾雜，還不脫民俗信仰。經濟富裕免不了商業掛鉤，色情也乘隙而入，往往在一場肅穆寧靜的助念儀式後，棺木出門就加進了五子哭墳的花車，甚至袒胸露背的清涼秀，以人多勢衆爲傲，先前的莊嚴肅穆竟淪爲一場喧囂熱鬧了。

收了紅包，領著一群唇乾舌焦的尼師又去趕另一場時，她常捫心自問：出家修行究是爲了啥？

經濟富裕也惠及寺廟，香油錢多了，維修和伙食不再匱乏，其實經懺和助念可以減少，好騰出時間來進修。但是這種想法並不敢向上人提及，因爲老人家勤於聚斂，錢財方面未見稍歇，甚至隨著年歲反有增強之勢。

有一天，承佐拿了張名單找她商量，她才有些領悟。

「上人已是人生七十古來稀的年歲了，我們做弟子的不能不爲老人家的後事盤算一下。不管做什麼，現在就得動手了，免得臨時措手不及，懂嗎？」

承依恭順地回答：「師兄說怎麼做，我們照辦就是。我聽上人說過要擴建道場，是這個意思嗎？」

「哦，他想在後院蓋個大樓，連名堂都取好了，叫什麼……觀霞樓！上人一直想辦佛學院，但是我們這種小廟，何必這麼折騰呢？不如給他修個塔來得實惠些。」

「什麼塔？」

「靈骨塔呀！」

承佐說，不但要修個僧俗兩用的靈骨塔，也要在旁邊蓋廟供奉地藏菩薩，讓信衆寄放骨灰後有個禮拜和歇息的場所。

「台灣人口增加這麼快，眼看塔葬就要取代土葬了。海光寺別的沒有，山坡地還不小，蓋個塔保證一本萬利。老人家早該動這個腦筋了，哪兒用得著四出趕經懺呀！」

承依有些不明白：「你是說，靠賣塔位，我們就可以少趕經懺了？」

「那當然！完全取消都行！」

承依想到不必趕場念經，立即精神抖擻了。

「那……建塔和建廟的費用怎麼辦？」

「去募捐呀！」

他看承依一臉的茫然無知，有點好氣又好笑。

「哎，你難道不知道，比丘的梵文意思就是乞丐嗎？出家人伸手討錢是天經地義的事，不必臉紅氣喘嘛！」

承佐揚了揚手上的名單說：「喏，你以後逢人就提修廟建塔的事，尤其是名單上這幾位大護法，更要極力勸說，懂嗎？」

「是。」

她恭謹地接過名單，看了一眼，認得其中幾位，都是基隆、淡水和金山一帶的殷富人家，常來廟裡進香。她還不曾向人化緣過，不知如何啓齒，但爲了師父，爲了佛教，她願意竭力以赴。

「要告訴他們，捐錢修廟是積功德，錢捐得多的還可以把名字刻在牆上，捐獻整根柱子的當然就刻在柱子上，以此類推，懂嗎？」

「是。」

她還沒來得及去募捐，就跟著師父捲進了一場筆戰。

澄清長期以來在佛教月刊《海潮》撰寫文章。年中看到一篇基督徒寫的批評佛教的文章，指責佛教徒拜偶像是迷信云云，忍不住撰文批駁。最近那基督徒又撰文攻訐，說佛教僧團不事生產，也不會造福社會，迄今沒蓋過像樣的醫院或學校。

「承依，」師父交代她，「你替我去圖書館查一查，看台灣的佛教團體有些什麼公益事蹟，譬如蓋醫院。」

「是。以前聽承幽師兄說過，宏法寺的開證法師正在籌辦一個慈恩診所，提供貧民義診，不知辦成了沒有。」

上人點頭讚好：「開證師我見過，快人快語，敢做敢為，他要做的事肯定辦得成。」

承佐聽說她要下山查資料，非常興奮。

「這些基督徒仗著蔣總統和蔣夫人信仰基督教，三十年來公然打壓佛教，太過分了！你多找一點資料，讓上人狠狠批他們一頓！」

她在基隆圖書館管理員的幫助下，翻看了一大批佛教雜誌。她發現基督教的批評還真有道理，佛教界在社會公益上果然建樹不多。一九六四年台中有蓮社籌款建了間菩提醫院，但佛教徒後來又退出了醫院的協作，實際上沒啥關係了。高雄縣路竹鄉的龍發堂收容精神病患，沒有申請立案，實施的又是民俗療法，一直毀譽參半。花蓮有位比丘尼證嚴法師發了宏願，要蓋座現代醫院，正處於籌募階段。

師父對這個調查報告有些失望。

「我們辦不成醫院，主要是缺乏自己的醫生和管理人材，」他說，「歸根究柢還是僧侶的教育問題。」

她覺得上人的分析有理，深深佩服了：「師父想辦佛學院，眞有遠見。」

老人家卻是長吁短嘆起來。

「也只能在寺院中開班，教育部禁止私人辦大學，要興學談何容易呀！」

她不懂：「辦學校是好事，教育部爲什麼要禁止呢？」

師父釘了她一眼，淡然表示：「戒嚴時代一切要管制，尤其是思想。出家人照理是不問世事，連我也不能免俗地寫過幾篇『反共抗俄』的文章呢。」

承依想起無端遇害的承佑師兄，默默點著頭。

老人家倒不灰心：「私人興學是中國人的傳統，台灣辦高等學校的禁令終有更改的一天，只怕我是等不及了。承依，佛教洗刷保守落伍的罪名，把『死亡佛教』提升爲安身立命的『人生佛教』，就靠你們這一代了。」

上人的囑咐像一副擔子，驟然加到她肩上，她怕自己承受不了，又不敢違逆，只能勉強答應個「是」。

即使缺乏資料，老和尚護教心切，還是勉爲其難地撰文反駁基督徒的批評。由於手指發抖，他先用口述，讓她筆記下來，整理了之後再拿回來潤色，然後重新抄寫。

「承依，你文筆不錯，有空可以寫些文章投稿，我替你修改。」

她唯唯諾諾，卻不敢動筆。她覺得自己沒什麼可說的，也不敢勞駕上人來加重他的負擔。然而給上人謄稿的過程中，她學到不少用字遣詞的奧妙，感到收獲很多了。

年底的一天，師父上課時，神色激動地開示：「美國和我們斷交了！」學員們頓起一陣騷動。怎麼這樣快？以後怎麼辦？長年來依賴美國的保護慣了，人家一旦撒手，大家都覺得被生生出賣了，不禁憤憤然。如今眞像一部電影的名稱《汪洋裡的一條船》，孤苦無依了，難怪在座的個個臉色凝重。

師父說：「佛教徒也要關心國家大事，但是要具體落實到個人的崗位，做好每個人的工作。正因爲前途維艱，我們不能懈怠課業的學習。打開書來，我們上課吧！」

承依發現，一向衰弱沙啞的聲音，今天變得高亢有力，口齒也淸晰多了，竟是她入門以來聽到的最好一課。

上人激動的心情好像傳染給她了，她開始關心時事，首先就是讀報紙。

海光寺訂了一份日報，送報的一早把它攤上知客桌後，很少有人去翻閱。上人用完早餐了，知客尼才把它送去方丈室。讀報成了上人的專利和責任。

承依想先睹爲快，早餐後不隨大家回寮房休息，而是踅回大殿，坐上知客尼的位置。她打開報紙，飛快地讀完了大小標題，然後小心地折回原狀。輪值的知客尼反而對報紙視若無睹。

這天輪到她送早餐，就被師父問話了。

「你是不是每天讀報呀？」

她想不妙，搶先讀報的行徑被捉到了，當下俯首認罪。

上人卻欣慰地表示：「出家人要關心國家大事，報紙怎能不看？以後好好地讀吧，不要只看標題。告訴知客處，以後九點才送報紙來。」

「謝謝師父！」

她幾乎是小跑地趕去傳達了。從此讀報成爲她每天最盼望，也最快樂的事。

「你們知道嗎？好多人去大使館抗議呢！」她讀後還樂得和人分享新聞。「有個女作家把花生灑在外交部門口，用腳踩碎了向卡特總統表示抗議呢！」

承信不懂：「爲什麼要踩花生？」

承佐搶著回答：「這個我知道！卡特總統的家鄉出產花生唄！」

但是香客們提供的消息更加生動且多彩多姿，因爲他們看的是電視。

比丘尼紛紛嘆息了：「要是我們有個電視就好了！」

她們向大師兄提起，沒想到他比誰都積極。

「得，我給上人提去！」

不知他怎麼說又怎麼張羅的，很快就有電器行的大德上山來義務架電線，不久一台免費的彩色電視機就搬進了齋堂。

承佐宣布：「每天進藥石的時刻，看一小時晚間新聞！」

有了電視，更沒人碰報紙了，承依卻繼續讀報。新聞不再是她的追求了，反而是副刊吸引了她。通過副刊的文藝作品，她走進了大千世界，享受通往古今兼神遊世界的樂趣。

出家眞好，她常給承信打氣，在自己身上更是屢試不爽。出家三年多了，她苦讀佛經，儘管囫圇吞棗，文字卻大有長進，而閱讀的樂趣更是有增無減。聽說已有師兄去彌勒學院進修過，她希望師父記得讓她去留學的承諾才好。

春節前兩天，上人喊她去禪房。

「有個留學的機會，不知你願不願意考慮出門……」

「弟子願意！」她驚喜交加，忍不住追問一句：「是彌勒學院嗎？」

「不是。」老人家端詳了她一陣，才淡然相告：「去美國念書。」

美國？她懷疑自己是否聽錯了，但是上人嚴肅的神情告訴她，它確是多少人夢寐以求的國度，它也剛剛拋棄了台灣。

「師父，美國……我不去了！」

老和尚有些訝異，雪白的眉毛微微抬起。

「爲什麼？因爲美國和我們斷交了嗎？」

她楞楞地答不上來。出國留學牽涉到大筆費用，小小寺廟哪裡負擔得起？上面那麼多師兄，還沒有人出國留學過，師父偏偏找個戒臘低的徒弟來問，一時把她攪糊塗了。

「斷交和求學是兩碼子事呀！」師父開導她，「我們被孤立，其實更要走出去，不能和世界潮流脫了鉤。你有機會去求學，責任更重了，知道嗎？」

她囁嚅著，還是不知如何回應。

上人微笑了：「你一定奇怪怎麼會找上你。海光寺當然沒有供學員出國留學的基金，是有一位不願具名的居士，他捐了錢，指名讓你去美國留學。」

她更加錯愕不知所措了。哪位居士這麼慷慨……會是洪義雄嗎？他一走就音訊兩斷了。

「你不用管是誰，施和受都是緣份，也都有福報。」

老和尚接著表示，他籌劃多年的觀霞樓明年就可以動土開工了，繁忙可以想像，他其實很捨不得放她出國。

「但是俗話說得好，『機不可失』，世事無常，要把握當下，懂嗎？」

機不可失，她當然懂，連忙頻頻頷首，感謝的話倒是一句也沒說出來。

「從現在起，你趕快念英語去吧。要全職念書。我會找台北的道場幫忙，請他們幫你申請美國大學。」

據說已有道場派人出國留學了，更有個別學成返台的，眼看僧人留學將蔚為風氣。上人很高興海光寺有機會趕上潮流，希望承依能為小廟打出字號來。

「社會上把留學當作移民之路，我們佛教可不能這樣。你肩負師長和同門的希望，要早去早回才是。」

她恭謹地答道：「是，師父。」

「爲了方便行事，你不妨入鄉隨俗，譬如留髮及穿便服等等，到時自己掌握吧。你只要記住，比丘尼一樣也要荷擔如來家業，走到哪裡都是在弘法利生。」

「是，師父。」

她不知怎麼走出方丈室的，心情沉重到呼吸不暢，雙腳宛如銬上了鎖鍊，更是舉步維艱了。

承依要出國的消息傳開後，同門都感意外。等上人說明是個別信徒的善舉後大家才沒話可說，除了羨慕，也只有祝賀了。

承信是最激動的一位，簡直就像她要出國似的。

「師兄，我就知道你有出人頭地的一天！太好了，將來一定是台灣比丘尼的榜樣！」

大師兄以激將代替祝賀：「怎麼樣，給我們拿個博士回來吧？」

承依滿心的惶恐和慚愧，對這一切除了苦笑就是尷尬。美國是那麼遙遠和陌生，一個黃臉比丘尼如何在一群白人學生中求生存，光這個就是一道難題，遑論要學業有成了。

有生以來，她瘦削的肩膀上第一次感受了千鈞重量，也開始體會「荷擔如來家業」是啥滋味了。

開春後，學校開學，她被安置在汐止彌勒內院，主修英語，兼修佛教史。

繼光從姐姐來信中得知這個好消息，跟著雀躍不已。放春假時，母子倆兼程上台北看她，住在美心家。

彌勒學院星期日不上課，一早繼光就叫了一部計程車，來接大姐回去團聚。

路上，他提起了父親。

「爸爸聽說大姐要去美國留學了，也很高興，要給姐姐送行……」

「不必了。」

承依怕說得太絕了有傷弟弟的感情，又客氣地表示：「你替我向你爸爸說聲謝謝。」

他隨口答應了：「哦，好吧。」

父母分居多年，加上同母不同父的客觀事實，讓繼光顯得早熟。他已經安於李家一分爲二，演成男人國和女人國的現狀，凡事不追究，其實也是不知如何追究。他知道自己是父母眼中的嬌兒，兩個姐姐也疼他，只要念好書，考上大學就對得起大家了。

「大姐，爸爸要我搬到台北，好考這裡的高中。他說台北的高中生才有可能考取一流的大學，是不是這樣？」

承依避開正題，先問他：「媽媽肯陪你住台北嗎？」

「不肯。」

「那就算了。你只要努力，住哪裡都能考上好大學。」

繼光哦了一聲說：「我將來如果考上台北的大學，一定要陪爸爸住。他一個人住，好可憐喔！」

承依沒有反駁，內心卻暗誦了一聲阿彌陀佛。

車子到了天母美心家的公寓門口，她才忽然覺悟，如今提到繼父時已無恐懼和憎恨的感覺了。

入佛門眞好，她想，果然能夠修心養性，兩三年就有成績可以驗收。

美心在天母租了一套三房一廳的公寓，花了不少錢佈置，顯得富麗堂皇。姐姐一來，她先帶著參觀一遍，神色間十分自得。

承依看到主臥房舖著雙人枕頭，床下有男用拖鞋，妹妹顯然和省府那個官員同居了。眞是業報呀！她嘴上不說，內心卻深深嘆息了。媽媽一生受的這個罪，女兒又重蹈覆轍，難道「婚外情」眞有遺傳不成？

但願佛法能夠度化沉淪情劫的衆生，她暗自祈禱著。這一刻，她更堅定了求學之心，希望有朝一日能度自己的妹妹。

這時門鈴叮噹響起，傭人阿琴提著大包小包的菜來上班了。

美心說：「我生活簡單，只請個半天工就夠了。」

媽媽聽了，羨慕兼感嘆地表示：「我們家就數美心的命好，有人給她燒洗炊煮，年輕輕就享受人生了！」

繼光不以爲然：「自己動手，自力更生才好耶！」

承依誇獎他：「說得好，繼光！」

美心卻噘起塗得朱紅亮麗的嘴唇，一迭聲地抗議：「嗳嗳，沒聽過『人生幾何，對酒當歌』嗎？我不偷不搶，怎麼就不能享受一點呢？」

她指著姐姐一身灰袍長褂，更加振振有詞了。

「安啦！我們家出了個比丘尼，等於買了雙料保險了！杜家和李家眞要造了什麼罪孽，都有救贖了！這樣打比方，沒有錯吧？」

說得母子都笑了。

眞是一語道盡美心的性格，承依苦笑地搖搖頭，也拿她沒辦法。

十年前，自己逃到台中和美心住時，爲了謀生，做過傭人，也到幼稚園當過清潔工，一雙手磨出了厚繭。那時三餐都是淸茶淡飯，自己過得自在又認命。

美心不然，她拒絕粗工活，寧可去酒廊上班。「天生我材必有用」，她不願枉廢了青春美貌，矢志要釣個金龜婿才罷休。果然不久攀上一個客人，轉去了時裝展示業。後來碰上現任男友，不但揷足電影界，還遷居到首善之府的台北來。儘管是金屋藏嬌的「地下夫人」，她卻毫無愧色，堅信算命的說她終有「得心所欲」的一天，也即有「正室」之命。

算命的話能信嗎？記得以前無意中聽過媽媽和婆婆聊起，說美心八字「命帶桃花」，結局不是娼門就是空門，而大女兒倒是子女雙全「命主貴」，誰知自己是第一個踏進了空門！

時勢比人強，美心如今吃香喝辣多了，媽媽似乎也忘了算命的話，只道是「人各有志，不必勉強」而已。

承依寧可相信，一切是業報使然，因此多說也無益，只好順其自然了。

「來，難得一家人團聚，坐下來好好吃頓飯吧。」

爲了接待姐姐，美心翻了幾本食譜才研擬出幾道素菜，先讓傭人試做。臨時不放心，還親自下廚幫忙，手忙腳亂了一番。如今先端上四個冷盤和一道羅漢齋，她自認爲色香味俱全，專等著家人品評了。

「先讓媽媽嚐嚐看！」

在子女的敦請下，杜媽媽嚐了口羅漢齋，閉上眼咂起滋味來。

「不錯，鹹淡恰恰好！」

媽媽茹素多年了，素食下過功夫，經過她的肯定，大家紛紛下箸了。

阿琴很快端上來一道熱炒，美心跟著報名：「獼猴拜天！」一會兒又是「秋葵獻瑞」和「痲姑上壽」，名堂又多又吉利。

「美心，」承依說，「你可以開一家素菜館了！」

「怎麼樣，還入你的法眼嗎？」

美心說著，管自得意地笑起來。承依自是讚美好吃。

繼光不會欣賞素食，媽媽每頓都是單做葷食給他吃，一時面對無魚無肉的一桌菜，只覺新奇而已。

他有些擔心地問大姐：「你們長期不吃肉，會不會營養不良呢?維生素B12只存在肉裡面……」

美心搶著加上一句：「吃素的常常面有菜色，對吧？」

「你們別這麼誇張好嗎？」承依聽得好氣又好笑。「我們寺裡，從師父到徒弟們，可是一點都不瘦呢！」

媽媽立即為她幫腔作證：「我們埔里有一位出家四十年的老和尚，吃得渾身胖嘟嘟、圓滾滾的，最近才動過心臟手術呢！」

「哦？」美心感到不可思議。「不是說吃素有益健康嗎？」

「那也不一定，」承依適時更正，「一般的素菜都燒得太油了。」

繼光問大姐：「聽說海光寺素菜好吃，有什麼秘訣沒有？」

「沒有。我們重視養生素食，少用油多用心，豆製品和蔬菜多樣化，如此而已。」

「噯，我不愛吃素，可不表示我反對出家喔！」美心說完還豎起了大拇指。「出家能到美國留學去，證明出家出對啦！」

這可是說到衆人心坎裡去了，大家頓時喜形於色。

繼光問：「大姐，你去了美國，還會回來嗎？」

承依一愣。媽媽和妹妹一時屏氣凝聲，目光全都投聚到她臉上來。

「當然，」她直覺地反問一句，「為什麼不回來呢？」

回答她的是一片沉默。

還是心直口快的美心率先揭開啞謎：「我們都希望你別回來。」

她強調「我們」，儼然以家族的代言人說話。她以為美國片面斷交，等於棄守台灣，如今人心惶惶，好多人都想方設法脫離台灣這艘汪洋中的孤舟，留學便是一個最方便的途徑。

「你如果能像其他人一樣，念出個學位，在美國拿了綠卡，然後把媽媽和我們接出去，那是功德無量了！」

「海光寺是派我出去念書，不是去移民的呀！」

承依的腦子一時還轉不過彎來。

美心問她：「那個提供獎學金的人，沒說你一定得回來吧？」

「沒有，不過我答應了師父要回來。」

「可是你師父並沒有給你出學費呀！」

看看雙方僵持不下，繼光出來打圓場：「大姐不方便，那就等我出國留學好了。爸爸說了，他供我念書，將來若是去不了美國，他要上吊去！」

媽媽趕緊阻止兒子：「小孩子，不要口無遮攔！」

美心並不死心：「弟弟當然要留學，但是要等他念完高中、念完大學、受完軍訓……這是哪輩子的事了？他當然可以接爸爸出去。我聽說了，辦移民要直系親屬才行。」

她說到這裡打住了，但是這台詞再明白不過，姐姐是她移民的希望所繫。

這一來，承依不知說什麼好了，只感到肩上又添了塊石頭，擔子更加沉重了。

媽媽不喜歡美心出口咄咄逼人，趕緊出面爲大女兒解圍。

「佛說人生無常，誰知道幾年後時局有什麼變化呢？」她接著勸美心：「你好好地當電影明星，有的是出國的機會嘛！我們一直在說台灣是條永不沉沒的航空母艦，哪能說沉就沉呀？喏，我就不想離開台灣……噯，我連埔里都捨不得離開哪！」

美心也省悟到自己操之過急了，不免有些慚愧，連忙帶頭轉移了話題。

「哎呀，談什麼出國，菜都要冷了！來，大家吃菜！」

媽媽跟著話起家常，於是飯桌上又洋溢著溫馨和樂的氣氛了。

下午，美心親自叫車送姐姐回彌勒內院。

「姐姐師父，你安心念書吧，綠卡的事，別放在心上了。」

分手後，承依努力排除綠卡的困擾，埋頭書本中。

澄清老和尚果然多方求托，找人介紹美國的高等學校，挑一所學風良好，最重要的是能免去托福考試。

那年夏天，繼光考取了台中一中。也是這個時候，西雅圖一所私立大學寄來了入學證明，歡迎承依法師去讀英語，以後看情況修讀學分和學位。

八月底，承依打點行李，在海光寺僧尼的祝福下，飛往美國念書去了。

杜阿春

不知倚門眺望多少回了，除夕晚才把美心母子盼進家門。

「媽，信不信由你了，我們可是趕火車、轉汽車，一路沒歇片刻地趕過來喔！噯，怎麼說也是埔里暖和……阿弟，你怎麼啦？快喊阿嬤呀！」

才進門，美心張嘴就像點燃爆竹響個不停，還邊說邊蹬掉高跟鞋，同時撂下手袋和提箱，順勢把兒子往我身上推過來。真是本性不改，走到哪兒她都是大刺刺地先聲奪人。

回娘家又不是會男友，她臉上仍是塗得五顏六色的，一身趕時麾的超短裙裝扮，打算來山城展覽不成？一定是忙於梳粧打扮，才捨棄了早班火車，弄得這麼晚到家。

回來就好，我也不忍心說她了。

「阿嬤，我餓了。」

心肝寶貝，五歲大的孩子口齒淸晰溫柔，我摟在懷裡怎麼親也不夠。長得也眞快，一年不見已到我胸口高了。這孩子細皮嫩肉的，天庭飽滿，濃眉大眼，怎麼看也是那沒心肝爸爸的翻版，眞是作孽呀！

「乖孫，阿嬤把菜熱一熱就可以吃了。」

我連忙牽著孩子往裡走。

美心趿雙脫鞋，提起行李跟過來，還邊走邊問：「阿弟和我睡嗎？」

「他習慣一個人睡的話，也可以用繼光的房間。」

走道左邊繼光的房間是單人床，我已換了床單；右邊兩姐妹的房間是和式檜木地板，年前剛找人打過蠟，被我擦得亮堂堂像新的一樣。

「要不要和阿嬤睡？」我問孫子，「阿嬤是大紅眠床喔！」

孩子溫順地回答：「我和阿嬤睡。」

多乖巧的孩子呀！可惜逢年過節才能見到面。美心嫌南投遠，我嫌台北髒亂，母女倆拔河似地想讓對方向自己靠攏，結果是靜止不動！

我借孫子說話：「難得來一趟，阿弟要多住幾天才好。」

他媽媽邊放行李，邊學孩子口氣說了：「阿嬤來台北住也一樣嘛！」

台北有什麼好，幹嘛都要往那裡跑呢？我嘴裡不說，心裡可不服氣，更覺委屈。美心去了台北後，一年比一年難得回中部來了；偶爾回家也是蜻蜓點水般來去匆匆，連家人團圓的春節也只待個三兩天就跑。人到中年了，她還像只團團轉的陀螺，不知找個人成家，眞讓人操心呀！

「難得回家，吃了元宵再走，嗯？」

「不行呀！我答應去參加一個禪三，初五就開始了。」

我嘆口氣，不作聲了。年紀大了最盼望兒孫在眼前，但我也不屑於哀求，人老了臉皮可不能老呀！

給孫子洗過手，按他坐上餐桌後，我把一大盤烏骨鷄移到他面前。

這時美心走過來，指著桌上的六七道素菜，乘機教育兒子。

「阿嬤吃素，她專爲阿弟煮了鷄耶！阿弟該怎麼說呀？」

「謝謝阿嬤。」

我樂極了，也不忘遊說孫子：「素食也很好吃，你吃一口就知道了。阿嬤做的素菜，大家都愛吃喔！」

難得他媽媽一旁跟著讚好：「眞的，埔里的一貫道靠你阿嬤的素菜做招徠呢！我看台北的素菜館越開越多，八成也和一貫道有關吧？」

有可能。我也是在教會的鼓勵下，努力鑽研，才越做越拿手。

美心這幾年走訪各地的道場，也能勉強吃素了，這時眼光卻貪婪地在灶台上打轉。

「媽，有什麼湯沒有？」

「哦，有一大鍋酸菜豬肚湯。」

一提醒，我趕快連鍋端上桌來。

知女莫若娘，我早料到她的脾氣了。台北的女人都是這樣，愛美怕胖，大魚大肉看兩眼就飽，但是從小習慣的湯湯水水卻是百吃不厭。

其實什麼東西都是家鄉的好，吃的尤其如此。這幾年台灣經濟狂飆，餐館林立，山珍海味視如家常，人們的腸胃又開始追求古早味了。以前年夜飯講究豐盛有餘，弄得娘兒倆天天吃剩菜，兒子直嚷「不衛生」。也罷，如今逢年過節只有女兒回家，我揀她愛吃的燒兩樣，給孫子燒點葷菜，不再虐待自己的腸胃了。

「媽，我們就在家裡拜拜祖先，不去你們佛堂了吧？」

這倒令我有些爲難。我們教裡都是去佛堂禮拜，重大節日如除夕夜則改去總壇參拜，從中華聖母、祖師和祖先一路禱念下來，不興在家中拜祭。不過，我在餐廳也設了神龕，左邊是祖先牌位，右邊是觀音、濟公和彌勒佛，在家中行禮想來也能通融的。

「好吧，我們在家裡拜神。」

我想，子時到來時，美心娘兒倆睡著了，我獨自出門也不遲。

美心見老媽肯通融，立刻搶著燒了香，並招呼兒子起身。

「阿弟快來拜呀！明年要上學了，求求杜家祖先保佑你吧！」

阿弟站在我們母女倆中間，有樣學樣地俯仰起腦袋瓜來。

我插上了香，回首還見美心捧著三炷香，閉上眼念念有詞，一臉虔誠相。她祈求什麼？不說我也猜得到。

女兒一心追逐愛情，卻總不如意，和姓吳的尤其難解難分。姓吳的離婚諾言跳了票，現在兒子這麼大了，連戶口都沒法登記進吳家，身分證上那一欄和他媽媽一樣，都是「父不詳」。

可憐的女兒，她是前世欠了吳某的債，就如我前世欠了她父親的債一樣。我早認命了，她卻心高氣傲不服輸，到處求神問卜，發誓不讓「父不詳」三字遺傳下去。杜氏祖先有靈，保佑她吧！

燒完金紙，我把幾個炒菜又熱了一遍，然後一家三代人坐下來享用。

孫子最能賞識外婆的手藝了，香菇、蒟蒻等只要夾到碗裡，他都塞進嘴裡，嚼得兩腮鼓出兩個球來。這麼好養，怪不得長這麼高！

我誇獎他：「阿弟不挑嘴才長得壯，眞聰明！」

美心說：「阿嬤燒的菜好吃嘛！像這苦瓜，家裡菲傭做的他可是一口也不吃！」

那個自然。紅燒苦瓜一定要整條用橄欖油炸透了，然後切段加上冰糖和上好醬油去燜煮，費時費工，傭人哪有這種心思？

美心看上白果和黃瓜炒素蝦仁，據說白果抗老化，是美容聖品。

我向她推薦新鮮百合炒蘆筍。「百合滋陰，是上好補品哪！」

鮮百合貴極了，一年我只買這一回，專爲招待她母子倆。

吃到半飽了，美心忽然想起了遠在美國的弟弟。

「繼光有消息嗎？」

「有呀，早上才來電話，知道你們會回家的。你等著吧，他明天肯定掛電話來拜年。」

「哼，他若不打來，我可要生氣咯！也不知他忙什麼，好久沒和我連絡了。」

「他肯定工作勤快，去年聖誕節公司剛給他加薪，現在又把他調去設計部門，還發給他股票呢！」

美心一雙鳳眼閃閃發亮：「什麼股票？」

這一問我可楞住了。每天都聽到人家談股票，家庭主婦也一頭栽進股票裡，買菜時不忘交換消息，只是我都像鴨子聽雷，全不懂就裡。

「嗨，什麼股票都好，電子股看漲哪！」美心言下很有把握。

我知道美心也買股票，只是我沒興趣打聽。我關注的是另一件事。

「美心，公司給繼光申請綠卡了，他說年底以前拿得到。」

「哪好呀！爸爸媽媽很快就可以移民美國了！」

美心的興奮溢於言表，倒像是本人要出國似的。

老媽當然是最開心的人，作夢也沒想到，我這個大字不識兩個的鄉巴佬，眼看就有飄洋過海之日了。原指望美慧出國會還俗，找機會把我接去花花世界享點福，誰知她三年後拿了個什麼碩士，急急忙忙就跑回台灣來了。幸好這年頭尼姑也有出頭天，老和尚圓寂時傳她衣鉢，如今當上海光寺住持，讓老媽在鄉下也大有面子，道親們一再誇獎我會養女兒。

總算老天有眼，女兒做不到的，兒子替我辦到了。杜家和李家從沒出過大學生，忽然一下子來了兩個留學生，難怪街坊鄰里看到我常會豎起大拇指說：「阿春婻老來轉運了，眞好命喔！」

「弟弟讀電子專業可是讀對了，電子業在台灣也是大熱門呢！」美心說，「我們新竹的科學園區，聽說就是學他們矽谷的，現在天天都有外資和人材進來呢。」

「我橫豎是不懂，只知道繼光的公司做電腦……」

講到電腦，我想起外孫女慧蓮來。

「慧蓮說她弟弟要買電腦，一個中學生要電腦做什麼呢？」

美心和我一樣，對機器一竅不通，不過她很會趕流行，有的沒的都會說上一套。

「一定有用吧。現在文明進步很快喔，像吳……阿弟的爸爸，他不過是省府的科長，辦公室和家裡也都配備電腦了。他還說，現代的『文房四寶』是什麼來著……嗯，是電話、電腦、傳眞機和印表機！」

瞧她提到那沒心沒肺的，眉宇間神采飛揚，可見心裡念念不忘。

「他還來看孩子嗎？」

大人可惡，孩子可是無辜，不看僧面看佛面，我忍不住要關心。

「唔，少了。不過每個月的生活費倒是沒短少過。」

世間男人都薄情，當初追得那麼熱火，到底經不起老婆威脅，又怕影響頂頭上司的選票……說穿了還不是保他那頂烏紗帽！薄情就罷了，偏又藕斷絲連，把她拖到三十六歲了還沒心思嫁人，罪過呀！光憑她這張標緻的臉蛋，只要點個頭，還怕沒有大富人家娶去做繼室嗎？

想來也怪美心挑剔，媒人送了幾趟照片，她總沒看上眼的，將來但願別應了「揀呀揀，最後撿到個賣龍眼的」說法才好。

「姓吳的不來也罷，免得妨礙你另外找人……」

她忙不迭地出聲警告：「媽！你又來啦！」

其實阿弟正忙著扒飯，無暇理睬大人的談話，他媽媽是窮緊張。

「我又不缺吃少穿，幹嘛無事找個老公來管我？媽媽你想想看嘛，是不是這樣？」

後面這句話頓時封了我的嘴。

「嫁漢嫁漢，穿衣吃飯」，我們這一代，十個女人結婚有九個半是爲了飯碗。當年我拖著兩個女兒，打工難找，嫁人也遭到挑剔，要我送走一個女兒才能進門。左右都是我的肉呀，怎生割捨得下？集集的娘家碰到「八七水災」，窮得響叮噹，想接濟我也擠不出多少糧食來。母女三人實在熬不下去了，不得已才嫁給外省來的羅漢腳，結果弄得家破人走，害美慧遁入空門，我心裡的痛豈是茹素拜佛能消得了的？

現在時代不同了，美心和姓吳的分手時，找了律師打契約。她要求買下天母的公寓，孩子的贍養費領到十八歲。公務員沒錢沒關係，他的上司多的是競選時來自企業的政治獻金，找個名堂調撥一筆來換取美心取消記者會，免得影響選情。美心現在很少拍片子了，但手上也不缺錢花，自命單身貴族，有的是閒空去求仙問佛。習慣了自由自在，要她找個婚姻的緊箍咒套上頭，想想也難。

各人修業各人命，想來是不假。想當年，我長得並不差，走在集集街上會收到好多注目禮，一路是「黑貓」的稱呼。「二二八事變」那年，阿爹病了，我去香蕉園幫工。美心的爸爸有一回路過，一見就釘住不放，腳差一點跌進了圳溝裡，惹得我噗哧笑出聲來。就憑這一笑，他說當天回去寫了好幾首詩呢！

當年兩人也是心心相印，香蕉園裡定情時也曾指天爲誓。美慧出生前，他在台中爲我租屋請傭人，照顧得可貼心了。

「你們都是林家的人，一個也跑不了。」他叫我耐心等待。「我都會有妥善的安排，你放心就是。」

那年頭蓄妾是公開的事，只是大婦太有機心了，多方拖延孩子認祖歸宗的事。也是我命薄，美心剛出世，男人忽然一場大病就撒手西歸了，安排云云全化作空談。大婦唆使管帳的斬斷每月的支應，我們娘兒三人很快就被房東趕出門來。人海茫茫，我一時萬念俱灰，眞想跳進大甲溪去……

「媽，你怎麼啦？」

美心把我從回憶裡叫醒。年紀大了喜歡念舊，經常一坐半天，盡想著年輕時的芝麻綠豆事，沒人點醒的話，連時間都忘了。所謂白日夢，大概就是這樣吧。

「媽，慧蓮中學畢業了吧？」

「夏天就要畢業了。」

「要考大學吧？」

「沒聽說，好像是王家要她放棄，把機會讓給弟弟。」

「王耀祖功課好嗎？」

「慧蓮說弟弟很用功。」

「那好。慧蓮常來看望阿嬤吧？」

我搖搖頭。竹山雖然很近，阿蓮的祖母還是我拜把姐妹，但是美慧抱著女兒出走台中後，王家大姐曾上門把我狠狠罵了一頓。雖然孫女後來又抱回去了，但是兩家卻斷了往來。慧蓮是上了南投高中才忽然開竅，瞞著祖母偷偷找上門認親的。凡事緣註定，我算學乖了，始終沒去打聽她祖母是否還被瞞在鼓裡。

「媽，姐姐就這兩個孩子，男的有人疼惜就算了，女的好歹也是我們杜家的人……王家不疼，我們來疼！」

都是我的親骨肉，哪能不疼？

「媽，我要問問她……嗯，她家有沒有裝電話？」

我笑了。這幾年台灣建築業賺翻了天，王金土在高雄當包工也多油水，儘管不回老家住，但是家裡冰箱彩電也沒少買，豈會獨缺電話？

「你別打去！」我制止美心。「這孩子聰明伶俐，說不定會來拜年。眞不來了，你再打電話也不遲。」

「好吧，我等等看。」

阿弟幾時已溜下桌，上前廳看電視去了。我們娘兒倆又聊了一回家常，然後美心開始洗碗。逢年過節我才有機會享受女兒的孝心，飯後可以蹺起腳來，看她在流理台前刷洗，一邊有一搭沒一搭地陪老媽聊天。

這樣溫馨的時刻，我但願時光忘了腳步，永遠停留在這裡才好。

「媽，你今年炊多少籠年糕去義賣呀？」

「不多，只有六籠。」

「啊！六籠還不多呀？媽一定累了，今晚早點休息吧。」

每年都做年糕義賣，爲埔里的佛堂籌款，要說累也累習慣了。女兒說完話就哈欠連天，顯然是她累了。也罷，獨居老人其實睡無定時，要睡就睡，要醒就醒。我可以睡到日上三竿才起床，也可以半夜三更起來拜佛念經，自由著呢。

「你們一天趕路，你們早早去睡吧。」

她強打起精神說：「讓阿弟先睡好了，我還不累。」

正說著，前廳傳來敲門聲。我走去一看，原來是壇主林姐來了。

「杜姐，我在佛堂遍尋不著你，原來還在家裡呀！」

我連忙讓坐。這時美心聞聲前來了，正記不起林姐是否見過美心，人家已經自己說開了。

「我們見過了，美心是大名鼎鼎的電影明星，哪忘得了呀！」

林姐是埔里僅有的女代書，性格豪爽，口才更是一級棒，一張口就讓美心睡意盡除，笑意盎然了。

林姐小我一輪，今年不過四十有六，待人接物我卻自嘆不如。她交遊廣闊，鋒頭蓋過做糧米生意的丈夫郭阿強，有「女強人」之稱。這幾年房地產交易頻繁，她賺得盆滿缽滿，又肯慷慨解囊，被公推爲我們這一派在埔里的壇主。郭家原信佛，迄今強仔還自稱佛教徒，但並不妨礙妻子擴建爲一貫道佛堂。佛堂主供濟公，初一和十五舉行供拜，此外還開設各種學習班，非常熱鬧。

去年政治「解嚴」了，年初李登輝又繼蔣經國當上了總統，一貫道不但走出了地下，還積極對外傳教。林姐幾次表示，希望我勸女兒入教。她哪裡知道，別說是任性的美心了，就是美慧和繼光，也是個個表面溫馴，但骨子裡主見可強了，宗教信仰哪由得老媽分說！美慧落髮時，我哭得死去活來，她幾曾動搖過？繼光打進小學起，我就帶他去佛堂參拜了，結果一上台北念書就自稱是什麼無神論信徒了！

我雖然不善傳教，但也努力奉獻，碰到炊年糕和包粽子的義賣，我做得最賣力，也最得道親誇獎。在一貫道被視爲「邪教」而橫遭取締的年代，道親緊密團結，不必公開宣傳，新教友就源源不絕。如今「解嚴」了，壇主卻說一貫道不缺錢只缺人，而我家十幾年來未增新人，顯得我護教不力似的。

好極了，林姐不信，今天讓你試試自己的「點傳」功夫吧！

「唷，這是美心的兒子吧？」

林姐一臉的驚艷表情，讓美心趕緊關上電視，喊阿弟過來見客。一介紹完，林姐即親熱地摟起孩子，一邊讚美開了：「杜姐多福氣，孫子長得多俊，好像歌星劉德華喔！」

她就是會說話，不但美心樂得嘴合不攏，連我也開懷大笑了。

「這孩子天庭飽滿，註定聰明，要不要送來『論語班』上課呀？」

美心沒念大學，又最寶貝兒子，聽到念書馬上動心了。

「他這麼小，能讀《論語》嗎？」

「怎麼不行？我們的教義包羅佛祖和孔子的教導，一貫傳揚中華文化，還特別重視兒童的文化教育。我們的論語班開設多年，現在又增添了兒童論語班，六歲就可以報名了。」

我指出阿弟才五歲，林姐卻表示沒問題。

「這孩子很聰明，一定跟得上。我們不考試，孩子學得更開心呢！」

美心遺憾地表示：「可惜我們住台北，要不然……」

林姐拍胸答應：「我們的台北分壇也有論語班，我給你介紹！」

接著她話題一轉：「埔里的總壇現在好熱鬧喔！你們快來參加拜年吧，我來接送，車子就停在門口哪！」

美心瞧我一眼，顯然是不好意思拒絕了。

阿弟不能熬夜，我們看他漱洗上床後，這才跟著林姐去總壇。

林姐是我入教的引導師，我一心希望她也能接引美心。然而美心對一貫道有偏見，踏入「道義之門」後雖然受到熱烈歡迎，經理找她談話，她也跟著參拜如儀，但子夜一過，就堅持要回家了。

路不遠，天氣暖和如春，我倆就一路散步回來。街上不時傳來嗶嗶叭叭的爆竹聲，彼伏此起，好不熱鬧。

我問女兒：「你不覺得一貫道的人很親切、很有禮貌嗎？」

她同意：「而且也講究衛生。進佛堂前先洗手，這是好習慣。」

我說：「這十幾年來，你們一個個走了，都幸虧道親們照顧我，我已經把佛堂當作自己的家了。」

誰料她不感動也罷，還勸我別太認眞。

「現在出了好多高僧大德，也有大師從外國專誠來台灣弘法。媽，你應該走出去，開開眼界也好嘛！」

現在的台灣果然宗教興旺，光是埔里已出現好多教堂和寺廟了，看得人眼花撩亂。也難怪，中央山脈擋住了太平洋的颱風，這裡四季乾爽宜人，鳥語花香，吸引了許多藝術家來定居，粧點得山城一天天亮麗起來。如此有福之地，難怪教會越來越多了。依我老人家看，宗教名目再多，但不外教人行善積德，信仰一種也夠了，總不能像逛街購物，也到處「血拚」一番吧？

我警告美心：「你媽信教十多年了，還沒起過離經叛道的心呢！」

她笑了：「你不曉得呀？一貫道的教徒流失率最高了！」

我將信將疑。這幾年佛教發展非常迅速，但是我不明白，一貫道已經包括佛教了，難道我還要改回去信仰佛教不成？

「媽，要信就信一個實至名歸的大師，別盡信些旁門左道嘛！」

「你姐姐在淡水和台北一帶也有名氣了，要去皈依她嗎？」

「那倒未必，」她說，「但也不妨去參訪其他的道場，買東西也得貨比三家，不是嗎？」

她說著嗓門就尖刻起來，準備和誰抬槓似的。這就是美心，永遠在追求，哪天才懂得「知足常樂」呀？

我問她，這幾年走南闖北地四處參訪，究竟見過些什麼高人。

「有一位尼僧長得法相莊嚴美麗，修行又好，聽她講道好像聽音樂。嗯，她是越南人，哪天再來台灣，我陪媽去拜望她。」

她不點出是越南人，我還以爲講的是花蓮的證嚴法師。釋證嚴創立了慈濟功德會，積極募錢蓋醫院。埔里的慈濟人也找上我，每個月都上門來收一百元功德金，順便送上一些錄音帶。我聽過幾盒，這位法師的聲音十分溫婉悅耳。

我問美心：「你皈依了嗎？」

「還沒有。她傳一種觀音法門，信徒都說奇妙無比。」

「好吧，」我難掩好奇之心，「下回也跟你去見見這位越南師父。」

美心向我保證：「媽一定會喜歡這位法師！」

街頭響起一陣爆竹聲，我們踏著它的餘音回到了家。

年紀大了睡不多，早上繼光來電話時，我已在客廳等候了。

「媽，恭賀新禧！」

「恭喜呀，繼光！」

沒說兩句就見美心披著睡衣，小跑般到客廳來了。我立即交出了聽筒，然後又去把阿弟叫起床，催他過來給舅舅拜年。

「繼光，你什麼時候回台灣看姐姐呀？」

這是什麼問題呀？他當然要等到綠卡到手才能離開美國嘛！

「怎麼樣，舊金山的天氣眞是四季如春嗎？」

美心的毛病是拿到聽筒就放不下，但是越洋電話貴著哪！兒子才做半年事，哪堪這樣浪費？我趕緊向美心指指壁上的掛鐘。她點點頭，讓兒子和舅舅說聲「哈囉」和「拜拜」，這才收了線。

吃早點時，電話又響了。這回是美慧打回家來拜年。

「媽，開春來淡水走走好嗎？」

冬天的淡水陰冷潮濕，我想著全身關節先痛起來。然而我思念女兒，就讓美心和她說去，兩人終於敲定了元宵節後去海光寺隨喜。

「再見了，姐姐師父，你保重喔！」

我不禁搖頭嘆氣。自從女兒當上住持後，常住和信眾都按戒臘排行喊她「七師父」，我樂得隨衆稱呼，只有美心還去不掉「姐姐」兩字。

初二早上，王慧蓮背了一簍桶柑，從竹山過來了。果然如我所料，孫女記得給阿嬤拜年來了。

慧蓮十八歲了，皮膚白如蔥根，長眉大眼，神情溫文優雅，活脫脫是她娘當年的模樣。美心一見就大驚小叫起來。

「謝天謝地，阿蓮全得了她媽媽的眞傳耶！」

這孩子聽到一聲「媽媽」，臉上登時罩上一層霧，表情全僵住了。

我知道，這孩子還不能忘懷從小被媽媽拋棄的怨恨。

「阿蓮，你哪兒買的桶柑呀？」我連忙指指她剛放下的桶柑，岔開了話題。

「哦，祖母要送阿嬤的。」

王李兩家不通音問十幾年了，不知是慧蓮這孩子懂事，有心爲兩家修好，還是王家老大姐眞的不念舊怨了。也罷，禮尙往來，我決定把美心捎回的巧克力托她轉送過去。

美心問她：「弟弟怎麼不來呢？」

「王耀祖和同學到台中看電影去了。」

我告訴美心：「王耀祖考上南投高中，這是我們這一帶最好的中學。」

美心聽了也高興。她問慧蓮：「你夏天要考大學吧？」

慧蓮慚愧地低下頭說：「大概是不考了。」

「為什麼呢？」

在美心積極的盤問下，我們多少對王家的現況有個輪廓了。

王金土再婚後一直住高雄，逢年過節才隻身返鄉，給父母和兒女送點生活費。老父去世後，他和弟弟分了家，以後變成一年回家一次，藉口是工作忙，再婚妻子又生了兩個孩子，因而走不開云云。他以為「女大當嫁」，慧蓮應該早早出去工作，給自己準備嫁粧；兒子理當名實相副地替他光宗耀祖，要努力念大學，能出國留學的話，他也願意栽培。

他明告女兒：「我要負擔一個高中生，下面兩個念小學的，再加上房屋貸款，沒錢給你念書了！」

然而據慧蓮祖母說，酒家女出身的媳婦嗜賭如命，一年在麻將桌上輸掉二三十萬，別說養個大學生了，養兩個都用不完！

「慧蓮，你爸爸重男輕女……他是一條『沙豬』！」

美心打抱不平，恨恨地罵了王金土一句。

我沒有反駁女兒的話，內心卻另有一番感慨。

美慧婚後十個月生下阿蓮。我端了麻油雞酒給女兒做月子時，剛做爸爸的金土喜得咧嘴傻笑，對嬰兒寶貝極了。都是鄰居無聊，讚美嬰兒美麗時，說什麼「好像媽媽，一點不像爸爸」。

王家那時父叔同住一個屋簷下，人多嘴雜，越傳越不像話，竟惹起了金土的疑心病。好酒的人只要一杯下肚，便沒頭沒臉地數落起妻子，後來甚至發瘋也似地拳打腳踢起來。美慧氣得一度割腕要自殺，就是這樣也沒能去除他的疑心病。

王耀祖剛生出來時，樣子也像媽媽，沒有他爸爸那種肥頭大耳的豬公臉。同一個母親生的，但是金土對兒女的態度卻有如天和地：一個寵得不夠，一個只嫌礙眼。這番情景看在鄰居眼裡，沒的也變成有的了。

婆婆覺得沒面子，對我這個結拜妹妹也就恩將仇報了。

美慧生下兒子後，金土還是沒有好臉色，逼得她出走逃命。當時怕女兒被虐待，曾抱著同走。兩年後聽說婆婆想念孫女，才讓我護送孩子回竹山，那時金土已經去高雄了。掐指算算，我和金土也十五六年未打過照面了。據說他中年以來身材橫向發展，心胸顯然沒有跟進；他還在歧視女兒，說明對前妻的誤解也未消除。

話說回來，若阿蓮還怨恨親生母親，要金土悔悟也許是奢求吧。

人啊人，怎麼都這麼想不開呢？

「阿蓮，你爸爸這麼小氣，那就算了，阿姨支持你念大學吧。」

慧蓮睜大了眼，迷惑地望著她姨媽。

「怎麼樣，你到底想不想念呀？」姨媽緊釘一句。

她趕緊說：「當然想啊！」

有其母必有其女。當年她媽媽也是一心想念大學，在班上樣樣考第一名，師生都說她會考上台大。但願母親做不到的，女兒能做到才好。

「阿蓮，那就一言爲定了！」

美心爽快地承諾後，進一步鼓勵她：「希望你能考上台北的學校。」

慧蓮卻吞吞吐吐地要求了：「如果……考上東海大學……可以嗎？」

「東海大學？」美心緊釘著問，「你有男朋友在東海大學嗎？是不是？讀哪一系的？」

一陣連珠砲彈打下來，慧蓮早脹紅了臉，囁嚅著說不出話來。

美心眞有一手，很快就攻破少女的心防了。原來去年在救國團主辦的一項登山活動中，慧蓮認識了東大哲學系的潘姓學生。他向她描述了東海校園的種種，讓她對東海的文學院十分嚮往。

慧蓮一再強調：「不是男朋友啦，眞的！」

雖然如此，我仍覺防範一些較好。以美心的爽朗性格，我怕她答應得太快，忍不住出口攔阻。

「你努力考上台北的學校吧，到時和姨媽住，費用也省些，懂嗎？」

孩子果然乖巧，立即溫婉地回答：「是，阿嬷，我會用功，希望能考上台北的大學。」

美心見侄女懂得體貼，更加歡喜了。

這天慧蓮吃了晚餐，帶著巧克力糖，高高興興地回竹山去了。

初三，美心帶著兒子回台北，家裡頓時顯得空盪盪的。幸好佛堂裡活動多，我參加太極拳和土風舞，三天兩頭和道親們結伴出門，日子過得並不寂寞。

轉眼元宵要到了，我參加湯圓義賣，光是我帶頭組織的銀髮族，就包了上千斤圓仔，為佛堂籌了兩萬多塊。

我答應美心去台北和她母子過元宵節，然後結伴去淡水看她姐姐。

出發前夕，我收好行囊，正準備關門就寢，忽見林姐快步走過來，身後還跟著一個年輕姑娘。姑娘梳著長辮子，膚色微黑，眼窩深凹，我猜想是以美女出名的邵族。我小時候到埔里玩，碰到邵族帶著竹筒來埔里「收租」。據說埔里原是他們的土地，後來讓給平埔族居住，以後又被漢人佔用了，所以逢年過節要來收點租；漢人也象徵地倒些米在竹筒裡，大家和樂相處。

邵族姑娘都很美麗活潑，但這位姑娘卻畏縮地躲在林姐背後，神色慌張有如驚弓之鳥。

「杜姐，找你幫忙來了。」

林姐悄聲說著，拉了姑娘就跨進門，還順手替我關上了門。

「她叫莫娜亞，邵族。」

果然是邵族。這個族群聽說人丁逐年稀少，目前僅有三五百人之譜，眞是珍貴得很。嬌客臨門，我感到榮幸，連忙讓坐。

「杜姐，你一向心軟，看來也只有你能幫助她。」

林姐說，莫娜亞上了人口販子的當，以為是去台中打工，誰知被拐賣到色情髮廊，最近才瞅空逃到魚池的朋友家。可恨人口販子串通黑道，日月潭方圓百里都佈下了網，她東躲西藏，昨夜才找到林姐家求救。

「杜姐不是要上台北看女兒嗎？你就把她帶去吧！」

什麼？我大吃一驚。我一個老太太，哪有能耐帶一個大姑娘逃亡呢？

「杜姐，你看！」

林姐拉我的手去摸莫娜亞的胸脯，軟綿綿的像一大團海綿。

「可憐她才十三歲的年紀，硬是打荷爾蒙針，強迫接客……」

「不要說了！」

我閉了眼，以手掩耳，大聲叫喊著不讓林姐說下去。少女被強暴的恐怖，有誰比我更清楚呀？那是我心頭永遠的痛啊！

「杜姐，杜姐，你怎麼了？」

我不理林姐，走過來把莫娜亞擁進懷裡。

「孩子，我帶你走！」

孩子在我懷裡顫抖並嚶嚶哭泣。

媽媽……

我拍拍她的背部，輕聲安撫著：美慧不哭……

「我說杜姐，你別跟著哭成一團嘛！來來，我們商量一下。」

到底是女強人，硬是把我從悲傷的回憶裡拉回現實。

當下我們說好了，明天一早把莫娜亞喬裝打扮一下，讓強仔開運糧車把我們載去台中搭火車。

「莫娜亞就交給你了，杜姐。至於到了台北怎麼辦，就看她的造化了，我們也只能盡心到這個地步。」

林姐說著，遞過來一把鈔票。這怎能收？我立即把她攆出門去。

次日，我和莫娜亞一早就準備停當。強仔準時開來卡車，車上四周裝了米包，中間空出的地方正好夠兩個人的座位。我和莫娜亞就坐著這樣的敞篷車，頂著朝陽出發，終於平安抵達了台中火車站。

美心來台北站接車，見到莫娜亞很驚訝。知道原委後，不禁神色緊張了。

「媽，你一路上就不怕黑道釘上你嗎？」

「有那麼厲害？不會啦！」

「怎麼不會？在電影圈混過的都知道，他們包山包海，又與官員勾結，可以一手遮天……誰都知道台灣是『黑金治國』嘛！」

一言提醒我，不禁惴惴然。莫娜亞更是一副要哭的樣子。

「好了，先住我哪兒一兩天沒關係，我們再想想辦法。」

莫娜亞羞怯地表示：「我什麼工都願意做。」

「那就好辦了。」

說著，美心招了一部計程車，把莫娜亞也一起帶回天母。

一到家，她拿出一套衣服給莫娜亞，交代菲傭帶去洗澡，叮囑要從頭洗到腳。

沐浴過後，她問長髮披肩的莫娜亞：「我能不能給你換個髮型？」

莫娜亞溫馴地點點頭。

美心即取了剪刀，幾下就把一頭長髮剪到齊耳根，然後替她罩上一頂假髮。哇！莫娜亞全然改觀，儼然是新潮女郎。

「媽，我想起來了，還是姐姐那裡安全。」

把莫娜亞送到海光寺？我好氣又好笑。美心一向多的是鬼點子，但是這個建議未免荒唐了點，莫娜亞不過一時有難，可沒說要出家呀！

美心卻振振有詞：「怕什麼？這年頭住在廟裡的未必都是和尚和尼姑哩！我們電影圈裡的人現在沒事就到廟裡打坐參禪，一住三、五天，住上一個月的都有，挺流行的哪！」

不料莫娜亞竟接口說：「我願意出家。」

「噯，不用啦！」美心安慰她：「你先去避避難再說。」

事後證明，美心的主意還眞出對了。海光寺裡已經住著一位花蓮來的泰雅族女子阿姬。

阿姬廿五歲了，身世相當悲慘。據說她父親工作不如意，長年喝得醉醺醺的；哥哥當礦工死於山難，弟弟隨漁船出海，經年沒消息。她十八歲時，父親要還酒債，忍痛把女兒交給人口販子，從此淪落煙花。老鴇怕她逃跑，還在她手臂上刺青。幾年下來，她染了一身病，瘦得不成人樣。油水榨光了，即被推出門外，輾轉流落到一個婦女救援團體的手中。去年承依帶領寺衆出去做社會救濟，同情原住民女子的困境，就把她接回寺裡延醫調養。半年下來，她已康復大半了。

承依說：「我們正在找醫生，要把阿姬臂上的刺青去掉。」

美心以爲多此一舉：「原住民多有刺青，留著有什麼關係呀？」

承依說：「自願和強加予人是兩回事。阿姬的刺青是一道烙印，一道受辱的標記，去掉了也好表示和過去一刀兩斷。」

「七師父說得對，」我鼓勵阿姬，「你一定要把它去掉！」

阿姬感激地向我合十說：「謝謝師嬤的關懷！」

莫娜亞見阿姬長髮及肩，問道：「姐姐，你沒出家嗎？」

阿姬向承依投去敬愛的一瞥，隨即淺淺一笑，遺憾地說：「師父還不肯收我呢！」

承依也笑笑回答：「不是和你說了嗎？我們是幫助急難的婦女，並不是招收出家人。你先自強自立起來，要不要出家，那是以後的事。」

我望著承依莊嚴慈悲的法相，心內暗自嘆氣。

說眞的，承依當家以來，也夠努力了。我很少來淡水，但海光寺的變化不算小，比當初出家時顯得寬敞有朝氣。首先，上山的柏油馬路拓寬了，山門附近還闢出一個停車場，出入方便許多。我喜歡蓮花，前院的池塘如今一到夏天就滿是紅花綠葉，還有金魚嬉游其間。許多信徒也在此放生，裡面爬著好幾條烏龜。中庭的桂花和杜鵑長得茂盛無比，春秋都把四合院粧點得美麗芬芳。

女衆寮房遷到大殿後的觀霞樓去了，西廂闢成圖書室和會議室；會議室在週日變成對外開放的佛經講堂。東廂北端還是方丈室和辦公室，二師父承佐搬去報恩寺看守靈骨塔，男衆寮房和以前的會客室打通了，變成可以容納一、二十人的通舖，阿姬和一位帶髮修行的阿珠姐便住在這裡。

然而社會潮流變了，一切比快又比大。七師父當家快五年了，怎麼就不肯隨順潮流呢？她迄今只收了三位「勤」字輩的女弟子，連我都替她著急。不說爲自己培植親信了，連光大寺廟都缺人手呀！

現在的出家人哪能和她那個年代相比？從前是不得已才出家，現在出家好比趕時髦了。眼看埔里的寺廟越蓋越多也越大，剃度時成群結隊，親友租了大巴士來捧場兼觀光，那場面多麼風光熱鬧呀！這種時候海光寺還把人擋在門檻外，難怪同門喊她「固執」了。

也是去年春節，我來隨喜，大師父承慈把我請去她的寮房喝茶。她已屆古來稀年紀了，特別照顧住了單人房，還派有專人早晚招呼她。承依遵照「不作不食」的百丈遺訓，寺衆一律派了勞務，卻讓承慈享受退休權。這位老師父很有趣，以前話少得像個啞巴，這幾年卻變成了喜鵲一隻，最喜歡找人講話了，聽到我來總要把我找去坐坐。

「師嬤，」她這麼喊我，「你知不知道七師父當了大學教授？」

說來慚愧，住持雖是我女兒，她有什麼喜事，我常是最後一個知道。

「她現在是輔仁大學的教授，開一門佛教文學哪！」

我不懂文學，其實也不懂佛教，但是承依留學美國，拿到碩士學位，當上這門課的教授想來也不會辱沒了大學，我聽了自是歡喜。

「師嬤有機會要勸勸她，」老尼誠懇地對我說，「爲了壯大海光寺，要多收弟子才行呀！好多人慕名而來，卻被她一個個擋回去了！」

我聽了很無奈：「我早講過了，她說是因緣不具足。」

老尼不同意：「佛門慈悲，慈悲就是因緣嘛！」

說的也是，次日我就向承依提起這件事。

「捐錢蓋廟和供養出家人是最有功德的事，十個人有九個願意做。你爲什麼不隨緣一點，多收些弟子也好幫你弘法利生嘛！」

我還指出，現在社會富裕到「台灣錢淹腳目」的地步，島上到處蓋起高樓大廈，寺廟不是新建就是翻修，互相比高比大。海光寺的擴建腳步，在全省寺院中，只比得上蝸牛的速度而已。

承依沒有否決媽媽的建議，只一味強調說：「弘法利生固然重要，但是寧可重質不重量。」

這一點她倒是做到了。海光寺不過十一名出家眾，倒有三名在外面進修，有一位尼師叫勤讀的，已讀到大學三年級了。剃度雖然嚴苛，承依卻允許帶髮修行。五十出頭的阿珠姐，發心在廚房修行，受命執掌香積和採購，一入廚房，上下都聽她調度。阿珠帶動了幾位女居士，天天定時來協助，海光寺倒也不顯人力短絀。

我素知這個女兒的脾氣，知道多說也無用，只有鼓勵阿姬別灰心。

「佛度有緣人，佛也度有心人，好心一定有好報的。」

阿姬很高興：「我會聽師嬤的話，努力學佛。」

承依留莫娜亞住下來，也希望美心陪我在此住兩天。

美心說：「淡水這麼近，我回家睡吧。」

承依不勉強，就找了知客尼帶我和莫娜亞去安單。

次日早餐後，美心上山來。一年不見慈師父了，母女倆聯袂去探望。

「師嬤是稀客呀！大明星也是貴客，快請坐！」

大師父有點客來瘋，嘴裡招呼著，忙不迭地掏出糖果餅乾來招待。

「剛收到信徒供養的凍頂烏龍茶，正好借花獻佛哪！」

不顧客人反對，她堅持開封，給大家各沏了一杯茶。

一年不見，我們互相問候了一番。

我也問起寺裡僅有的和尚承佐法師：「二師父好嗎？」

老尼瞪我一眼：「你沒聽說嗎？他去大陸探親了！」

美心有些驚訝：「哇，這麼快就去大陸了！」

可不，去年十一月才開放大陸探親，佐師父跑得這麼快，顯然早有大陸親人的音訊了。海峽阻隔四十年，他能找到親人實在是運氣。

「佐師父眞有福報呀！」讚歎之餘，我好奇地問起：「他的父母都健在吧？」

慈師父搖頭：「不知道父母還在不在，但是太太肯定在……」

我很驚訝：「太太？佐師父在大陸娶過親了？」

美心笑老媽大驚小怪：「他那個年紀，大陸有老婆算什麼呀！」

想想也是，但我總是感到哪裡不對勁。

慈師父說：「我們剛開始也很吃驚。以前都以爲他是童身出家，這次請假返鄉，才爆出他結過婚，而且還當了祖父的新聞來。」

我的好奇心一旦觸動，越發不可收拾了。

「佐師父什麼時候走的？」

「當然是趕回去過年咯，一家三代好團圓嘛！」

美心眉眼一眨就算出來：「那有半個多月了。」

承慈說：「聽說他告了一個月的假。」

我問慈師父：「佐師父有六十歲了吧？」

「還不到吧。」慈師父也不太確定。「大概是五十五或五十六。」

天呀！我暗暗叫苦。李忠正今年七十一歲，要是大陸也娶妻的話，說不定就是曾祖父了。

這個色鬼，當年信誓旦旦說大陸沒娶妻子，九成九是撒謊了……

不但美心問我，連慈師父也表示關切。

「媽，你怎麼啦？」

「師嬤，你哪裡不舒服嗎？」

沒有，沒有。我一邊否認，一邊站起身來。

「美心，我們不是要去報恩塔走走嗎？」

聽我這麼說，慈師父掙扎著站起身來。

「佐師父不在，報恩寺跟著關閉了。我有鑰匙，我陪你們去吧。」

心有疑惑，腳步立即沉重起來。以前我也來過報恩寺，它就在菜園邊上，距寮房也不過十分鐘山坡路，轉眼就到，現在卻走得很吃力，要美心攙扶我才行。

報恩塔和報恩寺都是紀念澄清老和尚而建的。塔僅兩層樓高，底層有門可以上去，外表顯得小巧玲瓏。塔前的寺廟也是小小三開間的建築，主殿供地藏王菩薩和土地公神龕，左右兩間闢爲寮房和知客室，一向由承佐照顧。

我問慈師父：「很多人來寄放骨灰嗎？」

「多啦！佐師父走前提到塔位快滿了，他希望能擴建才好。這幾年，光是賣塔位，他不知收進多少錢，卻一分也沒給海光寺！」

美心說：「難道這座塔不屬於海光寺嗎？」

承慈說：「土地是海光寺的，但地上建築聽說另外登記，我不懂也不管這些事了。」

我們這個年紀，不管的好。我放眼四週，林木青幽幽，菜園綠油油，置身其間，令人神清目爽。想像塔上可望觀音山和淡水河，晴日遠眺東海，視野更是這邊獨好了。

我告訴美心：「將來，我的骨灰也要放在這裡。」

她立即抗議：「媽才幾歲，想這些做什麼呀？」

「阿彌陀佛！」承慈合十表示：「還是師嬷想得週到。」

我很堅持：「美心，我眞有這個意思，你可是要替我記著！」

這把年紀了，我是這一刻才萌生火葬的念頭，而且想把骨灰放在報恩塔裡。

美心兀自不信：「怎麼這樣……爸爸不是早在桃米坑買了一塊地嗎？」

那是不假。雖然分居這麼多年，倒沒斷過老來合葬的念頭。那原是一塊荒地，後來附近開了柏油路，最近桃米溪對岸又蓋起大學來，乃一躍而為熱門的農地，身價大漲了。

「你爸爸也未必用得到那塊地。」

美心不解：「為什麼？爸爸一直認為埔里是台灣最美最好的地方耶！」

傻瓜，埔里雖美，終非他鄉呀！但是我沒說什麼，而是表示頭疼，隨即和美心辭了慈師父，回寮房來了。

用過中飯，看看莫娜亞在阿珠和阿姬的帶領下，讀經和勞動都上了軌道，我藉口想念孫兒，便和美心回台北了。

一到天母的家裡，我就對女兒透露了心事。

「你信不信，你爸爸大陸有太太？」

美心「啊」了一聲，瞪著老媽，半晌說不出話來。

我的分析很簡單：「你只要看佐師父就好了，他比繼光爸爸年紀還小，居然是結了婚才來台灣。繼光爸爸來台灣已經是三十歲出頭的人了，誰敢保他沒在大陸結過婚？」

美心一臉的狐疑：「會嗎？當初你們結婚時，他怎麼說的？」

我除了嘆氣，也只有苦笑了。

「媽難道沒問過媒人嗎？」

「當然問過，而且還親自問他，他都說大陸沒娶過親。說是從小當兵，跟著國民黨到處打戰，沒有機會結婚……但是，你信這些鬼話嗎？」

美心坦承：「媽，你問倒我了！」

但是略一沉吟，她又反口了：「爸爸不像是那種人嘛！」

什麼？我正想開口數落起老頭子，但轉念一想，他好歹是繼光的親爸爸，分居這麼些年，向來也井水不犯河水，往事不提也罷。

我告訴美心：「我想和他辦離婚手續。」

女兒一聽，眼睛瞪得比桃子大。

「媽媽，你今天是怎麼回事呀？先是骨灰塔，現在又是離婚……你都這把年紀了……」

我打斷她：「正是因爲年紀大了，犯不著虛佔著名分，才想把它解決掉呀！」

我索性攤開說了吧。以前爲了兒子不敢離婚，如今兒子長大成人也不在台灣了，這段有名無實的婚姻該做個了結，由我提出也顯得大方些。

「媽，我想的恰恰相反。正因爲爸爸年紀這麼大了，我一直想著，不管過去是什麼原因你們鬧翻過，但現在也該和解了，是不是？」

我還是只能苦笑。有些傷心事就像酒窖裡的酒，越陳味道只會越濃。

「爸爸其實人不壞，不抽煙不喝酒，雖然錢抓得很緊，但是該付的他也沒賴帳，是不是？」

這個我當然不能否認。

「我雖然不是他親生的，但他小時候待我很好，待姐姐更好……」

「好啦，好啦，我們不談過去！」

我趕緊打斷，免得耳朵還要承受回憶的苦刑。

「美心，你跟他有話說，你就替我去說一聲吧。他只要寄來文件，我會立即簽字。」

女兒釘著老媽看了半天。她一定從我臉色看出我心意已決，神情不禁跟著嚴肅起來。

「不行！」她像法官下判決書似的，完全是不可通融的口氣。

看我楞著臉，她並不妥協，又一味強調說：「一般人尙且勸和不勸離，何況是女兒？爸爸在台北，要離你自己和他說去！」

「你眞不替我傳話？」我也下了決心。「那我就找律師去辦啦！」

這一招果然有效。

「好，好！我替你向爸爸說一聲。」

我提出了條件：「老頭子做了十幾年的股票，財產不知翻了幾番，不過我不會要求平分他的財產，叫他放心吧。我只要保有埔里的房子和那塊墳地，繼光會寄我生活費，這樣就行了。」

說到具體的內容，美心立即神色認眞起來。

「你光要埔里的房子和墳地，太少了吧？」

我笑了：「多了也不見得就要得到。」

幾年不往來，李忠正的性情似乎變了，在錢財方面尤其變化大。還記得剛結婚時，他拍著胸脯說：「阿春，每個月的薪水袋交給你，一切由你發落！」等繼光和他住的時候就發現了，老頭子用錢都記帳，帳本裡獨缺零用這一項。除了看電視，他頂多出去看場平劇，其他花錢事一概免了。平常也不愛同人打交道，公寓的鄰居幾年了也只維持著點頭之交而已。

從兒子點點滴滴的敘述裡，我感到他是越老越孤僻了。

是不是等著這一天開放大陸探親了，好把錢帶回老家呢？

「你爸是個道地的守財奴，錢賺得越多，人變得越小氣，連他兒子都受不了。記不記得繼光上大學時，僅和老爸住了一年？」

美心替他辯護：「那是弟弟想住宿舍嘛！」

我告訴她，事實正好相反。老頭子當了保全公司董事長，一部汽車都不捨得買，寧可進出搭巴士，一套西裝穿十年也不換，這麼節省，年輕人怎麼受得了？等分到宿舍，當然忙著搬家了。

美心聽我數落時，只管一旁傻笑，顯然認為老媽誇大了。

「我倒沒聽弟弟說老爸小氣，只抱怨老爸囉嗦，整天釘著他要考托福，要出國留學，要給他辦綠卡什麼的。繼光不是說了？他要是留學不成，老爸準會氣得上吊呢！」

當然了，李忠正也許對家人不算苛刻，對自己卻節省到吝嗇的地步。自從我們分居以來，他每次回埔里都是住老同事關先生家。去年關先生去世，他趕來埔里弔唁，捨不得掏錢住旅館，竟利用老榮民的身分，住進埔里榮民醫院作身體檢查，空檔時跑出來上香。我佛堂裡的一位道親在醫院當義工，看到病歷上的配偶欄有我名字，當作巧合講給我聽。

「媽，你不想多要爸爸的錢，但是應得的份也不要放棄嘛！我還是給你找個律師，必要時上法庭……」

我趕緊制止：「不行！這把年紀了，我才不上法院去丟人現眼！」

看我這麼堅決，女兒終於打消了找律師的意思。

「好吧，我幫媽媽去說一聲。」

不知美心怎麼去跟老頭子說的，一直也沒回我話。李忠正在考慮什麼不成？儘管我沒什麼要求，也許他不放心，先忙著處理財產也說不定。

我聽到越來越多大陸探親的新聞，更加感到自己早日離婚是明智之舉。有個七十二歲的國大代表，剛爆出大陸老家有老婆和四個兒女的新聞。他到台灣不久就娶了一位中學教師，生下三個孩子，如今這位教師忽然發現自己從原配降爲側室，眞叫哭笑不得，好尷尬呀！

在我們佛堂的插花班裡，淸一色都同情這個台灣妻子。

一位潘姐說：「她是被騙了！七十歲上下的大陸男人，十個有九個九在大陸娶了親。」

有些知曉我家內情的人不免瞟了我一眼，讓我臉上一時火辣辣的。

林姐有心衛護我：「要說欺騙也情有可原，當年海峽兩岸阻隔，很多人以爲回不去了，有老婆的也等於沒有嘛！羅漢腳的日子很難熬的呀！」

有人問：「這位老國代的財產，將來怎麼分呀？」

「當然是留給台灣的子女！」

「可是根據法律，大陸的子女也有權繼承的。」

「光是爲遺產的事，將來兩岸可有官司打了！」

七嘴八舌中，我暗自慶幸自己想得開，能夠早日放手，免得事到臨頭時又受一次傷害。

六月裡，繼光來了電話。

「媽，我拿到綠卡了！」

太好了！我握著聽筒，高興得眼眶一陣濕熱。

「我馬上動手給你和爸爸辦移民。聽說台灣有移民公司，爸爸媽媽不懂英語，我看找一家公司代辦比較快……」

我趕緊問：「你爸爸，他知道了吧？」

「知道。爸爸說，他會在台北找一家公司，叫你放心，等著移民公司和你連絡就是了。」

我想告訴兒子，最好是辦完離婚手續再辦移民，又怕在電話裡一時說不清，決定暫時不提起的好。

「好，我就等著移民公司來電話了。」

果然沒幾天，台北就有一家會計所來電話。一位丘小姐要我上台北辦手續。

「可不可以等一下辦移民，或者單獨辦理？」

我把有意離婚的原委說了一遍。不料對方提出相反的意見。

「李太太，你可不可以到美國再辦離婚？」

「爲什麼？」

「你們到美國是依親生活，要夫妻倆同時辦理才行。等離完婚才分頭辦移民，那要折騰好幾年呢！」

有這等事！我一時不知怎麼辦才好。

「李先生怎麼說，他開始辦了沒有？」

「沒有，李先生說他不急，等你動手辦起來再說。」

這傢伙安的什麼心呀？莫非也是要等離婚完畢才申請移民？

「我想一想再和你連絡吧。」

我記下了丘小姐的電話，但是第一時間就打到美心家裡。

「你和老頭子怎麼說的？」

她竟一問三不知：「我和爸爸說……說什麼呀？」

「辦離婚的事呀！」

「哦，我忘了！」

我簡直不相信自己的耳朵：「你忘了？你真的忘了還是假的忘？」

「真的假的都有……我當媽媽是一時想不開，所以也沒放在心上……」

我氣得想摔掉電話，但事已至此，只好忍下氣督促她：「你趕快給我問去！」

美心沒想到老媽在生氣，還在電話那頭磨蹭著。

「媽，你急什麼，這種事……」

我忍不住對著聽筒吼叫了：「它關係我辦移民哪！」

美心聽到來龍去脈後，也還是不改慢悠悠的口氣。

「媽，你如果只是想到美國玩玩，辦理觀光簽證就行了，何必急著辦移民？你真的不住台灣了？」

「誰說的？是老頭子一心想著要移民去美國，我不過是想著看兒子方便，有了綠卡可以來往自由罷了。」

「好吧，我這就去問問老爸。」

隔了半小時，她打回來了。

「媽，爸爸不辦移民。他在辦大陸探親的手續。」

要來的終於來了，幸虧我早有心理準備了，否則不氣死才怪！

「有沒有說，他要探什麼親？」

美心遲疑了一刻才說：「媽，我沒問。等他回來再說不行嗎？」

當然可以，我既然看淡世事，也不在乎這一點時間。

「爸爸說，他要親口向你解釋。」

「不必了。」

我是鐵下心，這輩子不見這個人了。

「你知道嗎？他想叫弟弟陪他去大陸。」

我很驚訝：「什麼時候？」

「不知道。據說有了綠卡，繼光就可以離開美國，到處旅行了。」

「繼光能去大陸，當然也能回台灣了。」

「就是。」

果然，下次兒子來電話，就說有意返台探親，順便陪他爸爸去大陸走走。

「媽，」他在電話裡試探似地問起，「如果爸爸找到親人，你會不會在意？」

我哼了一聲，冷冷回答說：「不會啦。」

「我是說，也許他以前在鄉下……聽說農村的人早婚……」

我打斷兒子的話：「你媽已經提出離婚了！」

「啊？」他的驚訝穿透聽筒，撞擊著我的耳膜。「什麼時候？」

「二月裡，只是美心不肯去說。現在又卡在移民申請上，我也不知道怎麼辦……」

「媽，你先不要著急，等我回來再說，好嗎？」

我不答應又能怎麼樣？掛了電話，我在自家佛堂前拜了兩小時經。

七月底，繼光返台。他在台北待了一晚，給我報了個平安電話，次日即陪他老爸飛香港轉大陸了。

過兩天，大專聯考放榜，王慧蓮考上清華大學歷史系。謝天謝地，杜家的孫輩也有人上大學了！美心說她已給姐姐報喜了，但我忍不住還是掛了個電話，母女倆再分享一回親人骨肉的喜訊。

雖說出家是斬斷塵緣，但是時代變了，出家人沒有以往那麼拘泥死板，和俗家也多了來往。我知道慧蓮不想見她媽媽，但是作媽媽的怎能不想她呢？

「要是阿蓮讀輔仁大學多好！」我表示遺憾，「那樣，你到輔仁上課也能見到她。」

「能考上大學就好。」承依的口氣既歡喜，也有信心。「因緣具足了，自有相見之日，請媽媽放心。」

她倒是想到一些具體的細節。

「美心也不富有，如果阿蓮需要學費，我可以幫忙。」

她解釋，剛收到一筆三十萬的匿名捐款，指名捐給她本人。

「我自己不需要錢。這筆錢不拿來做獎學金，就用來救助雛妓。」

我望著自己光裸的左臂，看到的卻是阿姬手臂上的刺青，渾身不免要顫抖起來。

「七師父，你別擔心阿蓮的學費，我會幫忙的。你還是把錢都拿去幫助雛妓吧。」

「感恩媽媽，讓您費心了。」

掛斷電話時，我問自己，剛剛說話的人可是那個一度割腕自殺的女兒？出了家的女兒如今言談間流露的是明快和果斷，卻又那麼溫和恬淡，不強求也不執著。最奇妙的是，她這份恬淡的情懷竟能通過電話傳過來，讓我心裡一陣平靜和安慰，覺得萬事都有安排，一切可以隨遇而安。

我頭一回覺悟，女兒出家竟是走對路了。當年那個柔弱、悲慟到不想活的少女，如今已修成一位富有慈悲和智慧的尼師了。

上天有眼，眞不枉我多年茹素拜佛了。

我想到爲阿蓮打點行裝，自然而然地想起了王家大姐。

自從竹山的王家通了電話後，我還沒曾給他們打過電話，現在不假思索就拿起了聽筒。

蒼老的回音讓我相信，接聽的正是老大姐。

「大姐，我是阿春。」

「哪個阿春？」

「杜阿春，大姐還記得吧，慧蓮的外婆？」

「啊！是阿春呀！」

加重又拖長的語音道盡了老大姐無限的驚喜。

「恭喜呀，大姐，阿蓮考上了清華大學。」

「噯，也是你們疼她，才有今天哪！」

「哪裡，都是祖母愛惜和栽培的功德呢！我想給她準備些東西……」

「巧極了，我也正想這麼做……要不，我們一起給她買些東西？」

「太好了！不嫌的話，讓阿蓮陪你來埔里好嗎？這裡新蓋起大百貨公司，我們一起去逛逛。」

「那也可以。」

於是我們約了禮拜天下午見面。

掛上電話後，我眼睛久久移不開機座，悔恨自己晚打了這通電話。

當年的叫陣和對罵，十多年來的嫌忌，一霎間都消失得無影無蹤了。

我以前恨她不知好歹，若非怕女兒尋死，怎捨得把個如花似玉的人嫁給她那個肥豬兒子呢？不知感恩也罷，竟倒打一耙，跟著無知的人起鬨，氣得我發誓一輩子不見她。

沒想到，再見面時都是兩鬢白髮，腳步蹣跚的老婆子了，卻緊拉著手說「你還是老樣子」。

果然樣子是「老」了。老了也好，學乖了許多，也懂得惜福，我不怕老。

覷一眼身旁活蹦鮮跳的阿蓮，我挽著老姐的手，什麼都不說，兩人遠眺落日餘暉中的奇萊山，都說一日就數黃昏的時光最美。

盼呀盼，月中終於盼回了繼光。四年不見，兒子長白也長胖了，可見美國眞是油水多多的國家。

他卻一見面就叫苦：「這趟大陸行，我瘦了十磅！」

聽他敘述，大陸是吃不好也睡不好，東西品種很少但很便宜，尤其是手工藝品。他捎回許多土產，像茶葉、魚乾、瓷器、陶馬等等。

我等待的當然不是這些。

他老爹果眞在山東濰坊鄉下娶過親，做過老婆大他五歲的「小丈夫」，生了一個女兒。這回在濰坊見到了女兒一家，女婿是退休的工人，孫子當上中學老師，孫女嫁到煙台，據說一家人過得相當和樂。

「爸爸說，他很對不起你，希望你能原諒他。」

我想起了海光寺的承佐和尚，除了苦笑，還能表示什麼呢？老頭子想必和承佐一樣，早早透過管道去大陸尋親了，我們都被蒙在鼓裡而已。幸好分居這麼多年了，總算減輕了一點上當受騙的屈辱和折磨。

「大媽去年過世了，」繼光說，「所以離婚的事，媽就不用再提了。我看爸爸也不會答應。」

我當然知道老頭子不肯離婚，否則二十多年前就分手了。

「繼光，你爸爸要回大陸住吧？」

「很難說。大姐一家都希望他回去。」

繼光認爲，以他老爸的年紀，想告老返鄉是人之常情；若願意移民美國，做兒子的也歡迎。眞不愧他李家的兒子，對老爸的一切都能諒解。

我想到老頭子幾十年也改不了吃饅頭的脾性，很可能回去定居。台灣正刮起大陸遊的熱潮，連我們這個群山環繞的偏僻小鎭，最近也出現了「神州五日遊」之類的廣告。我對那塊土地很陌生，還沒起過旅遊的念頭。忠正已是古來稀年紀，怕也不堪兩岸的往返奔波。我們兩老像是平行的火車軌，只怕是永遠交不到一起了，有些事還是早日算計好爲妙。

我說：「你爸想回大陸住的話，我們還是辦了手續的好。」

兒子掩耳抗議：「媽，你又來啦！我難得回來，不要再提了好嗎？」

我怕兒子生氣，只得勉強嘆口氣答應了。

他從台北返美，行前讓美心陪他去海光寺看了姐姐。上飛機前，他從機場來電話辭行。「爸爸讓我護持大姐……不，現在算二姐了。我先寫了一張五百美元的支票給她。以後我會定期贊助二姐的慈善活動。」

大姐或二姐都無所謂了，有親情最重要，我聽了很感安慰。

「阿彌陀佛，菩薩保佑你。繼光，你要常常回來看媽媽啊！」

「爸媽不來，我就每年回來看你們！」

言猶在耳，第二年春天他就墜入愛河了。女的是一個白人同事，從寄來的照片看，明眸皓齒，美心說很有健美影星珍芳達的味道。

「怎麼辦？美心呀，趕快叫你弟弟回台灣來相親！」

我作夢也沒想到，自己可能有個外國人媳婦，著實惶恐得很。

「算了吧，媽，整天釘著要他去美國，要是娶了個美國老婆，也只好認啦！」

我還來不及反對，繼光就宣佈了，女方選在六月六日結婚。什麼「女大不中留」，我看男大也不中留！還沒讓父母瞄上一眼的媳婦，他就讓她牽著鼻子走了！

繼光還說，他希望三姐陪著兩老去美國參加婚禮。

美心說不行。她一頭栽進靈修的活動裡，忙得沒日沒夜的。

「那個週末我報名參加法鼓山的禪七了。我答應過聖嚴法師，要帶幾個朋友去參加禪七，到時怎麼好意思自己跑掉呢？」

我一句英語都不通，沒有人陪伴，哪敢去美國冒險？

「你們在美國結的婚不算數！」我對兒子說，「改天回台灣，還要正式請一次客才行。你爸爸就你這個兒子，哪能馬虎呢！」

「這麼說，爸爸要來參加才行。」

「他這麼大年紀了，」我很懷疑，「能坐這麼長時間的飛機嗎？」

繼光說不妨：「爸爸現在正跟著星雲法師在大陸參訪，已經走了好幾省了。他給我打來兩次電話，都沒喊過累。」

什麼？我大吃一驚，李忠正幾時信教了？而且是佛教呀！

記得剛結婚時，每逢農曆八月中旬我去集集祭拜大衆爺，他總笑我迷信。「去拜一棵老樟樹？你饒了我吧！」

就是這種不知敬拜鬼神的人，才會幹出傷天害理的事來。也罷，老來知道懺悔，總算良心還未泯滅。

「你爸爸幾時信佛教了？」

「我也不知道。去年回來看他，就發現他在吃素了。」

早該吃素了，軍隊出身的人殺孽最重了。素食也有益健康，難怪他有體力再度遠征大陸。佛光山道場組團參訪大陸的消息，早傳遍台灣了，連我們一貫道也談論過，公認是兩岸宗教交流的創舉。聽說走訪名山古剎的行程排得很緊湊，老頭子走得動，體力想是不錯的。

我問兒子：「美國新娘喜歡什麼？我去買了托你爸爸捎去。」

「什麼都不需要，眞的。媽媽想送她禮物，等她來台灣再送吧。」

話是這麼說，我還是上金鋪打了一串項鍊。美國人再有錢，但凡女人誰不愛黃澄澄的金子呀？我還向聖母求了一道符，和鍊子包在一起，保佑小夫妻倆幸福平安。台灣婆婆別的沒有，心意和禮數是不缺的。

可是逼近婚期時，老頭子忽然透過美心傳話，說他不去美國了。

「老爸關注大陸的變化，一時不想離開台灣哪！」

連我這種不關心時事的也知道，北京正在鬧學潮，成千上萬的大學生上街要求民主，後來在天安門廣場靜坐示威，還有人絕食，引得全世界都來關注。台灣電視廿四小時報導著，人們議論紛紛，似乎大陸快變天了。

我想不透：「大陸鬧學潮，跟他什麼關係呀？」

美心也很奇怪：「我還沒聽過老爸這麼興奮過，說話嗓門大得像打砲，而且說個沒完沒了。他說大陸很快會變成民主自由了，有一天也會像台灣一樣，大家可以自由投票，也有選舉什麼的。」

我有些懷疑：「就靠一些學生鬧鬧，那麼大的國家說變就變了？」

「誰知道？不過外省人，尤其是老人，都很看好大陸的開革開放。媽，你知道嗎？海光寺的佐師父，他回大陸定居了！」

眞的呀？莫非是春天剛隨佛光山的星雲法師訪問大陸，看上什麼寶剎不成。

「他去哪個廟？」

美心笑出聲來：「媽，你以爲他還當和尚呀？人家還俗了！」

可惜呀！海光寺碩果僅存的一名和尚，竟也留不住了。

想想也不奇怪，林姐早就說了，台灣的和尚當不長。據說每十個男子出家，至少七個還俗；而十個女子剃度，至少七個留下來。近年來埔里興起佛教熱，大大小小的道場不下兩百家，街上看來看去多半是尼僧。

「師父怎麼肯放他走呢？」

「人家要走，兩匹馬也拉不住。糟的還在後面，他把報恩塔賣了！」

「啊？怎麼可以呢？」

原來承佐為了籌錢返鄉，悄悄把靈骨塔轉讓給商人。雖然土地屬於海光寺，當初修塔時由他一手承辦，他就把地上建物登記在他名下了。

「報恩寺也一併賣了嗎？」

「還好，那是姐姐當上住持後修建的，屬於海光寺所有。」

謝天謝地！不過我還是為七師父煩惱。

「少了報恩塔可是美中不足，也損失好多收入吧？」

「那種損失倒不算什麼。聽說塔位早被承佐賣得只剩四座了，現在的買主準備自家使用，不打算對外開放了。」

美心說，買主還算好說話，發現海光寺上下都被蒙在鼓裡後，有意以原價八十萬讓出，但要保留兩個塔位才行。

僧人怎麼鬥得過生意人呀！一轉手，人家就白賺了兩個塔位。

「爲了籌這八十萬塊，姐姐打算發動募捐呢。」

「怎麼去募捐呢？」

「她不喜歡做法會，但是中秋節時，她打算做齋飯佈施兼義賣，相信會籌出錢來。」

聽到齋飯，我立刻躍躍欲試。「我去幫忙好嗎？」

「當然好啦！我早對姐姐說了，媽媽一定會帶頭響應！」

能爲我女兒的道場盡些力，眞叫人歡喜無限。我早早計劃了菜單，在中秋前兩天就到淡水來了。

秋天的台北仍是熱得像火爐，但是海光寺早晚還涼快，就是潮濕些。照顧香客，寮房裝起了冷氣設備，空氣乾爽，像住旅館一樣舒服。

一年多不見，兩位原住民姑娘的生活已大有轉變。阿姬已在台北找到了工作，是美心托人介紹的，給天母一對美國夫婦看孩子，週末才回來。莫娜亞白天去淡水上補習班，準備考技術學校，晚上回來也在看書，打板了才肯罷休。兩人氣色紅潤，神情開朗，見到人都是笑瞇瞇的，我看了打心裡歡喜。

爲了齋食的義賣，全寺的尼衆都聽候大寮調派。阿珠派承信陪我去台北的迪化街採購。買全了一應物品後，我無意中發現一種綠色菜乾，店主說是「貢菜」，大陸進口的，涼拌或熱炒食用。

貢菜，顧名思義是以前進貢給皇帝吃的，那一定是美味。我靈機一動，當下買了五斤。回來先試著泡開了幾條菜乾，然後拌上香油、醬油和糖醋，味道香甜爽脆，口感很好。

承信嚐了一口說：「師嬤，這道菜一定熱賣！」

果然，傳統的月餅、羅漢齋、炒米粉、素油飯、油悶筍……很受歡迎，而香客敢品嚐涼拌貢菜的，都稱奇讚美，結果是第一盆見底。

這場法會和義賣讓海光寺淨收廿萬元。

承依很歡喜：「我們再辦兩次就可以達到目標了。」

慈師父說：「不用再賣什麼菜了，剩下的錢找幾個大生意人募捐就是了。」

承依不以為然：「施主的定期捐獻都是專款專用，能不額外向他們開口最好了。我們通過義賣，學習自力更生，也和眾生結緣，豈不更好？」

眾尼都點頭稱是，顯然對住持是口服心服。老媽在一旁看了，更是歡喜，趕緊呼應她的主張。

「什麼時候再辦義賣，我一喊就到！」

大家鼓掌歡迎。

阿珠姐留我：「師嬤多住幾天好嗎？傳我們幾道烹調手藝吧。」

這麼看得起我，哪能不答應呢？

沒想到信了教以後，自己在烹調上有收穫，到處受肯定，真是越想越開心。現在人講究「成就感」，我這種樂孜孜的感覺想必就是成就感了。要「成就」，哪需要拚了命考大學念博士呀？

做慈善就行了。以前聽兒子背童子軍守則，說什麼「助人爲快樂之本」，眞是如假包換呀！

沒想到第二天就出狀況，剝奪了我參與義賣的機會。

早上沒事，我和小師父勤耕在知客處品茶閒聊。這時來了一位高大魁梧的中年男子，他在大殿和東殿上了香後，就過來打聽當家師父在不在。

「我叫洪義雄，」他向勤耕自我介紹，「我以前也在這裡出家過，拜澄清老和尚爲師。」

原來是你！我記得慈師父說過這麼個人，被未婚妻找上門來，哀求他還俗了。

「洪居士請坐，我去告訴上人一聲。」

勤耕走後，我和洪先生談起來。他知道我是住持的媽媽後，立刻站起來，又點頭又哈腰的，十分恭敬。

「我最佩服承依法師，」他說，「她的清名遠播到我們台東來了。花東地區的一些原住民婦女，都知道有這麼一位俠義心腸的女菩薩。」

我爲承依歡喜，也不忘感恩：「都靠你們大家的護持了。」

說著，承依出來了，一見面就滿臉驚喜交加的表情。

「洪居士，什麼風把你吹來了？」

洪義雄呵呵大笑：「沒想到吧？早想來了，可惜一直被生意拖著。」

說完，他遞上一張名片。

承依看了一眼，敬佩地表示：「洪居士經營海水養殖，外銷很好吧？」

他謙虛地回說：「馬馬虎虎啦，不過鰻魚苗倒是很暢銷。」

「請坐，請坐。洪媽媽好嗎？洪太太好嗎？」

「托福。她們都向師父問好。」

「我還記得洪太太來海光寺的情景，她一定是個好媽媽。」

洪義雄呵呵傻笑：「我們有一男一女兩個孩子。」

「兩個恰恰好。你家庭幸福，事業順利，眞是有福報的人。」

「都是師父成全的。」

洪義雄提起往事，說當年還俗時只有承依諒解他，至今都很感激。

「我說過要當你的護法，師父還記得吧？」

承依合十表示感恩：「你今天回來看我們，就是很大的護持了。」

「這個算什麼？」他連連搖手。「最近寺裡有什麼建設項目沒有？」

承依還在沉吟中，她的弟子已搶著回答了：「我們正在籌錢，要買回師公的靈塔。」

洪義雄問明了原委，即慨然表示：「那剩下的六十萬，我認捐了！」

不但師徒感恩，連我也感動極了。一開口就是六十萬，我一時激動得快坐不牢凳子了。

承依在一陣歡喜過後，忽然輕輕「哦」了一聲，目光發亮，嘴角微開，發現了什麼秘密似的。

「洪居士，有一件事我一直悶在心裡……我留學美國的獎學金，是不是你贊助的？」

「沒有呀！」他搖頭否認。「我以前不知道你要出國呢！」

承依眉頭略微一緊，隨即又合十表示感恩：「佛祖保佑，我們的社會越來越好了，出現了許多施恩不望報的人。」

我想起她提到的匿名捐款，果然是這樣。

洪義雄也有同感：「台灣經濟好了，有心的人也多起來。師父還記得當年我們談過佛教現代化的問題嗎？」

承依點頭說：「當然記得。恩師往生前念念不忘虛大師的『人生佛教』理念，這和我們當前推動的『人間佛教』，精神是一致的，都是以入世的精神荷擔出世的家業。」

「太好了！我聽說你在做社會救濟，幫助陷入火坑的原住民女子，眞是了不起！我告訴自己，再不來拜望師父，就不是洪義雄了！」

他表示要長期護持海光寺的志業，但有附加條件。

「我希望錢花在我們台灣，別像慈濟功德會那樣，跑去大陸救災。你看中共在天安門廣場用坦克鎭壓學生，我們怎能和它打交道呢？」

我聽到這裡，忍不住出聲附和他：「對呀，慈濟有錢應該先救台灣才對嘛！」

承依卻不這麼看。她以爲宗教應該超越政治，哪裡有急難就去哪裡，體現「無緣大慈，同體大悲」的佛祖大願。

「慈濟有國際賑災的經驗。你想，不同膚色的外國人要救，同是炎黃子孫的大陸同胞怎好袖手旁觀呢?我們海光寺是家小業小，有心無力，否則也會效法慈濟那樣，走出台灣去辦救濟事業。」

洪義雄聽了，臉上滿是敬佩的神情。

「師父說得好，我們種福田也要種到大陸去……對了，也去和中共『統戰』一番嘛！」

我不懂「統戰」的意思，想來是對等待遇吧，當下也樂得贊同。

承依問客人：「你難得回海光寺，在這兒住幾天好嗎?」

洪義雄說他要去台北談生意，但可以留下來用午齋。

「你走了十年，海光寺變化不小呢。對了，你當年種的兩棵台灣欒樹，夏秋一片花海，我陪你去看看。」

「感謝上人，我正想各處參觀一下。」

承依就親自陪著客人去參觀了。

我在海光寺住了半個月，美心才來接我。她說，叫清海法師的越南師父來台灣了，在台北的觀音講堂辦活動，她特地來接媽媽去參加。

「媽，算你有口福，師父今天要親自燒素菜給我們吃耶！」

聽說這位師父生得美若天仙，三歲就吃素了，素食手藝好，我也很想見識。

觀音講堂在台北市東區一棟大樓的地下室，正值黃昏時刻，室內燈火輝煌。講堂佈置很簡單，牆上掛了釋迦牟尼佛和觀音菩薩像，像前一張講台，上置一具麥克風。再來是廿多排椅子，快坐滿了信徒，中青年居多，男女各半。

來以前就聽承依說了，這是一門「新興宗教」，比較投合年輕人求新求炫的愛好，果然如此。我們一貫道聚會時，一向是女多於男，而佛教道場則是中老年婦女的天下，氣氛就是不一樣。

我正想坐上最後一排，卻見一位女士走過來招呼美心。

「美心，你帶媽媽來了？伯母好！」

她叫張佳月，要我們先參觀他們師父設計的「天衣」。

我這才注意到，地下室兩旁有玻璃櫃，裡面陳列著男女服裝。

我以爲「天衣」指的是僧服，沒想到是普通服裝，其中女服變化多些，有長禮服、套裝和休閒裝。

佳月問我們的意見：「設計不錯吧？」

美心勉強說：「簡單大方。」

「這些當然不是給大明星設計的咯！」佳月說：「上人關心我們的日常生活，眞是無微不至，她教我們怎麼穿衣服，怎麼打扮……」

我有些驚訝：「清海法師學過裁縫嗎？」

「沒有，但是師父手很巧，想做什麼就能做出什麼，眞的！」

美心也向我解釋：「師父的意思是，學佛追求的是眞善美，生活首先要過得好；自己先要感覺美好，才能表現美好。」

佳月很高興：「就是！我們中國人說的『女爲悅己者容』，講的應該是：女人打扮是爲了讓自己開心！」

哇！見解果然不同。美心更是全聽進去了。她最講究梳裝打扮，早上沒化妝還不肯出房門一步呢。

正說著話，忽見幾個青年不知從哪裡抬出三張乒乓球桌，接龍似地在座位後方拼成一張長桌。接著幾個姑娘接力賽似地端上菜，須臾桌上擺滿了二十多道菜，頓時香味四溢。

我瀏覽了一遍，原來是中西合璧的菜式。常見的素齋外，還有洋芋沙拉、通心粉和烤麵包，以及各種水果。特點是顏色搭配鮮艷，多涼拌少熱炒，作料也簡單，相信吃起來口味也不重。

「媽，這些菜不錯吧？」

我還來不及回答女兒，耳邊已響起「師父來了」，跟著呼聲四起，人潮也湧向門口。

幾個女子簇擁著一位中年婦人進門來了。這人想必就是清海法師了，只是打扮得漂亮又養眼，完全出乎我老婆子的想像。

她穿一身低胸的雪白袍服，頭戴一頂尺把長、上尖下圓如蛋卷冰淇淋的白筒帽，帽尖披的白綢巾直垂到背後，帽尖和帽沿都綴以珍珠和紅藍寶石。低領露出的粉頸纏繞了好幾圈珍珠項鍊，更有兩串珍珠耳環直掛到肩上，走動時跟著搖幌。臉上塗脂抹粉，唇膏特別鮮艷，一雙眼睛最是晶亮有神了，顯得很美麗也很威嚴。

她邊走邊向兩旁的徒衆合十問訊：「大家好！半年不見了，眞想念你們啊！」

弟子們呼聲雷動：「上人好！我們想念您！」

有人要在狹窄的甬道上叩頭跪拜，剛喊聲「頂禮」，她立即回以「免禮」，似乎不在乎這些規矩。

她直直走到餐桌前，然後雙手平伸，手腕露出白玉鐲子。接著她轉了個三百六十度的身。

「注意到師父的新衣和新帽嗎？喜不喜歡？」

又是一陣雷鳴：「喜歡！」

「誰是第一次來觀音堂結緣的？」

我在美心的推動下，遲疑地抬起了右手。一共有五六個是新來的。

她環視我們一眼，接著嫣然一笑說：「我爲你們穿了新衣。」

美心大聲地替我說了：「感謝師父！」

清海笑得很開心很甜美。她揚手指一指兩旁的玻璃櫃。

「我設計了一系列的衣服，歡迎大家踴躍訂購，讓我們共同爲台北的道場募款，好嗎？」

衆人齊聲叫好。佳月接著宣佈，要買的會後找她登記。

「我給大家做了幾道菜，希望合你們的口味。」

清海說著，揚手招呼大家：「趁熱吧，素食也是熱的好吃喔！」

排隊取菜時，我低聲告訴美心：「師父這身打扮，讓我想起一部老電影……」美心的眼睛骨碌一轉：「我知道了，媽媽以前說過……『埃及艷后』？」

可不，我年輕時只看過這部電影，印象太深刻了。

「媽！」女兒悄聲抗議了，「你怎麼不換個想法，譬如觀音菩薩的現代版？」

唔，那樣想當然也可以，只要不是模特兒就好。

「出家人應該穿得樸素些……」

女兒懂得我的意思，悄聲解釋說：「師父原先在台北剃度出家，也現比丘尼相。她後來自立門派了，才留髮並穿戴華貴起來。她的理由是，上界菩薩原本就是莊嚴華麗，她只是將天堂的華麗形象爲我們展現一番罷了。」

我望女兒一眼，不著聲了。她是走到哪裡都愛打扮得漂漂亮亮，難怪找的也是一個穿金戴銀的出家人，果然臭味相投。

我剛挨到餐桌前，清海走過來招呼。美心介紹我們認識。

清海親切地說：「聽說你信一貫道，沒關係，我歡迎所有的宗教。我會讓你們更加信仰自己的宗教，教你們找到自己的上帝，懂嗎？」

她邊說邊從一盆五顏六色的炒飯裡，舀了一勺放進我的盤裡。

「杜媽媽一定要試試我的十錦拌飯……不是『炒飯』喔！是把炒好的作料拌均了，懂嗎？」

她把我們當孩子來說教了，好在嗓音圓潤甜美，聽多了如同催眠的媽媽經，倒也不覺逆耳。

要說素食手藝，這道飯看來就色香味俱全，有滾圓如珠的米粒，紅、綠和黃色甜椒丁，青豆、花生仁、胡蘿蔔粒……「十錦」是只多不少。我以爲只有我們一貫道懂得用美好的素食招徠信徒，誰知清海手段更高，還親自下廚呢！

「我們吃素，不但戒殺生，也有益健康。高脂肪和高蛋白是現代人的最大殺手，懂嗎？」說著她舀了一勺飯到美心盤裡。美心抬頭稱謝，忽然鎂光燈一閃，這一幕被攝入鏡頭去了。

美心和我榮幸被邀去和她同桌用餐。她看美心吃得很少，便關切地問說：「杜小姐吃這麼少，怕胖嗎？」

說話一針見血，讓美心想賴也賴不了。

「心情好了，工作順利，吃多也不胖，」清海說，「心情抑鬱或工作壓力大，潛意識裡要逃避壓力，反而吃得過多，那更容易發胖，懂嗎？」

我很高興有人代我管教美心，趕緊大聲唱和：「師父說得對極了！」

美心每次失戀，總是把自己吃得像條小母牛，然後再虐待自己的腸胃來節食，看得我心疼。以前怎麼勸她也不聽，現在可有人管教她了。

美心恭敬地說：「師父，爲了健康，我要努力吃素。」

我對座旁的張佳月說：「你們師父眞有學問，懂得心理學耶！」

「師父留學過英國和法國，她懂六國語言呢！」

那是大學問了，單憑這一點我就很佩服。

清海繼續對美心說教：「只要不虐待自己的身體，不破壞環境，我們活一百多歲是很容易的事。」

她說上帝給人類的肉體很耐用，是我們用焦慮和過度工作破壞了它，用酒和麻藥毒害它，又把環境破壞了，空氣污染，水也充滿了化學藥物，加上權謀、戰爭，結果人類多死於非命。她號召大家回歸自然和簡樸的生活。

我悄悄問張佳月：「你們怎麼體現自然和簡樸的生活？」

她說：「我們修行的地方都找沒開墾的荒山，就地取材，因陋就簡，譬如山洞裡頂多澆點水泥，上面舖稻草和蓆子，就這麼簡單。大聚會時師父寧可搭帳篷，走時打掃得很乾淨，不留一點紙屑什麼的。像台北這個聚會所，算是最奢侈的了。」

埔里的寺廟越蓋越大，而清海仍在搭帳篷傳道，那是夠樸素了。

這時我聽到清海對美心說：「關鍵是人的修行，你看牛和馬吃了一輩子的草，夠素了，但是成得了佛嗎？」

美心表示：「我有心學佛，總是不得其門而入。」

「你要修觀音法門，」清海說，「八萬四千法門中，只有它是最方便的，可以一次頓悟。玄奘大師到印度求經時也學過這個法門。我今晚可以給你『印心』。」

她這晚開示的主題就鎖定了觀音法門。據說人具有一種自然的振動力，一種權力，修煉時可以和它溝通，「觀看」到光並聽到「聲音」如天籟或海潮；這聲光是人的本性，或稱佛或稱道，說上帝也可以。這種經驗可以消除業孽，等於進入另外一個境界，是無上美好的體驗。

「要印心的，請輪流進來。」

聽完她的開示，許多人紛紛起立。清海即隱入角門內，信徒排隊等候在密室外，一個出來了另一個才能進去。

「媽，我決定去印心，從此皈依師父了。」

我點頭贊同，只是不放心地悄聲問她：「到裡面做什麼？」

「聽說是師父當面傳秘咒，聽了即刻開悟。」

我有些存疑，卻寧願清海具有這種神力。美心這幾年迷於靈修，全省走透透地尋找高人，難得推崇這位師父，若有辦法叫她定下心來，倒也是好事。

當美心進去時，張佳月問我：「杜媽媽要不要也讓師父傳你心印？傳心後你只要每天修觀音法門、打坐和持五戒就行了。」

我搖搖頭：「我是一貫道信徒。」

她繼續傳教。我默默聽著，心裡很篤定，等著瞧美心的變化再說吧。

印心結束時，忽然人頭攢動，原來出現一位身著黃袍斜披赭色袈裟的青年僧人。他像一團紅光，紅臉紅手，正合十向大家問訊。我猜想是印度人，只有那裡的陽光才會把人曬成紅蘿蔔似的。

須臾，清海出來給大家介紹，說他叫吉贊，一位瑜伽行者，他的「古魯」，即上師，曾指導過清海修行。

「吉贊在喜馬拉雅山修行十五年了，是阿南達薩修行會派駐日本的行者。他來過台灣一次了，歡迎他再來！」

在清海帶頭下，大家鼓掌歡迎。

「大家好，謝謝你們！」

他的中國話很生澀，但是笑容很燦爛，整齊的白牙襯得膚色紅得發亮。

美心有些好奇：「難道他從小出家不成？他看來不過三十歲吧。」

張佳月說：「我知道吉贊，他四十五歲了。」

「天呀！」美心低聲驚叫起來。「他修什麼功，這麼駐顏有術？」

「打坐嘛。」

美心不信：「就這麼簡單？」

「我參加過他們的共修會，先是跳舞、打坐，然後大家分享素菜，就這樣而已。」

「太好了！」

美心不知有多羨慕，散會時竟把老媽丟在一旁，自己跑上前去請師父介紹，然後和吉贊連說帶比劃地談了一陣。

那晚回家時，她興奮地告訴我：「世界的智慧來自東方，但是東方的奧秘全在喜馬拉雅山！」

我不懂她在說些什麼，但見她眼睛閃閃發亮，分明也想練瑜伽了。

我說：「瑜伽是一種柔軟體操吧？」

女兒笑我孤陋寡聞：「豈止是體操？正宗的氣功哪！人家吉贊練出了心靈感應，就是一種神通……他的上師更厲害了，十幾天不吃飯也沒事，還是千眼通呢！」

聽說印度很窮，想必這樣才需要練這種耐飢的功夫。千眼通大概就是我們從小聽的千里眼了。儘管我不大相信這些事，但是鬼神的事寧可信其有，還是少說爲妙。我希望女兒專心一門就好，貪多嚼不爛。

「你師父剛傳了你心印，感覺怎麼樣？」

她有些遺憾：「我一定是修養不夠，沒啥感覺哪！其實，我也不知道『頓悟』該有什麼感覺。」

可惜我一生還沒「悟」過，因而也不能傳她什麼經驗。

美心卻久旱逢甘霖似的，次日一早就打電話和人談瑜伽，也到書店找瑜伽書籍，我和孫子全被她冷落在一邊。住了兩天，我就回埔里去了。

一個月後，美心突然來電話，說她想去喜馬拉雅山修行。

我大吃一驚：「你跟誰去修行？」

「吉贊呀！」她口氣興匆匆的，「他現在東京，但是下個月要回印度去，我想跟他去拜訪他的古魯。」

這個任性的女兒呀！我一時急得不知從何勸導起。

「你一個單身女人，在那個冰天雪地的地方……」

她卻在電話裡咯咯笑起來：「沒那麼嚴重嘛！現在的喜馬拉雅山不是蠻荒之地了，好多歐美的學者在那裡修行呢。對了，清海師父也在喜馬拉雅山修行過幾個月，很有啓發耶！」

「她是出家人……」

「安啦，媽，我又不是要出家！」

我趕緊抬出承依來：「你姐姐師父會怎麼說呀？」

「姐姐師父不會反對的，」她很有把握似地，「陽光大道和獨木橋，隨人選擇自己的修行道路嘛！」

我又提起外孫子：「阿弟那麼小，你怎麼丟得下手呀？」

這下她才緩下口氣來。

「媽，我正要找你商量，阿弟能不能寄放在你這裡，一兩個月就好？」

我待要拒絕，她已在電話那一頭展開軟磨功了。

「媽，不會有事啦！阿弟在你那裡是最理想不過，他可以念一貫道的論語班，早點接受語文教育，多好！台北還找不到這種書念呢！」

怎麼說呢？我只有這麼個外孫子，有機會帶在身邊也是求之不得的事。再說，女兒的事，老媽不管誰管呢？

月底一個晴朗的下午，我正戴著老花眼鏡，坐在門口縫補鈕扣，美心帶兒子回來了。

看到美心，我連忙扶住眼鏡，免得它跌落下來。

酷愛打扮的人幾時變得這麼樸素呀！一頭蓬鬆的卷髮剪去大半，如今只剩齊耳短了；臉上洗盡脂粉，眉毛口唇都還我本色；格子襯衫和藍布長褲，腳上白色休閒鞋，整個是一副上山健行的裝扮。不化妝的中年女人自有一份端莊和文靜，現在她還顯得活潑精神，這個美心眞的從心裡美起，也不枉她父親當年取名的用意了。

「我這身學道的打扮，怎麼樣？」

她放開兒子，雙手平展地在我眼前轉了個圓圈，然後問我。

「水噹噹喔！」

我說著不禁揉起老花眼來。好久不見了，眼前又出現了一對梳瀏海的小姐妹，背著書包牽著手，又笑又跳的歡樂情景。

「心靈的美才是眞正的美啊！」

我的讚美也表達了我內心的喜悅和祝福。尚未出門就有這麼大的變化，這番喜馬拉雅山的修行之旅，想必福報不小。

「記住了，台灣有老的和小的倚門等待，你要早早回來呀！」

這是她出門時，我僅有的囑咐。

杜美心

春節過後，美心帶著媽媽和兒子從埔里回台北。阿弟得到媽媽許可，和鄰居小朋友去對街玩電動遊戲，不料穿越馬路時，雙雙被汽車撞傷，送到醫院時卻唯獨阿弟沒了氣息。

兒子的猝死，對美心猶如行船遇到九級浪，所有的憧憬和美夢一股腦兒葬身海底了。所幸有老媽在一旁招架，海光寺派了兩位比丘尼下山，爲孩子念經超度，葬禮辦得簡單又莊嚴。如今骨灰入塔兩天了，美心卻還沈緬於哀思的汪洋中，無意上岸，讓老人家在一旁只覺痛上加痛。

老媽相信，這都是菩薩的安排，希望美心節哀順變。

我並非懼怕死亡，美心知道，痛的是兒子不告而別。如此來去匆匆，宛如在她心頭刺了一刀，留下難以癒合的創口。任何一件遺物，小到一只木碗，一把湯匙，每覷一眼便牽扯一次傷口，鮮血即汩汩而出，轉眼化作潺潺淚水，那悲情是無休無止了。

她還深陷怨恨的漩渦中，不能原諒那個肇禍的司機。他喝了一夜花酒，醉眼朦朧還敢駕車，分明是殺人不償命呀！可恨的是，法律落伍，對酒醉駕車沒什麼重罰規則，無異是縱容司機草菅人命。兒子養到十一歲不容易呀！在他身上澆灌了多少心血，寄托了多少希望，誰知說走就走了，連一聲預警都沒有。

她很不甘心，司機下跪道歉時，她看都不看一眼便拂袖而走。

老媽的悲慟不在女兒之下，這麼聰明可愛的外孫子，怎能相信他一腳出門就撒手人寰了呢？按習俗白髮人不能送黑髮人，出殯時連心肝寶貝的最後一眼都不得見，她哭得聲音都啞了，幾次捶打心胸，恨不能以身相代。

老人哭得兩眼紅腫發炎，不得不去延醫求藥。回來見到女兒枯坐沙發上，眼窩深陷，目光如灰，只得勉力勸慰她。

「看開吧，美心，天意不可違，命該如此呀！也怪我們福薄，修行不夠，留不住這麼好的孩子。」

美心承認自己福薄，但是「修行不夠」嗎？她感到十分迷惘。

回想這幾年求道心切，曾追隨過不少名師，要說沒有修行，也有苦行的功德吧？和清海師「印心」後，她曾深入喜馬拉雅山，在一個山洞裡苦思冥想地坐了兩個半月，日食一餐，渴飲泉水，餓得頭昏眼花，瘦了十公斤都不止。又跟隨尼泊爾的高僧去了印度，沿著兩千五百多年前佛陀的足跡走了一趟。正是見過北印度的枯竭和貧窮，落後和蕭條，她一度對佛教失去信心。前兩年遇到一位密宗名師，她又發心修練，還身體力行，卻仍然挫折連連，迄今未曾恢復過信心。

她想，許是我外道修多了，或者誤墜魔道，造孽太多而招致天譴，這才報應到我兒子身上來。

不對！她又否定自己的想法。眞是天網恢恢的話，該是我遭報應才對呀，孩子無辜，何罪之有？

「美心，這孩子又漂亮又聰明，所以早早被請到極樂世界等我們了。」

老媽繼續安慰著，她卻似聽非聽地一臉木然。

茶几上的電話響起了，她也置若罔聞。

兩天來，娘兒倆都懶得接電話，只開動錄音機。有的不留言，留言的都是吊唁之意，其實聽不聽都無所謂。

「喂！哪一位？」

老媽有意終止這種狀態，趕過來拿起聽筒。她聽了一陣，於是不動聲色地把聽筒交到女兒手中。

「美心，是我。」

沒有報名，但是這宏亮而富有磁性的嗓音，儘管數年暌違，卻一聽就知道是他。

「原諒我，我知道得太晚了！」

她想問，自己並沒差人通知他，他又如何獲得兒子的消息呢？然而回念一想，兒子鮮活蹦跳時他都沒來探望，如今人都走了，還計較什麼呢？

「你知道，今年要選省長，這是四百年來第一次選省長，我要幫忙佈局……總之，我對不起你們母子，也不知道該怎麼來補償……」

「不必了。」

她悻悻然回了一句。他是官越做越大，家庭跟著重要起來，情人和親生子都得退避一邊；也許巴不得娘兒倆整個消失吧。可嘆負心人卻能官運亨通，青雲直上，而她卻獨吞苦果，眞要怨嘆上天不長眼了。

「唉，你還在生氣……你不知道，我得到噩耗時是多麼傷心……一個人躲在廁所裡掉眼淚，眞的！我給你撥過幾次電話，可是只有答錄機，也不知你在不在家……美心，我們雖然不見面，可是我經常想念著你們母子啊！」

她沒吭聲，嘴角卻咧出一絲苦笑。要是在以前，她知道他會說什麼了。「我和家裡那一位只是生活在一起，只有和你相處才有愛的感覺。」

她就是爲這句話而陶醉、而迷戀，多年來癡癡等待。因爲這句話，她安於做個沒有嫉妒心的情人。其實是不屑於嫉妒，因爲那名正言順的妻子不過是個空虛的軀殼，眞正的愛在她這裡呀！

等到孩子降生，那個軀殼卻死命地纏住男人，寧願捨錢留人，叫她竹籃子打水一場空。孩子在世時，她迷迷糊糊裡還殘存一線希望，誰知今朝就夢醒無痕了。「色即是空」，難怪姐姐看破紅塵，早早剃度出家去了。

「美心，你不要悲傷過度才好，時間是最好的療傷劑，一切都會過去的。告訴我，我能爲你做點什麼……你需要錢嗎？」

又是錢，姓吳的，你也太缺乏創意啦！

「不需要。」

她怕耳朵被刺痛了，火速掐斷了電話。

老媽問她：「他要做什麼？」

「送錢。希望他別再打來了。」

他果然沒再打來。雖在預料中，卻平添了一股落寞惆悵。她乾脆去賴在床上，省得媽媽費神安慰她。

不想沾錢，這錢卻是響尾蛇飛彈似的咬住不放。次日下樓取報，在信箱裡收到一只牛皮紙袋，上寫「杜美心女士收」。打開一看，三疊千元大鈔並排在封套裡。紙袋內外都找不到送件人的姓名和地址，這是怎麼回事？她一時摸不著頭緒。

每疊鈔票看來約有百張上下。她好奇地拿一疊來數數看，果然是十萬元。一共三十萬……天呀，這不正是兒子的喪葬費用嗎？

是他送來的，美心知道。

看來阿弟的後事，包括骨灰塔所在地，他都掌握得一清二楚了。是利用職權，還是通過徵信社，從殯儀館獲取資料呢？無論如何，總算他是有心要盡點責任，尚未到麻木不仁地步。這亡羊補牢的一點表示，忽然把美心那上緊發條也似的心，一下子給扭轉過來了。幾天來連身子都綳得死魚一條，直到這一刻，她渾身才有一絲兒鬆綁的感覺。

這錢，她是不想要的。

「你不想要的話，」媽媽建議，「何不捐給海光寺？」

「也好，早上就送去！」

計議定了，美心開始梳洗打扮，並難得地吃下一頓豐盛的早餐。十點出頭，她叫了部計程車，帶著媽媽上海光寺了。

自從姐姐落髮海光寺以來，淡水這條路已走出了感情，從以往的觸景生悲，後來轉爲愉悅溫馨，此時此刻就讓人心嚮往之了。離開台北市區好像掙脫一個包袱，一過劍潭車流和市聲就顯著減輕，難怪耳根清淨起來，心情也輕鬆不少。淡水河在房舍和樹木間隙中忽隱忽現，一過關渡沼澤時便豁然開朗。越過紅樹林，觀音山在對岸怡然相望，雲淡天青，視野頓時開闊起來。驀然回首，台北市區只是環山腳下的一叢石林，顯得相當遙遠，甚至無足輕重了。

一進山門，美心就見到蓮塘邊放著兩只竹簍，一只裡面擠著四隻烏龜，另一只裝了一打左右的小鳥。一位比丘尼正在打撈蓮塘的殘葉，另一位留髮著僧衣的少女正在一旁掃地。

杜媽媽認得全寺上下，遠遠就招呼了：「勤耕師父，誰要放生啦？」

「師嬤、師姐好！」住持的大弟子應聲站起並合十爲禮。「今天給趙家做超度法會，他們買來放生的。」

美心問她：「你家七師父在嗎？」

「在，師父她們正在拜《地藏經》。」

勤耕望了望手錶，又補充說：「該結束了，師嬤先到西廂奉茶吧。」

她領母女倆走向三川門。

美心回頭瞥了一眼留髮少女。後者一度抬頭望了一眼來客，目光渙散無神，隨即畏縮地低下頭去了。

美心很好奇：「這是你家師父新收的弟子嗎？」

「不是。她叫謝雯雯，住報恩寺那裡。」

美心哦了一聲，原來是海光寺救助的女子。自從姐姐幫助幾個原住民雛妓後，消息傳開，現在連漢族的受難女子，諸如婚姻暴力或亂倫的受害者，也紛紛上門求助，聽說報恩寺已人滿為患了。

三人轉眼到了西廂。這裡是會議和會客兩用的大房間，中央擺了一條長方木桌，這時已有一男三女分坐兩邊，原來法事剛畢，他們正在休息喝茶。

勤耕給大家介紹。同坐的是趙氏夫婦，對面兩位是趙先生的姨媽，一稱王太太，一稱孫小姐。

美心見孫小姐臉容枯槁，目光呆滯，很像剛從病床起身的人，想是為了超度姐姐，勉力而為，一直坐著不發一語。

趙太太眼尖，立刻認出美心的身分，興奮得喊叫開來。

「有眼不識泰山，這不是影星杜美心小姐嗎？我說呢，怎麼長得這麼像，原來是七師父的妹妹呀！」

一陣寒喧過後，母女倆就坐到孫家姐妹這邊。

「請用茶，上人馬上就來了。」

勤耕斟上了茶才告退。須臾，承依偕弟子勤讀來了，兩人都身著玄色海青，一派法相莊嚴。

「媽媽和美心，你們幾時來了？」

承依見到家人，驚喜有加，彼此問了安。和趙先生一家招呼後，她帶著勤讀坐了上首。

「難得美心小姐來了，」趙太太邊說邊向美心投來求助的眼光，「幫我們美言兩句好嗎？我們買了烏龜和鳥要放生，師父卻要我們退回去哪！」

美心一時摸不著頭緒：「放生……不是善舉嗎？」

原來是，海光寺剛立了終止放生的規矩，正好趙家人撞上了。

承依解釋說：「是，放生本來是愛生和慈悲的善舉，我們以前都鼓勵的。現在蓮塘裡的烏龜太多了，造成金魚缺氧難活，連放生的魚也不易生存。尤其是，放生形式化了便淪爲商業行爲，效果和目的適得其反哩！」

她舉例說，每逢大法會，寺門口就有魚販和鳥販子出現，提供香客放生的動物。爲了成就放生美德，這些動物先失去自由，等放到池塘裡後，由於生活環境改變，存活率下降，以致放生的美意竟有「送死」之嫌。

杜媽媽同意承依的觀點，跟著舉流浪狗爲例。

「台北街上那麼多流浪狗，眞是造孽呀！狗養到老了或病了，很多人就以放生爲名，往街上一扔，這不是逃避責任，把狗往死裡坑害嗎？」

美心從來沒注意到這類事，一經提醒，不禁認眞起來。

「是不該鼓勵了，」她說，「趙太太，你不能退回去嗎？」

住持卻表示：「這樣吧，這次我們收下了，不過想借趙居士的金口轉告各位大德，小廟取消放生制度了，好嗎？」

趙氏夫婦滿口應承：「一定，一定！」

這時王太太提出另一個要求：「我姐姐往生半個月了，妹妹一直精神恍惚，想請師父給她『收驚』一下。」

原來趙媽媽病入膏肓後，兒子和媳婦生意忙碌走不開，都由單身的妹妹照顧陪伴。就在姐姐彌留階段，大白天時光，忽然樓上有女人跳樓，身體飄過她們家窗口，妹妹一時驚嚇過度，以後常囈語和惡夢，自以爲不久人世了。

趙太太說：「樓上那個女的自殺並沒成功，就怕小姨是被找上替身了。」

承依聽了，立即鄭重向趙先生建議：「你趕快送你姨媽去看病吧！掛精神科，好好診治一番。」

她接著對孫小姐說：「歡迎你在康復階段來海光寺住一段日子，和常住們一起共修，我也可以陪你誦讀佛經。這樣做好嗎？」

她穩妥又果決的說法，讓大家無可辯駁，病人也點頭同意。

美心掏出預先包好的大紅封袋，向住持座位的方向推過去。

「這是阿弟給海光寺的香油錢。」

承依微微一笑說：「多謝你護持了。」

趙太太看到封袋鼓囊囊的，忽然對美心說：「杜小姐，你能不能勸勸師父，我們一起張羅募款，把海光寺重新翻修一下？」

她一提議，其它三位客人立即附和，目光也一起投射向美心。

「翻修海光寺？那是大喜事呀！」

美心隨口附和著，心裡十分納悶。台灣到處都在蓋廟，彼此比多比大，開連鎖商店似的，大小城鎮都設分院，還擴展到歐美各國去，這種時候姐姐怎麼逆向操作，反對人家幫她翻修海光寺呢？

只見承依雙手合十，聲音輕柔和緩，無限感恩地說：「幾位大護法提議擴建海光寺，眞是熱情感人，就是小廟一時擔當不起……」

趙太太當場打岔：「唉，承依法師太謙虛了！以你的學問和修養，在淡水，在整個台北縣，都是數一數二的呀！這個廟雖然富有歷史，但是太舊也太小，汽車多來兩部就停不下，實在不方便！」

王太太連忙接口說：「馬路兩旁的地有人願意捐獻了，別說多蓋個停車場，就是雙線馬路也沒問題。」

趙先生拍胸擔保：「對呀！我們有辦法籌到錢，爲什麼不好好地擴充一下呢？淡水是台灣的歷史古城，海光寺地理難得，倚山面水，若能修個北台灣最大的道場，可以媲美高雄的佛光山，到時南北輝映，多棒！」

趙太太跟著不勝憧憬地描述起來：「是呀，以後舉行水陸大法會，光是台北縣市就能一呼百應，多熱鬧呀！」

她看師父但笑不答，又進一步遊說：「佛光山都有一兩百個道場了，海光寺不擴建，人家還以爲我們的觀音菩薩不靈驗，香火不夠旺盛呢！」

「正是香火旺，才有像居士這麼熱心的信徒呀！感恩了！」

承依說著，俯首斂眉並雙手合十。抬起頭時，目光卻是堅定無比。

「我覺得還有許多事比蓋廟更有實質意義，」她委婉地舉例說明，「像曉雲法師，她從來不爲自己建道場，但集資創辦了華梵大學，嘉惠廣大學子，成爲佛教興學的典範。又譬如慈濟蓋醫院，那更是有目共睹的盛事了。」

美心聽到這裡，忍不住提問：「師父不急於擴建寺廟，難道還有更迫切的項目要辦嗎？」

「正是。」

承依感激地望了美心一眼，隨即向衆人展開勸說。

「海光寺很想為婦女救援中心建立一個永遠的家。我們幫助過幾個被販賣的雛妓，還有身心遭受創傷的女子，給她們提供中途之家，以佛法為她們療傷止痛，身心健全後又重新投入社會。現在是，報恩寺場地太小，如果能夠翻蓋成兩層樓房，寺後加建一棟宿舍最好。我以為，這件事才是當務之急。」

美心和媽媽同時想起偕原住民姑娘逃難的情景，當下大聲讚好。

「太好了！值得做，我願意支持！」

其他人都頷首表示贊同，但熱度明顯就下降了。

趙太太說：「救助受虐婦女，不是有婦運團體在做嗎？」

「對呀，」王太太說，「都讓海光寺做，會不會引起……誤會？」

承依耐心地解釋：「我這是秉承先師的遺訓，推動『人間佛教』的精神，先入世再出世。就是說，我們佛教徒以服務社會來提升佛法的境界，和救貧救苦是一致的。我們提倡『淨化人心』，而救援雛妓和受害少女，就是落實這個口號的具體做法。想想看，以佛法嘉惠那一個個跳出火坑的少女，或常年躲在陰暗角落裡的幽靈，不就是『救人一命，勝造七級浮屠』的體現嗎？」

一席話說得衆人啞口無聲，也肅然起敬。

趙太太望一眼丈夫，慨然呼應：「我們捐二十萬！」

兩位姨媽跟進，各認捐了十萬元。承依一一合十致謝。

這時勤讀提醒師父，午齋好了，於是承依請趙杜兩家人去齋堂用餐。過堂後，趙家四人先告辭了。安排媽媽午休後，承依領了美心到東廂，在住持專用的辦公室煮茶話家常。她同情妹妹痛失愛子，著實勸慰了一番。

「每個人有自己的業報，你不要爲兒子先走一步而兀自傷心不已。」

「是。修了幾年的『觀音法門』，我總算『頓悟』了一個道理：人生無常。」

美心想想又接著說：「我現在感到一切打拚都沒意義，像梳粧打扮，爭奇鬥艷，包括愛情和名利……這些都沒意思了！姐姐師父，我跟你出家算了！」

「照你的想法，現在的寺廟不都成了逃避現實的場所了？」

承依語帶瞋怪，溫婉的眼光頓時蒙上一絲寒霜。

美心自己也很驚訝，一時怎地迸出一個遁世的念頭來了？其實又很自然，這幾年汲汲於求道，尋找的似乎就是這樣的歸宿。

她很悲觀：「我不出家的話，就無法拭去兒子被撞死的恐怖影像。」

「你爲什麼不換個方式來昇華兒子的生命意義呢？」

承依接著建議：「酒醉駕車早就是一個社會問題了，聽說有一個媽媽發願要修改法律，你可以去幫助她嘛！十一月有縣市長選舉，明年三月還有總統大選，這種時刻最能彰顯民意，你不妨善加把握。」

這一指點，美心豁然開朗了：「好！我可以捐錢來支持修法，重罰那些酒醉駕車的人，免得更多的媽媽遭受我的痛苦。」

「好！這樣阿弟就不會白白犧牲了。」

承依讚許之餘，又關懷地問起：「你現在皈依哪位師父了？」

美心不習慣和姐姐談靈修，因此含糊以答：「我現在不修觀音法門，也不修密宗了。」

承依勸她：「美心，你要正信，不要迷信才好。」

「我沒有迷信……」

承依提醒她：「有一些咒語，你不明白它的含義，最好不要念。」

她有些納悶了：「密宗要是不念咒語，還剩下什麼呢？」

承依拐個彎向她譬解：「有個流派說，持誦六字大明咒，可以女身轉男。西藏女人還少念咒嗎？迄今並沒能打破男女人數的比例。又說持咒可以貧者得富，賤者得貴。你想想，富貴怎能如此輕而易舉，不勞而獲呢？眞有這樣是非不明的神，值得你去信仰嗎？」

她無法反駁，但想到喜馬拉雅山上的奇人異事，一時也迷惑不解。她曾經和印度教徒生活過，也崇拜過奧修大師，但是台灣佛教界視奧修爲魔道，想想不提也罷。

她堅持一點：「我相信有神通的！」

「當然不能否認神通的存在，否則宗教和哲學有何區別呢？但是不要輕易相信神通，尤其不能依賴它。」

承依說到這裡，想到妹妹的任性脾氣，知道一時勸不醒，當下先打住了。

「你多走幾家道場也好，散散心，也開開眼界。難得台灣現在佛教興旺，但是各種修道法門多如過江之鯽，也只有多看多聽才能明辨是非。」

媽媽午休過後，兩人動身要回家。承依送到中庭時，美心瞥見佛堂裡有留髮女郎正趺坐蒲團上，雙目垂閉，處於冥思中。

她悄聲問：「這個謝雯雯，也是……雛妓？」

「不，是亂倫的受害者。」

「作孽呀！」

杜媽媽哀聲感嘆，並快走兩步，似乎不忍再聽下去。

美心想知道雯雯的身世，但是承依不再多說，只點出這孩子的老師是她中學同學，因而輾轉上門求助。

美心奇怪：「這孩子似乎怕見人，是害羞還是……」

承依說：「她是自卑。這種身心受摧殘的孩子，整天生活在黑暗中，總以爲是自己不好才這麼受罪。又感到自己骯髒，一輩子完了。我做的第一步是重建她的自尊和信心，經常找她談心，讚揚她的優點，不時給她打氣。」

承依說，除了讓雯雯隨出家衆早晚誦經外，她還指派勤讀輔導她的功課。

「雯雯也想出家，但我們鼓勵她先去考大學，其他再談。」

美心聽了，不禁莞爾。

「台灣的寺廟，尤其是幾個大道場，都在拉人出家以壯大聲勢，怎麼只有你們海光寺拒人於千里之外，連自家人都不收呢？」

媽媽這時搶著代承依回答了：「因緣不具足嘛！」

她說得兩個女兒都笑了。

「出家是莊嚴的選擇，不能衝動行事。」

承依的話讓美心服口服。

坐在計程車裡，美心望著窗外飛馳的景致，腦海中卻浮上承依莊嚴的法相，且越來越高大。

「媽，我覺得姐姐很了不起！」

媽媽含笑側臉釘了她一眼，帶一點「你到現在才知道呀」的揶揄之意，但多的是歡欣和寬慰的神情。

美心想到姐姐的志業，不禁憂心忡忡。

「姐姐要擴建報恩寺的客房，募款恐怕不容易呢！你看那個趙先生和趙太太，起先極力鼓吹蓋廟，一聽說要幫助急難婦女，就不怎麼熱心了。」

媽媽卻不擔心：「慈濟的證嚴法師說『有願就有力』，我相信你姐姐會成功！」

輪到美心側臉瞟起老媽來。她奇怪，老人家幾時變得會引經據典了？

「媽，你是改信佛教，皈依證嚴法師了？」

「嗯，我剛辦了皈依手續。」

「啊？姐姐知道你皈依證嚴法師嗎？」

「那當然！是她鼓勵的嘛！」

美心為媽媽高興，自己也決心聽從姐姐的勸告，努力走佛教正信的道路。

她留媽媽住台北，可惜老人家惦念埔里老家，見她心情穩定許多，就回鄉去了。

有一天，許久沒連絡的張佳月突然來電話。

「美心姐，你這一向可好？」

「不好。」

美心說了一番喪子之痛。

「上帝把他先接去天堂了，你別傷心，將來一定會團圓的。」

佳月安慰一番後，才問她：「你還記得一個西藏喇嘛叫圖博的？」

「記得，我在尼泊爾見過。」

「他現在台北，想見你呢！明天中午有空一起用餐嗎？」

美心欣然答應了。

原來是五位藏僧應邀來台北弘法一週，其中圖博還特地要留下三個月。圖博和美心是同齡人，出生尼泊爾，很早就被指定學習漢語，說寫都很流利。美心在尼國遊歷時，他曾自動充當過導遊。如今他來台灣，美心是僅有的熟人，自是義不容辭地要為他導遊一番。

「你認識金身活佛嗎？」他問美心，「他請我來翻譯藏文佛經。」

「我聽說了，可惜不認識。」

台灣佛教興旺，流派多如過江之鯽，美心常有門外漢之嘆。

「我一定要介紹你們認識，他有很大的神通。」

「哦？活佛現在哪裡？」

「他在台北有道場，但是目前人在埔里，忙著蓋一個大道場。」

「埔里？那是我家鄉耶！我媽媽就住在埔里。」

「好極了！我會去埔里……」

美心搶著表示：「我當你的導遊！」

她清明節要回南投掃墓，當下約好了結伴同行。

爲了避免交通擁擠，她在清明前兩天就包了一部計程車南下，當天就帶著客人跑遍了埔里。司機對埔里的景點比美心還熟悉，載著客人瀏覽了一遍。諸如清溪綠水環繞的愛蘭台地，手工業紙坊和紹興酒廠，茂密的甘蔗林和茭白筍，繁花似錦的園圃，還登上亞洲最高最大的靈巖山寺，從上面鳥瞰盆地的景致。至於街市的人文景觀，如古董和工藝美術品店、雅緻的餐館、蝴蝶博物館、草地和花海中的石雕等等，司機就勸客人另找時間欣賞了。

美心這幾年很少回鄉，沒想到少女時代的記憶，遠山、白雲、綠樹、筍田和農舍遍布的埔里，如今成爲花卉生產和宗教雲集之地。公路上遊覽車接二連三，難怪台北司機對埔里之美能如數家珍了。

圖博由衷讚嘆道：「美心，你的家鄉是一朵蓮花！」

她聽了很感動：「比起尼泊爾呢？」

「更好！就像是……人間淨土！」

「眞的？感恩你了！」

她感到受寵若驚。她對尼泊爾的自然和純樸有過驚艷之嘆，以爲那裡是人間淨土，誰知腳下的土地就贏得這個封號了。

埔里我的家鄉，她暗暗發誓，我要珍惜你！

視埔里如天堂的還不止是外人如圖博，媽媽就捨不得離開。

「你知道嗎？老頭子說他要移民美國啦！」

美心一回家，就聽到媽媽提起，語氣頗不情願。

「他不是要回大陸定居嗎？」

美心知道繼父年年回山東探望兒孫，弟弟也說老爸有回鄉養老的打算。

「還不是被千島湖事件嚇壞了！」

老媽的口氣，頗以爲老頭子是小題大作。

美心倒很同情，一群台灣旅客搭船遊覽浙江千島湖，結果被搶劫並遭毀屍滅跡，這幾天新聞炒得無人不知了。

「大陸的治安這麼可怕，老爸當然不敢回去住了。」

「他怕死要去美國，那就去唄！幹嘛還要拉個跟班的？」

美心提醒她：「媽忘了，辦移民要夫妻一起申請呀！」

她看老媽滿臉不以為然，不禁好氣又好笑。這把年紀了，老倆口還鬥什麼氣呢？也不知道當年老爸什麼事得罪了媽媽和姐姐，兩人氣他到現在。姐姐以前甚至不能聽到「爸爸」兩個字，那才氣得更離譜了。

「這麼多年過去了，」她勸老媽，「有什麼怨恨也該消解了吧？爸一個人在台北很可憐……」

「好啦，好啦！」老媽打斷女兒的話頭，「我陪他去一趟美國就是了。」

美心聽老媽的口氣，明顯是氣消多了。她有些驚訝，甚至是意外。誰說老人頑固？老媽要轉變念頭也很快呢！

她忍不住讚美起來：「媽，你現在很有包容心耶！」

老媽聽了，噗哧一聲笑出來：「當然，我開始喝『四神湯』了嘛！」

「什麼四神湯？」

「喏，證嚴法師說的『感恩、知足、包容和善解』嘛！」

原來如此。美心覺得慈濟的教義簡易平實到老嫗能解，倒也不錯。

「媽，你這樣的修行，大概就是姐姐說的『正信』了。」

媽媽不在乎是正信還是歪信：「證嚴法師說凡事只管『做就是了』！」

可不，美心也決心要好好地學佛求道去。

第二天圖博來電話，請她去鎮寶大飯店見金身活佛。

以她在尼泊爾的經驗，了解到的喇嘛教「活佛」是很俊秀、很聰明也很神秘的人物，須要經過複雜的尋找和認證手續。然而金身活佛的長相和舉止卻很普通，甚至體格還略嫌矮胖，圓臉和光頭更凸顯了一對招風耳道貌不夠莊嚴。不過男中音的嗓門富有磁性，一雙眼睛尤其炯炯有神，目光時而犀利如利刃，時而熱烈如火炬，讓美心一見就感受到一股莫名的震懾力。按瑜伽的說法，磁場如此強大，說明活佛眞有些修爲才是。

排場相當威嚴。飯店的套房空間不大，但也用玻璃框供了一尊佛像，像前擺設鮮花和香爐，氣氛祥和。活佛身著黃絲袍，上披紅袈裟，胸前垂掛天珠項鍊，手中一串紫檀念珠，步出客房時，四五名尼僧緊隨其後。見過禮後，他請客人分坐兩旁。然後他居中落座，尼僧立即在沙發背後一字排開，個個合掌佇立，一副護衛至尊的架式。

「杜小姐，我看過你的電影。」

活佛口氣隨和，卻聽得美心驚恐交加。她以爲出家人是不看電影的，自己那些不入流的影片，別褻瀆了他的法眼才好。

「你本人比電影更加莊嚴美麗了！」

一聲讚美擺平了美心一顆忐忑不安的心。她這時才注意到，活佛的年紀大約比自己大個五六歲而已，卻已是一教之主，左右呼擁，好不威嚴。想到自己也一把年紀了，迄今沒找到安身立命之方，不禁又慚愧又羨慕了。

「圖博喇嘛說，杜小姐學佛十分精進，希望常來台北的道場走走。」

美心表示謙遜：「我悟力差，學佛老在原地踏步，有機會一定去學習。」

活佛聽了，立即回頭告訴緊貼他身後的弟子：「記得和杜小姐連絡。」

這位三十出頭，眉眼清秀的弟子嬌聲回答：「是，師父。」

活佛向客人介紹，說她叫清淨，擔任秘書工作，有什麼事都可以找她。

圖博建議：「要不要請杜小姐看看菩提巖工地？」

活佛欣然應允，並指示清淨去備車。

一行人下樓時，飯店門口已停了一輛嶄新的大巴士。清淨招呼美心先上車。她上來就發現，車右首的座位特別加鋪褥子，椅背覆以紅綢巾，上繡「上人專座」。她選了較遠的左後方坐下來。活佛上車就座後，弟子分坐他左邊和後排，儼然是貼身侍衛。

埔里的土地尚未像台北那樣寸土寸金，但盆地面積有限，如今也一地難求了，新建廟宇都向山溝裡發展。這座寺廟稱「巖」倒名實相副，並排的三間殿房都貼著牛眠山麓而築。主殿是兩層樓結構，樓下是大雄寶殿，樓上是藏經閣，灰瓦灰泥，鳳凰飛翅的屋檐設計，據說取法泰國寺廟，顯得美觀大方。東殿是住持的禪房和辦公室，西殿是齋堂和活動中心，常住的寮房在地下室，前院有造景，而停車場夠容納十部遊覽車，整個佈局十分緊湊，裝修完工後，氣派之豪華已可想像了。

清淨告訴客人：「大殿的香爐在大陸訂做，馬上可以運到。一位泰國居士獻了一尊緬典玉的大日如來佛像，也裝運上船了。」

美心和圖博齊聲讚好。

活佛很有自信地向美心說：「我們正日夜趕工，要在農曆九月九觀音聖誕時舉行菩提巖落成和開光典禮，杜小姐一定要來做我們的貴賓喔！」

他不但殷殷邀約，當美心告辭時，還指示弟子代他送行。美心上車時，她們在她身邊放下一大袋東西。回家一看，除了印刷精美的文宣品，還有兩罐上選的鹿谷烏龍茶。

媽媽調侃她：「不用等到開光典禮，你現在就是貴賓了！」

美心遺憾地搖搖頭：「那位金身活佛，和我在尼泊爾見到的，沒得比！」

老媽說她了：「你總是以貌取人，教訓還不夠嗎？」

她只撒嬌地笑笑，算是默認這項缺點了。

雖然中秋節就接到開光典禮的請帖，她並沒有南下赴約的打算。然而沒幾天就傳來阿蓮祖母去世的消息。

「美心，你下來一趟吧，」媽媽告訴她，「耀祖從日本回來奔喪了。」

「那好，喪事辦完了，叫他來台北找我吧，我請他們姐弟倆吃飯。」

「怎麼，老媽也請不動你了？」

怕擔不孝之名，她只得勉爲其難。來了才知道，老人原來另有深意。

「你姐姐雖然出家，但是知女莫若母，她肯定想念一雙兒女，懂嗎？」

還是老人有智慧，一言就開了她的竅。阿蓮六月畢業，在台中一家報館找到工作，耀祖也去日本留學，都長大成人了，此時不解心結，更待何時？

她有信心：「阿蓮像我女兒似的，一定講得通！」

媽媽去給王阿姨拈香的第二天，阿蓮就來找姨媽了。美心帶她出去散步。

走在大理花和玫瑰花盛開的田梗上，藍天白雲下，雖有飛鳥，美心卻見不到蝴蝶的影子。

「眞可惜，現在就是春天也看不到幾隻蝴蝶了！」她告訴阿蓮，「從前埔里到處是蝴蝶，我和你媽媽放學就捉蝴蝶，賣了好多錢呢！」

「眞的呀！」阿蓮睜大了一雙鳳眼，神情是好奇和羨慕兼而有之。

「當然，那時埔里是蝴蝶王國，台灣靠牠賺了好多外匯哪！」

「那……現在怎麼少了呢？」

「聽說是環境改變了，山上種了茶葉和檳榔，都不是蝴蝶愛吃的……奇怪，埔里種了這麼多花，是台灣有名的花城了，按說蝴蝶會來採花粉……」

阿蓮立即爲姨媽釋疑：「一定是農藥灑太多了！」

「有道理！」

美心讚賞地望了阿蓮一眼，心想這孩子沒白念了大學，腦筋就是轉得快。

「阿姨和媽媽，」阿蓮忽然問起，「以前除了捉蝴蝶，還做些什麼呢？」

美心頭一回聽到她提起「媽媽」，感到很有希望了。

「我們搬到埔里的時候，你外公還是軍人，薪水不多，我們上學前或者放學後，常要陪媽媽去採茶葉、拾稻穗，或者割茭白筍。我最喜歡的是跟你媽到河裡捕魚捉蝦。有一回我以爲抓到一條魚，你媽大叫『是蛇呀！』嚇得我連人帶蛇都滾到河裡啦！」

阿蓮聽得出神了，這時「哎呀」一聲，也嚇得邁不開腳步。

美心和她就站在一片煙草田邊，一邊閒聊，一邊眺望咫尺近的牛眠山，山後是重巒疊翠如屏風的關刀山。

美心拙於迂迴，終於單刀直入地問了：「阿蓮，你還在恨你媽媽？」

阿蓮忙不迭地否認：「沒有，沒有！」

她怕姨媽誤會，趕緊解釋：「我以前不懂事，確是恨過媽媽，恨她遺棄我們姐弟。我特別不理解的是，她曾經帶我去台中了，明知道爸爸重男輕女，竟然狠下心又把我送回竹山……」

美心看她越說越委屈似地，連忙安撫地拍拍外甥女的肩膀。

「你爸爸重男輕女，但是你祖母很疼你，不是嗎？你媽媽怕公婆傷心，也擔心你弟弟沒伴，所以才忍痛把你送回去呀！」

「我知道爸爸對不起媽媽，他有外遇……」

「還不止是外遇，」美心糾正她，「更恐怖的是虐待呀！你媽媽帶著你逃到台中找我的時候，腳被打得烏青腫脹像一條芋頭了，身上好幾處是香煙燙傷的傷疤，有的還在潰瘍……」

「姨媽，快別說了！」

阿蓮不忍聽地央求她，修長的眼睫毛眨呀眨地，正竭力要守住即將潰堤的淚閘。

眞是姐姐的女兒！美心看著不禁暗自嘆氣。母女都是心思纖細而心腸又柔軟無比的人。

「說來只能怨嘆你父母沒有緣份。從你弟弟出生後，你爸爸就成心要遺棄你媽媽了。」

美心把王金土悄悄搬去高雄，然後到法院申訴妻子不履行同居義務，偷偷辦了離婚的始末說了一遍。

「你媽媽很能幹也能吃苦，一個人就包下一所幼稚園的午餐和清潔衛生，雙手起泡磨繭了也不吭聲，但是離婚的打擊太大了！後來碰到一位老和尙，她就魂被吸走似的說什麼都要出家去。」

說到這裡，阿蓮已在頻頻拭淚了。

「你媽媽不忘當年的痛苦，當了住持後，努力救助被推入火坑裡的原住民少女，後來又救助遭受婚姻暴力的女人……她是把愛子女的心擴大了去愛這些受苦受難的人……」

「姨媽，我懂了，你不用說了，是我不好……」

阿蓮幾時已哭成淚人一個。

「難得你弟弟回來了，我想帶你們姐弟倆去海光寺走走。」

「我馬上和弟弟說去！」

當天阿蓮連午飯都沒吃，劍及履及地趕回竹山去了。

晚上，她來了電話：「阿姨，你什麼時候回台北？弟弟和我跟你走！」

「太好了！明天等菩提巖開光典禮一結束，我們就走好嗎？」

「好，我們叫部車來接姨媽。」

「行呀，明天見！」

放下電話，就聽老媽在一旁問了：「有沒有我的位置呀？」

「怎麼能忘了媽媽呀？」美心樂得大叫大嚷起來，「沒有你，就沒有我們今天呀！」

她心情太好了，次日參加開光典禮時，只見香煙嬝嬝，經唱悅耳，感覺到慈光普照，處處呈祥瑞，一片喜氣洋洋。

金身活佛的形象，在她眼中也大爲好轉了。他頭上戴著尺把長的尖筒帽，紅袍加披金絲袈裟，一手持鍊珠，一手握著等身高的金杖，個子似乎高大起來了，加上魁梧大耳，竟另有一番佛相。尤其他隨時有一群男女弟子簇擁著，所到之處信徒紛紛下跪頂禮，場面威嚴十足。

美心見大堂最高處供奉釋迦牟尼佛和觀音菩薩外，中間是一尊金光閃閃的女神像。其次一排還有四五尊神佛，她僅認出一尊媽祖來。

她悄悄向身旁的一位女信徒打聽：「菩提巖，是不是佛教？」

「當然是佛教……比佛教更新、更靈呢！」

她想起清海師父，相信金身活佛也是同類的「新興佛教」，都以佛教爲根本，也包容外教。

菩提巖還包容民俗神祇，那是更加貼切民心，無怪乎活佛這麼受愛戴，隨時有人前呼後擁了。

這天信徒加隨喜的香客約有上千人，齊聚大殿誦經後，活佛開始灑淨儀式。直到典禮結束，美心都沒有機會挨近活佛，但是他火炬也似的目光曾前後兩次掃過她，好像在親切地招呼：「你來了，很好……你走了，後會有期。」

她想起清海師父的「印心」，指的應該是這種心靈交流吧。

人潮開始四散流動。她正要邁出大殿，一位著玄色海青的中年尼師趕過來招呼她。

「對不起，眞是待慢貴賓了！杜小姐留下來用齋好嗎？」

美心惦著慧蓮和耀祖，便婉拒了：「多謝師父，我要趕回台北去。」

「是嗎？我們明天也回台北呢。我叫釋清妙，也是你的觀衆喔！」

她口氣親切友善，說時還遞上一張名片。

美心看一眼名片，感激地合十稱呼一聲：「原來是清妙師父。」

「叫我阿妙就好了。」

她說著露齒一笑，臉頰綻出了一雙酒渦。

「上人希望杜小姐能來我們台北的道場走走。我們下星期六舉行灌頂傳功法會，杜小姐能來嗎？」

美心隨口答應了：「好的，我一定來。」

阿妙恭謹地送客出了大殿。

美心在停車場找到了阿蓮姐弟。

幾年不見王耀祖，如今長得帥哥一個，西裝筆挺，鼻樑上架了金絲眼鏡，行禮九十度鞠躬，頗有幾分東洋紳士的風度。

路上，美心問計程車前座的耀祖：「日本大學好念嗎？」

他很謙虛地表示：「才去一年，都在念日語，還沒正式修課啦。」

坐他身後的外婆不禁感慨起來：「王家大姐是有福的人，你們看，王家幾代沒人念書，忽然出了大學生和留學生，她走得很安慰了。」

美心撒嬌地以肩撞撞母親說：「媽的福氣還嫌小嗎？他們都是你的外孫子呀！而且，姐姐眼看就是一代高僧了！」

阿蓮側過頭來告訴外婆：「阿嬤，我可是覺得自己是杜家人喔！我以杜家爲傲哪！」

她弟弟附合說：「我們感恩阿嬤，也以母親的成就爲榮。」

在兒孫的安撫下，老人家頓時心情開朗起來，一疊聲地念「阿彌陀佛」。

到了海光寺，美心就發現了，姐姐師父是最有福報的一位。母子相會讓承依容光煥發，長年操勞和苦修所沉澱的肅穆整個冰消了。幾年沒看到她笑得那般光輝燦爛了，宛如一朵盛放的紅蓮，煥發出福慧圓滿的光彩。

老媽一直是笑嘻嘻的，樂得嘴巴合不攏，卻不時要背著人抹眼淚，把一張精心修飾的臉塗出了一片彩妝。

姐弟倆則笑圓了臉，彰顯的是單純的快樂和滿足。兩人站在承依身邊，眞像一對金童玉女。

美心觸景生情，想到剛過世的兒子，內心一陣悵然。

「上人的親人來啦！」

尼衆都爲這場俗世的團圓感到歡欣無比，聞聲後有放下經書的，有丟下鍋鏟水瓢的，紛紛趕到東廂，擠在住持的書齋門外探頭張望。

承依揚聲招呼：「都進來吧！」

小房間頓時擠得水洩不通。承依笑嘻嘻地介紹了自己的俗家兒女。

勤耕早備了相機，從祖孫進山門就一路捕捉起鏡頭，這時更是連連按起快門來。上人揮揮手示意「夠了」，她才不捨地歇下手，猶不忘告訴美心：「眞想不到呀，姐弟兩人長得這麼像師父！」

美心同意：「眞的，走丟了都找得回來！」

阿蓮第一句話是：「媽媽，我們早該看您來了！」

孩子們和母親暌違十幾年，乍見並無陌生感，只是連連惋惜那追不回的時光。

承依慈愛地安慰兒女說：「不要緊，只要把握當下，永遠都不晚！」

秘書勤讀悄悄告訴美心：「上人爲了迎接這一刻，昨天念了整天經呢！」

美心很感動：「眞叫皇天不負苦心人！」

「阿珠姐爲了慶祝上人一家團圓，足足忙兩天了！」

美心知道，九十年代以來，出於省時省事，海光寺簡化晚餐，只供應中午的殘羹剩菜，不夠就以泡麵充飢。這天的齋堂卻席開兩大桌，帶髮修行的阿珠姐率領大寮師父們陸續上了十道大菜。並非奢華的材料，但取了美麗的菜名，像感恩飯、團圓湯、圓融蘿蔔和愛心草梅等等。

美心環視齋堂清一色尼僧，不禁問承依：「師父不收男眾了嗎？」

「不收了。海光寺前身本來就是尼庵。」

美心想，大概是姐姐留學美國，受了「新女性主義」思潮的影響，要突出尼僧地位吧。然而以她參訪台灣道場的經驗，這可是反潮流的做法了。

「台灣的許多道場都是男女眾共修，怎麼師父反而把男女眾共修的寺廟，倒退回古舊的尼庵呢？」

承依說：「不是倒退，其實是恢復和堅持原始的僧伽制度。」

她說，以往在台灣和大陸，僧尼從來是分開修行的。

「僧團有如軍旅，團體生活十分親密，男女兼收會造成生活上的不便，也有礙修心養性。小廟場地小，尤其不方便。大道場硬體設備充足，比較有條件兼收男女出家眾。即使這樣，我若有機會主持大道場，也還是主張男女眾分院修行。」

老媽跟著呼應說：「和尚和尼師不要住在一起，免得生麻煩！」

美心當然理解，只是有些惋惜：「都到二十世紀末男女平等的時代了……」

「不能這樣說，」承依很堅持，「這個無關男女平權，而是專業判斷！」

阿蓮支持她媽媽的觀點：「分開修行好，這樣是利多弊少！」

好傢伙，一家三代的砲口都對準我了！美心乖乖閉了嘴。

承依對兒子說：「我們雖然沒有修行的和尚，但是有男衆客房，耀祖在這裡多住幾天吧。」

可惜耀祖次日要飛回日本上課，當下決定由外婆陪他住一晚，讓母子倆有機會多聚聚。阿蓮則陪美心回台北，約好次日到中正機場送弟弟上飛機。

美心倆叫了計程車回家。進門剛蹬掉高跟鞋，美心還沒歇口氣來，就聽阿蓮迫不及待的叫喊了。

「姨媽，我想出家！」

這是哪門子的話呀！美心聽了先爆出一串笑聲。她光腳走向沙發，同時伸手招呼外甥女坐下來。

「你羨慕你媽媽當上住持很風光了，是不是？」

「當然不是。」

這孩子一臉正經，不苟言笑，倒讓姨媽很快收斂了笑容。

「你不是有個東海大學的男朋友，叫什麼來著？」

她第一個念頭是孩子的感情出了問題。

「潘怡保，不是男朋友啦！」

美心不理她的分辯：「他在東海教書，不是嗎？」

「辭職不教了，他要去當修士。」

這是怎麼回事？美心費了點力氣才弄懂潘怡保的志向。

原來怡保是虔誠的天主教徒，近一年來一直有「聖召」的感覺，就是覺得頻頻受到天主的恩寵，終於決定要回應這份恩寵，無條件地奉獻自己。阿蓮顯然是為了他才在台中找工作，沒想到上班不久，怡保就選擇加入聖芳濟公會，當起「望會生」了。他現在和神父修女一起生活，看看彼此能否適應。如果順利，半年後成為修士，九年後升做神父。

九年的日子還長著呢！美心覺得事情並未絕望，立即慫恿外甥女說：「你趕快想辦法，把他的心給抓回來呀！」

「姨媽！」

年輕人抗議也似地睨了她一眼。

美心懷疑自己落伍了，弄不清現在年輕人是怎麼談情說愛的。

「是你不愛他？還是他壓根就沒愛過你？」

阿蓮深吸一口氣，吐光了才幽幽訴說起這段感情。

「我們一直是好朋友，最好的朋友了，彼此無話不談，但是就沒談過戀愛。現在想想，從合歡山登山活動認識起，他其實都把我當妹妹看待，照顧得無微不至。我渴望父母的愛，又沒有哥哥姐姐，怡保的呵護成了我的救命稻草，當然抓住不放了。」

美心愛憐地望著阿蓮，心想這「出家」的毛病可不能遺傳下去！

「你這麼年輕，還沒有正式交過男朋友，那就趕快去認識別的男孩子嘛！」

阿蓮輕聲笑了：「姨媽，我沒戀愛過，並不表示我不懂戀愛呀！」

原來她在清華大學住校四年，幾次給同學或室友充媒人做參謀，連「電燈泡」都當過。旁觀的經驗讓她感到，男女的情愛誠然美好但脆弱無比，也遠非生命的全部。

「我的室友和她男友熱戀了四年，四月裡男的出差日本，不幸碰上了華航的名古屋空難。死去不過半年，女的又交起男朋友來了……我見過她頭一位男友，高頭大馬的人，但說走就走了，生命確實是無常呀！」

傻瓜，正因爲生命脆弱、無常，才要抓緊時間談戀愛呀！美心望著阿蓮，懷疑這孩子是少長了一根戀愛的筋。只有戀愛過的女人才知道男人的可愛，明白他們是女人生命中不可或缺的，這位室友要別抱琵琶也是人之常情嘛！

她自己剛經歷了喪子之痛，深知沉緬於往事是絕對無益的。

「人死不能復生，」她反問外甥女，「難道你以爲你的室友該守寡嗎？」

阿蓮搖頭又擺手地，表示問題不在這裡。

「我覺得自己有很多、很深的愛，很想和人分享，越多人越好。我嚮往一種歡暢、快樂的生活，人人彼此扶持，各盡所能，各取所需，像是分享一種生命共同體那樣。我一直不清楚這是什麼生活，直到我去了海光寺，看到比丘尼歡歡喜喜在念經、灑掃、洗碗……我才知道原來這就是我嚮往的生活方式了。」

美心不以爲然：「你八成是想念媽媽，崇拜媽媽的緣故吧？」

阿蓮鄭重地搖頭否認。

「我陪怡保去過修道院幾次，那些神父修女就是歡歡喜喜的，好像每天都蒙受多大恩惠似的。當怡保告訴我他想當修士時，我是眞心地祝福他。」

眞是不可救藥，居然把男友往火坑裡推呀！美心嘆爲觀止地頻頻搖頭。

阿蓮認眞地問她：「姨媽，你寧可我去當修女嗎？」

「別胡說八道了！」美心好氣又好笑地瞪她一眼後，不禁問起：「你這出家的念頭，還跟誰提起過？」

「姨媽是第一個嘛！」

「好！」美心寬慰地吁了口氣。「你也應該像潘怡保那樣，給自己一段時間去思考，別急著做決定。答應姨媽，先別告訴別人，尤其是你外婆。當年你媽出家時，她差一些哭瞎了眼睛哪！」

她有意誇張些，果然聽得阿蓮一臉凝重。

「姨媽，你放心，除了你，我誰也不說。」

「好，姨媽也幫你保密。」

儘管美心以爲外甥女想出家和感情失落有關，但是她嚮往僧團生活這點，自己倒也感同身受。她自己也有出家的念頭，但是不喜歡寺院生活的拘束，中意的是瑜伽行者那種自由自在的小衆修行方式。她覺得修行的人聚在一起，志同道合，感情絕對是「情同手足」。

正因爲她喜歡同修的親密無間，第一次去金身活佛的台北道場貢噶精舍，就被深深打動了。精舍在熱鬧的萬華區，紅布黑字的海報寫的是「弘法灌頂療病傳功大法會」。到達時，灌頂儀式已進行大半，她被帶到佛堂最後一排座位。

佛堂供奉的神像和菩提巖相同，神壇也架高三尺，活佛高高坐鎮其上。他打著大手印閉眼念咒，聲音時疾時緩。美心全聽不懂，但覺活佛威嚴十足，整個氣氛祥和神聖。他開示時，指導信徒鍛鍊一種綜合佛法、禪定和氣功的「八段法」，據說練成了可治各種疑難雜症，無病也能吸收日月光華和山川靈氣；除了強健身體外，功力夠了還有治療他人疾病的能力；再高階段就是開悟見性了。

他朗聲承諾：「只要因緣成熟，我能讓你們即身證悟！」

這時他的入門弟子開始派發表格，號召觀衆皈依。

美心經過「印心」無效，已不敢奢望能「即身證悟」，但活佛嗓音圓潤，言辭富有說服力或者催眠力，當場很多人立即填表皈依了。她捧著表格，一時猶豫不決。

開示後，活佛步下神壇要入內休息，沿路都是匍匐在地的信徒。一位穿金戴銀的中年婦人，在他經過時奮力爬起，雙手高擎一個紅包。活佛身後的清淨法師代師父收下了。

「你知道她是誰嗎？」美心身旁的一位女信徒告訴她：「她是某某縣長的姑媽，活佛治好了她的病，今天還願來了！」

可能是名人效應，這位姑媽之後，頂禮的信徒紛紛起立，跟著掏錢奉獻。須臾，清淨手中已是厚厚一疊紅包和鈔票了。

美心步出佛堂時，發現捐款箱也塞滿了鈔票，露頭的都是千元大鈔。

阿妙很快找上來。睨一眼她手中的空白表格後，就裝作沒看見。

「上人知道你會來，叫我一定要留你一起用晚飯。今天宴請法會的功德主，筵席是大飯店的師傅掌廚，保證好吃！」

經過喜馬拉雅山的修行，美心已習慣了素食，尤其愛吃素齋美食。既然盛情難卻，和阿妙又特別投緣，就答應留下來。

「時間還早，我帶你參觀一下。」

路上碰到一些忙碌但是神情歡愉的出家人，女多男少，年紀都不大。只有一位不苟言笑，且形相蒼老，阿妙介紹說是本寺的監院清心法師，聽得美心肅然起敬。

常住們見到美心都合十為禮，含笑稱呼她「師姐」。美心聽多了有些難為情，連忙把皈依表格收進皮包裡。

精舍原是一座大宅院翻蓋的，總共三層樓房，只有佛堂是挑高的透天厝，其他房間都是布局緊湊，空間高度利用，堪稱「麻雀雖小，五臟俱全」。

美心見佛堂的牆上有幾張玻璃框起的照片，都是金身活佛的弘法照片。她發現兩張比較特別：一張是活佛的腹部呈一團白光，另一張是幾位信徒在佛堂焚香祭拜，佛像上方有活佛的人頭像。

阿妙指著人頭像那張照片說：「這是上人的分身。」

「分身？」

「是呀，去年舉行超度法會時，上人在高雄弘法走不開，答應以分身在精舍庇佑指導，果然照片一洗就顯露出來了！」

美心肅然起敬。清海師曾說過她可以「分身」來台傳授觀音法門，當時不甚了了，原來是如此神妙呀！

阿妙又指著一團白光的照片解釋：「上人已練成金剛不壞之身，身懷大法輪，發功時透過攝影就是這樣。」

美心聽了更是敬畏有加。

然而活佛本人卻很仁慈，對徒弟和客人都是滿臉笑容，既親切又和善。在膳堂時還親自一一招呼客人。

「我們沒有影藝界的朋友，難得認識杜小姐，佛門有光了！還請杜小姐多多護持我們道場才好。」

他介紹客人時，特別推崇美心。

「杜小姐，成佛宗要發揚光大，要靠你幫忙了，你是義不容辭呀！」

幾個企業老闆和他們的太太，便衆口鑠金般向她呼籲開了。

不敢當呀！美心學佛求道多年了，頭一回被一位大師推崇，衆人又如此器重，當下又慚愧又感動。

這頓飯也是她吃過的最豪華的一餐素齋。雪白的桌布上擺著鑲金的碗盤和象牙筷子，五六位尼僧全程伺候，客人每用完一道菜，盤子即換過一新，勤快賽過五星級飯店的服務員。上菜的尼僧一一報出菜名：「金釀白玉板……宮保魷魚卷……紅燒栗子鷄……白果蝦仁……翡翠鮑魚……菊花鴿鬆……糖醋排骨……九轉肥腸……」

每道菜都安排得像花卉盆景，色彩鮮艷極了，美心簡直不忍下箸。選料和刀工極爲精細，像豆芽是一根根掐頭去尾，干絲切得細如毛髮，而口味更是鮮甜濃醇，極盡香酥軟滑之能事。食客都同意，這素菜比葷菜更加美味可口。

回到家時，她忍不住向愛好烹調的媽媽炫耀了一番。老人家聽聽，竟不屑地噘起嘴來。

「都取的鷄呀魚的菜名，怎麼不乾脆吃葷呢？」

美心腦筋一轉，找到了藉口：「喇嘛教原本就可以吃葷的，成佛宗應該是喇嘛教的一支吧，保存一些葷菜名堂也是可以理解嘛！」

她覺得這種細枝末節不重要，夜裡就塡了皈依表格，次日一早付郵。

三天後，活佛的秘書釋清淨就來電和她連絡了。

「歡迎杜師姐皈依上人！以後叫我阿淨好了。」

她嗓音甜滋滋的，透過話筒彷佛給聽者耳朵抹了層油。

「我們道場幾乎每天都有活動，學佛、參禪、氣功、插花……多啦！希望你來參加，給我們指導，最好還能給我們開班授課。」

聽到開班授課，美心嚇一跳：「我哪有什麼可以教人的呀？」

「美容啊！教大家怎麼穿衣走路……讓常住和師姐們個個儀態大方，多好！」

美心嘴裡說自己不夠格，心裡卻想起了重視打扮的清海師父。愛美是女子的天性，不管男女師父都能照顧到這一點，眞是貼心呀！

「我們每個月都辦皈依活動，不知師姐能不能等到明年一月？」

清淨說，成佛宗準備一月在埔里舉行法會，同時舉行集體皈依。

「到時我們包了大遊覽車下去，很熱鬧的。」

美心答應了。

「皈依之前，清妙師姐做你的『牽手』，有什麼問題都可以找她。」

美心很欣賞「牽手」的引進方式，尤其和阿妙談得來，從此經常跑精舍了。阿妙小她五歲，是最早跟隨活佛的兩位弟子之一，戒臘在十年以上，性情溫婉隨和，經她的手已經牽進了數不清的弟子。

美心選修佛學課，跟活佛的另一位弟子清眞法師讀佛經。在師父鼓勵下，她同意在十二月裡開了一系列四堂「美容美儀」課，從美容化妝到伸展台步法，毫無保留地傳授一己的心得。

這些課程都收昂貴的學費，但授課老師全義務教授，收入用以扶持道場。學費最高的是金身活佛的課，招生嚴格篩選，採自由捐獻，每堂課收紅包，據說數目都在萬元以上。

美心入門後才發現，要親近活佛並不容易，他不是深居簡出，就是被貼身弟子或信徒團團包圍住。有心親炙的徒弟，爲了突圍會長跪不起，以額頭磕出血來吸引上人的青睞。美心天生麗質，過去多有被奉承的經驗，一時學不來這些招數。幸虧師徒有緣，上人不時召她一起開會，或傳話以表達關懷，讓她覺得師父並沒忘記這個新弟子。她爲自己慶幸，尋尋覓覓了七八年，終於遇到明師，親沾慈愛的雨露，人生道上不再孤單寂寞了。

盼呀盼的，一月中旬的法會到了。在精舍廣爲動員之下，從台北浩浩蕩蕩開出了四部遊覽車，還有記者隨行。美心被安排在上人座後不遠的位置。她發現同車的都是資深弟子如清淨、清心等，以及社會地位顯要的信徒如縣長姑媽，她知道又是活佛對自己的眷顧了。

正午抵達菩提巖。已有南部旅行社以寺院觀光爲主題，招徠了三部遊覽巴士，加上各路來的小汽車，停車場排得密密麻麻，接龍似的直泊到幾條街外。

菩提巖張燈結綵，香客雲集。法會早上就已開始了，精彩的是活佛主持的百人宣誓皈依和十二人剃度典禮。美心被排在皈依隊伍的最前端，代表大家上前領受皈依證書。

上人授書時，低聲開示：「美心是很好的名字，就做爲你的法號吧。」

她下壇後，立即受到電視台記者的採訪。

「杜小姐爲什麼選擇成佛宗皈依？」

「主要是金身活佛的感召，上人教我安身立命和成佛成道的方法。」

「杜小姐會出家嗎？」

這個問題實在唐突，她只好含糊以應：「唔，可能，還沒有決定。」

「那表示將來有可能喔！是受到什麼打擊嗎？聽說你的兒子……」

美心乾瞪一眼滿臉稚氣的小記者，但是大庭廣眾之下也不好發作。台灣去年開放民營電視台了，從以前的三台增加到四十多台，可能擴充太快，記者良莠不齊，常爆出不倫不類或這種揭人隱私的問題來，她其實也見怪不怪了。

「我兒子在一場車禍裡往生了，不過我若是出家，卻和它無關。我覺得自己有一腔愛心，很想要和人分享……」

幸虧和阿蓮有過出家的對談，她當下就隨口照搬了一通道理。

事後阿妙稱讚她：「師姐講得眞好！到底是見過世面的，面對攝影鏡頭，一點不慌亂還能侃侃而談呢！」

美心自己感觸最深的是剃度場面。以前見證姐姐出家，那哭聲震天的場面，如今已被莊嚴和溫馨的情景所取代了。新戒都找了親友來獻花祝福，還找了攝影師來照相留念。仍然有個別家長在一旁默默垂淚的，但依依不捨之情究竟和當年的悲慟絕望不同，社會上對出家的觀感著實改善許多了。

美心發現十二名新戒中有八位是大學畢業生，清一色是女生，相當驚訝。難怪外甥女也有這個念頭，看來高學歷的人還挺流行出家哪！

她問阿妙：「上人爲什麼一口氣收這麼多弟子？」

「我猜想，他是在儲備人材，等兩岸通了，好去大陸弘法吧！」

阿妙的口氣，似乎不看好這個前景，因爲接著就提出疑問了：「共產黨是無神論者，會歡迎我們去弘法嗎？」

美心沒有想得這麼遠，但她知道，去大陸傳教是許多道場的願望。八九年九月，清海師父就曾率領四十多位弟子去大陸傳教。其時她正在印度遊歷參訪，同修竟指責她「逃避責任」，氣得她好久都不想理睬觀音法門的人。

阿妙以爲：「有時候由在家衆出面弘法還方便些。我相信居士團體能發揮很多功能，你們眞是任重道遠呢！」

然而除了募款，美心一時想不出在家人還能做什麼事。

阿妙卻說募款不難：「像今天的法會，扣掉遊覽車和便當等等費用，淨收入一百萬是跑不掉的。」

美心聽了，暗暗咋舌，沒想到道場賺錢如此容易。

「比起送師父的紅包，這個又不夠看了！」阿妙悄聲透露，「縣長姑媽的紅包是一張百萬元支票哪！」

美心聽了，一口氣差些喘不過來。她有些自慚形穢，連忙轉換了話題。

「妙師父，上人爲什麼不給我法號？」

阿妙竟以羨慕的口吻回答：「師父替你想得很週到呀！」

原來皈依的人太多了，活佛窮於取名，都依靠電腦篩選列印。與其被派個不知所以然的法號，還不如保留本名爲佳。

「原來如此。」

當晚，美心決定要開始記日記。她要把上人待她的恩惠點點滴滴都記下來，把自己的愛戴也巨細無遺地紀錄上去，以此作爲自我修行的方式。

次日過堂後，信衆依依告別，分頭奔赴各自的遊覽車。

美心要上車前，忽見一對中年夫婦上前招呼她。

「我們在電視上看過杜小姐了！」

他們自我介紹，男的叫嚴作錦，是高雄師院的教師，女的叫吳美芸，在高雄稅捐處工作，這次隨遊覽車到埔里參訪。

「埔里地杰人靈，不愧是出美人和美酒的地方！」嚴太太言下十分羨慕。

他丈夫接著讚美：「這裡的水很甜，空氣也純淨無染，在今日的台灣，憑這兩樣就稱得上人間淨土了！」

美心想起圖博喇嘛的讚歎，頓時感到與有榮焉。

「你們也皈依金身活佛嗎？」

嚴太太有些羞愧地回答：「沒有啦，我們信佛，但是屬於一個居士團體……你聽過沒有，叫維鬘傳道協會？」

美心表示自己孤陋寡聞。她聽過天帝教、妙天禪、眞光明教團等等，但對維鬘傳道協會卻聞所未聞。

嚴太太解釋：「簡單說，就是不出家的佛教徒團體。」

嚴先生說：「我們參加這次旅行團，是想退休後住到埔里來……」

輪到美心瞪眼表示羡慕了：「什麼，你們未老就可以退休了？」

嚴太太咯咯笑了：「公務員就有這個好處嘛，服務滿二十五年可以辦退休。我們因爲早出來工作，過兩年就可以退下來了。」

美心爲他們高興：「到埔里養老最好了！我媽媽說什麼也不捨得離開埔里呢！她也信佛。」

「太好了！我們正要找人請教埔里的事呢。」

當下兩家交換了電話號碼，這才握手而別。

美心努力要爲精舍奉獻，做到隨叫隨到，不但參與各種法會，也爲往生的同門助念，還協助分發四季的賑濟物資。許多常住和信衆原以爲過氣明星必然還有不倒的架勢，後來發現她十分友善隨和，紛紛稱讚起來，連帶地活佛對她就越發器重了。

成佛宗每週有電台廣播，上人錄音時一向由清淨陪伴，兩人也時常進行佛學問答。美心入門後，碰到清淨有事走不開，就由她取代了。四月開始，有個信徒買了一個電視台時段，供師父開佛學講座。弟子裡只有美心有影視經驗，順理成章地活佛就欽定她陪同出入攝影棚，或者同台演出了。精舍更借重她在影藝圈的人際關係，和媒體記者廣結善緣，爲的擴大宣傳，以便弘法利生。

美心一心投入工作，有時來不及回家就在精舍和阿妙擠一張床過夜。不久，師父重新調整女衆寮房，爲她闢出一個小單間，就在監院清心師姐隔壁。資深的弟子才有單間獨享的寮房，她入教不過半年光景，還是居士身分就受到如此優遇，常住們不止是刮目相看，簡直是跌破眼鏡了。

上人告訴她：「你和我有緣。我前世出家當住持時，你在我廟裡當燒火道士，因爲修行好，今世才得重新相聚。」

美心對師父感恩戴德，不便宣諸於口，心裡話就全寫到日記上了。她僅有中學的學歷，文字缺乏鍛鍊，好在日記是給自己看的，簡單樸素，表達的是一時的內心感受，將來老了也是很好的紀念，因而記得很勤快。

她也記載師父和自己的談話。兩人獨處時，師父會向她透露一點心事，像清淨恃寵而驕，惹來同修的不滿和告狀啦，或清妙學習不精進，上課常打瞌睡啦，或某信徒找藉口一再求見，令人不勝其煩等等。

「別看大家都對我匍匐在地，我是『高處不勝寒』，沒人可以說話哪！」

美心以當上人的聽衆爲榮，自己對他更是無話不說。譬如她在尼泊爾試過男女在密室雙修的方法，結果以做愛而告失敗，這個極爲隱私的經驗，她只敢對師父說。師父認爲密法沒錯，以「因緣不具足」開解她，叫她別灰心。

她習慣了找師父告解，有時白天沒機會說，晚上寫日記便繼續下去，日記也成爲師徒的對話錄。

出於報答上人的知遇之恩，她加倍努力，吩咐什麼就做什麼，只有多做不會少做。從小不愛讀書的人，如今沒事就捧著經書啃；不懂的不敢問，只告誡自己，都因爲少讀書缺修行，假以時日，一定會豁然開朗，一通百通。

有一次她在寮房裡讀書。剛交五月，天氣悶熱有過盛夏，房門開著還嫌透不過氣來。正讀得昏昏欲睡，突然清心師父跨進門來。

「美心師姐好用功呀！」

「心師父是稀客呀，快請坐！」

美心趕緊放下書，站起身來讓座。小寮房僅得一桌、一椅加一床，來了客人，自己只能挨床坐了。

說清心是稀客並不誇大，雖是鄰居，她一向房門緊閉，公務外少和人打交道。美心只知道她是上人第一位剃度弟子，神情一向嚴肅刻板，從事佛堂管理兼會計，日常沒一句閒言。這種令美心望而生畏的人，忽然肯屈駕來看自己，叫她一時受寵若驚。

寒暄了一陣後，清心問她：「你有沒有考慮出家？」

美心一愣，半晌後才如實回答：「沒有。」

清心把她從頭到腳打量了一眼。美心這天穿藍色套裝，搭配同色調的手袋和鞋子，淡掃蛾眉，輕施脂粉，自認爲裝扮已極盡樸素了，卻一時被看得心裡發毛。

「你很有交際才幹，其實出不出家對我們成佛宗都很好。」

「心師父誇獎了。」

清心只淡然一笑，沒再說什麼就起身告辭，來得突兀，去得也突兀。

過兩天，美心奉命陪阿妙去印刷廠交涉印刷經書。路上她提起監院來訪的事。

「她是什麼意思，眞的鼓勵我出家嗎？」她問阿妙。

「不一定，但肯定是盼望你長期留在我們道場的。」

說著阿妙突然神秘兮兮地透露：「你不知道吧，她以前是上人的俗家妻子。」

美心驚得「啊」了一聲，一時只有乾瞪眼。

「上人禁止我們提起，所以沒幾個人知道。你切記不可外傳呀！」

「那當然！」她鄭重承諾後，好奇地問起，「他們什麼時候出家的？」

「應該是道教時代吧。」

美心又是一愣。

「上人天生異稟，從小慈悲不殺生，因爲孝順父母才奉命成婚。」

原來活佛青年就出家當道士，夫妻一起主持新店一家道觀。八十年代初，他改崇佛教，創辦貢噶精舍。那時阿妙和清淨先後皈依，和清心、清眞等都是最早的弟子了。

「有一天上人受到師公托夢感召，便獨自去印度和尼泊爾修行了半年。他是在師公圓寂後，接受了衣缽傳承才回來。我們屬於藏傳佛教裡的白教支派，但師父另有神召，因緣特別殊勝，法力特別廣大，你慢慢就會體會到了。」

阿妙表示，師父是糅和了佛道的精華，自己再發明創造，因而獨樹一幟。

美心雖然不甚明瞭其間的信仰轉折，但總算理解何以佛堂也供奉元始天尊了。無論如何，自己有幸得遇一代大師，她發心要虔誠修行才好。

有一天，忽然接到外甥女來電。

「姨媽，告訴你一個壞消息，鄧麗君出事了！」

「啊？是車禍……不，不，一定是空難，對吧？」

出身影藝圈，她一向追踪歌星和影星的新聞，知道鄧莉君淡出歌壇後，常去泰國住。華航的名古屋空難還在人們記憶中，鄧麗君兩地跑，最先想到的災難自是飛機失事了。

「不是，我們報社的消息說，她在清邁突然發病，男友不在身邊，等被人發現才送到醫院，可惜錯過救治機會了。」

美心不唱歌，也息影幾年了，聽到巨星殞落的消息，仍感震驚和痛惜，覺得是英年早夭，人間不幸莫過於此了。鄧的不幸戀愛也讓美心感同身受，一樣的灰心悲觀。據說她和馬來西亞一位華僑戀愛，已經論及婚嫁了，卻被男方的家人否決，理由是歌星出身不夠清白。美心想到自己和吳君，愛情長跑在十年以上，吳君遲遲不肯離婚改娶，不也是嫌她出身低，不利男方宦途嗎？以前還有兒子在，如今連這一線聯繫也斷了，驀然回首自己年過四十，踽踽獨行的婚姻路算是落入死胡同了。下一步怎麼走呢？她茫無頭緒。

這兔死狐悲的聯想，讓她情緒低落萬丈，好幾天把自已關在家裡，連電話答錄機也懶得查看。還是阿妙上門來，硬把她拉出谷底。

「上人要你陪他去埔里。」

「什麼事？」

阿妙也不甚了了：「明年總統直選了，台中要開始造勢活動，上人支持執政黨候選人，大概要去佈置一下吧。」

「好吧，我順便回去看媽媽。」

她和師父搭乘精舍的專用巴士南下，同行的還有清淨和清眞。

到菩提巖不久，執政黨地方黨部的官員即來拜會。

「現在人心惶惶，」黨官表示，「都怕『一九九五閏八月』時，中共會打過來，我們想和菩提巖聯手開展一個安定人心的盛會，請師父多多支持。」

「目前安定人心是首要之急，菩提巖一定竭盡所能！」

爲了表示誠意，活佛當場贊助了五十萬元。

黨官剛離去，清淨向活佛報告：「許阿勇居士聽說上人來埔里了，特地趕來求見。他這是三個月裡第五次求見了。」

活佛輕輕哼了一聲方才答應：「好吧。」

須臾，清淨領進一位白髮老翁。老人一見到活佛就顫巍巍屈起膝來，好不容易才匍匐在地。被扶起後，老人掏出一個紅包，清眞代上人收下了。

「師父神通廣大，一定能保佑我們一家平安。祈求上人給我加持。」

活佛如他所願，在他額前打手印，爲他念咒祈福以保闔家平安。

「以後要常來上香禮拜，好鞏固法力。」

許阿勇恭謹地答應，並歡歡喜喜地讓清淨領出門去。

活佛問清眞：「他奉獻多少？」

清眞打開紅包，望了一眼支票，驚喜交加地回說：「五百萬！」

眾人跟著驚叫起來：「五百萬！」

活佛雖然掩不住嘴角的笑意，口氣卻淡淡然：「求一次一百萬，懂嗎？」

眾人齊呼：「懂！」只有美心太激動了，反而說不出話來。

這時晚課的鐘聲響起，弟子們紛紛離開會客室。

美心想請假回家，沒開口就聽到上人問話：「你近來心情不佳，是不是呀？」

「是……師父怎麼知道呢？」她有些訝異。

他微微一笑說：「你不知道師父有神通嗎？我要找個時間和你談談。你晚上回家前，到我辦公室來吧。」

「是。」

她覺得師父眞是料事如神，簡直鑽進她的腦子裡來了。

那晚用過藥石後，她就去敲辦公室的門。

上人的辦公室和禪房有門相通，擺設簡單大方，書桌書架外，角落裡有兩張沙發夾著一只茶几。胖子怕熱，窗子全打開了，水泥砌就的擋土牆近得掬手可及似的。上人一身白綢褲褂休閒服，正盤腿背牆而坐，茶几上有托盤盛著茶壺和兩只杯子。

「坐吧。要不要喝口茶？」

「我自己來。」

她倒了兩杯茶，然後恭謹地坐在上人斜對面的沙發上。

「你有什麼煩悶，儘管說吧。」

她視上人爲當今第一大師，又敬若慈父，當下就把內心的苦悶竹筒倒豆子般全抖個空。

「你對鄧麗居之死有兔死狐悲的心態，都是『意業』作祟，跳不出貪瞋癡這三毒煩惱。」

活佛批評過後，接著問她：「有一件事比美滿婚姻和揚名影藝圈更好、更有意義，你知道是什麼嗎？」

她搖搖頭，想不出世上什麼東西好過美滿婚姻和名利雙收的影星行業。

「出家嘛！」

師父在取笑我了，她尷尬地無聲笑笑。

「真的，」他神色認眞地說下去，「去年你初次來我道場時，我就想度你出家了。」

「但是……」她突然記起姐姐拒絕自己出家的理由，正好派上用場了。「我不能用出家來逃避自己……」

「不是逃避，」師父打斷她的話頭，「我專誠給你指出一條光明大道哪！你數得淸出家的好處嗎？」

見美心呆頭鵝般不知所答，他於是以自得的口氣告訴她，世上各行各業，只有出家最容易、也最快速取得成就感。他說只要換上僧服，立即受人禮敬供養，等到收個徒弟，自己就一躍而爲「師父」、成爲「上人」了。

「師父是老師和父親的雙料身分，懂嗎？現代人可以不理父母，但是見到師父可就乖乖地下跪頂禮了，是不是？」

美心點頭同意。

「信徒對你也是敬仰有加，譬如給你寫信，不能直稱你『美心』，而是『上美下心』了，非常謙虛恭敬。地球上的皇帝一天比一天少了，但是神明世界永遠不變，照樣稱王稱帝的，住在迷你王宮裡，燕尾屋頂，龍鳳裝飾。作爲寺廟的住持，待遇就和皇帝一樣，你說是不是這樣？」

美心垂目思索，果然是這樣。剛剛師父就那麼摸下頭，五百萬就自動獻上來了。以前聽到師父的種種神奇，都將信將疑，今日若非親眼目睹，還以爲是作夢哪！

「佛教在台灣正步入旺盛期，道場拓展很快，你資質不錯，出家後相信很快就會出人頭地。師父會好好栽培你的，懂嗎？」

「是……但是……」

乍逢喪子之痛時，她一度想要遁入佛門，那是一時衝動，難怪姐姐斷然拒絕。現在師父提出來，她比較審慎，再不敢貿然回應了。

「我姐姐早早剃度了，如果我再出家，媽媽恐怕不答應……」

「我沒說你要剪掉三千煩惱絲嘛！」

說著，活佛忽然朗聲笑了。

「你天生麗質，若是剃光頭，一身灰袍，那是……」他頓了一頓，才接下去說，「很不合適，菩薩也不答應的。」

見她一臉的困惑不解，他以和悅但不失愼重的口吻解釋他的想法。

「佛教現代化，僧團也有新的組合，常住不一定落髮，但要服裝一致。你可以先當見習，隨意穿著，這樣對外工作也方便得多。有一件事，我只對你說，你先別外傳才好。」

她點頭如搗蒜後，這才屏氣凝神地注視著對方。

「海峽兩岸的局勢，日後只怕是越來越凶險了。爲了兩手準備，也爲了拓展道場，我已經叫美國的信徒找地方了。」

「眞的？」美心很驚訝。「美國什麼地方？」

「舊金山。我去年去看了一趟，比埔里還要好。沒有高山但有海洋，整個城市乾淨漂亮，每棟房子都有特色，天氣更是乾爽如春……那才是人間天堂呢！那裡華人不少，多是中產階級，也比較容易接受佛教。」

「什麼時候會去舊金山呢？」

她的出國經驗僅止於新馬旅遊和尼印參道，一想到要遠赴美洲，不禁有些顧慮了。

「早著呢！我們先要籌錢買地。蓋道場的事，八字還沒一撇啦！」

她立即鬆了口氣：「師父，出家的事，讓我考慮一下好嗎？」

「當然好。豈止一下，一年兩年我都可以等！」

她覺得師父意眞辭誠，於是暗下決心，要認眞考慮出家的事了。

當晚回家時，意外地發現外甥女從台中趕來會她。

外婆要外孫女睡她舅舅的房間，但阿蓮堅持和姨媽同房。白天很熱，因此熄燈後，美心打開窗子，讓月牙兒透過紗窗，送進幾許清光。姨甥並排睡，月光朦朧中，美心覺得身邊躺的彷彿是當年的姐姐。

「姨媽，我昨天去參加了潘怡保的修士典禮。」

「哦？他眞是鐵了心要出家……」

美心嘴裡說著，心裡卻想著怎麼勸阿蓮另找對象。

「怡保要求派到馬祖，去協助三位修女。」

「馬祖？多遙遠呀！怎麼會想到那種鬼地方……」

「姨媽！」阿蓮語帶嬌瞋地抗議了，「怡保給我看照片，馬祖有山有海，好漂亮喔！那裡有一位比利時修女，爲馬祖的貧民奉獻二十多年，八十多歲了還不肯退休，怡保深受感動，決心去扶持她。」

美心很感動，也有些感慨：「有時想想，和尙尼姑眞不如神父和修女。」

「現在進步了，海光寺不也從事救濟事業嗎？」

「那倒是。你媽不愧人中人……嗯，她絕對是『上人』沒錯。」

「姨媽，我還是想出家。」

又來啦！美心想，杜家人是前世積德抑或造孽，怎麼一個個往廟裡跑呢？

「姨媽，你聽見沒有呀？」

「聽見了。你和我去淡水找你媽說去吧。」

「好。」

沒有爭執，無需辯解，好像姨甥倆早有默契似的。

倒是杜媽媽非常捨不得，但她知道年輕人不會聽老人的勸告，也承認出家的日子並不難過，因此雖然唉聲嘆氣，卻沒唱什麼反調。

老人只堅持一點：「要出家就到海光寺去！」

於是三人聯袂來到淡水。

承依靜靜地聽女兒提出要求，不表驚訝，甚至眉頭也沒皺過一下，就像她在聽取弟子的例行報告那樣，臉色慈祥平和。

美心反而很訝異，難道姐姐早就心中有數了嗎？

阿蓮交代完心事後，三代人的眼光都集中到住持臉上，一時會客室裡靜悄悄，只剩電扇轉動時放送的風聲。

性急的美心沉不住氣了：「怎麼樣呀，師父？」

承依緩緩地點頭。三代人都鬆了口氣。

承依卻對阿蓮說：「你先不必急著出家，但要努力充實自己，做個現代尼僧是任重道遠的事。台灣佛教源自中國大陸，現在兩岸開放了，你要學佛就去大陸吧，我支持你……」

沒等她說完，杜媽媽和美心都驚叫起來。

「中共要打過來了，你怎麼叫她去大陸？多危險呀！」

秘書勤讀也在一旁相勸：「師姐要念書，還是去美國的好……再不，日本也有很好的佛學教育嘛！」

阿蓮卻很勇敢：「我聽師父的話，我去大陸學佛！」

承依頷首表示讚許：「兩岸打不起來，台灣人的福份可以讓我們撐過這個世紀，你放心去吧。」

阿蓮很高興：「我回去就辭職，六月可以出發。」

美心不禁問起：「大陸那麼大，阿蓮要從哪裡學起呀？」

承依說：「慧蓮可以走訪南北的重要道場，求道外也參觀建築物，並記錄一些圖書收藏。第一站先去福州的湧泉寺吧。」

承依隨即交待勤讀：「準備一些介紹信，到時給慧蓮帶在身上。」

勤讀頷首領命。

杜媽媽還是憂心忡忡：「師父不知道嗎？台北的美國協會門口，現在天天排長龍，大家打破頭要移民出去哪！我下個月就要和老頭子去面試……」

美心問她：「如果面試通過了，爸爸和媽媽幾時移民去美國呢？」

杜媽媽相當氣餒：「不知道呀，聽說也要等個一年吧。我並不想移民，不過想去美國看看孫子罷了。」

「一年太長了，」美心代媽媽出主意，「叫繼光帶兒子回來嘛！」

媽媽更氣餒了：「老頭子不許他們來台灣，怕兩岸打戰哪！這夫妻倆賺錢忙昏了頭，一天工作十四小時，連孩子也沒空多生。繼光口口聲聲說，這僅有的兒子是應付我們兩老才生的，你聽聽，什麼話呀！」

承依聽到這裡，出聲勸媽媽：「讓繼光他們一家三口回台灣走走吧，爸爸這麼大年紀了，他離不開台灣的。」

媽媽點著頭，口氣卻無甚把握：「我和繼光說說看吧。」

離開海光寺後，美心一直忘不了姐姐主動提到「爸爸」時的神色，平和安詳，再沒有以往碰不得的木頭表情了。再仔細想想，這也是將近三十年裡，姐姐第一次對繼父表示關懷呢！姓吳的說，時間是最好的療傷劑，他倒眞說對了。不管當年發生什麼事，姐姐已然淡忘了，還設身處地爲老爸著想，要弟弟一家回來看望他。想當年，繼父很疼愛兩姐妹，對姐姐更是呵護有加。美心記得，老媽並不贊成女孩子念大學，但是繼父卻鼓勵姐姐讀書。「大學、留學，你有本事都給我念去！」

美心已很少回憶李家五口人在一起的日子了。尤其是最後一個夏天，眞是美心一生最開心的時光。媽媽孕吐得厲害，帶了弟弟回娘家住去，姐姐念書沒空管她，爸爸寵愛一切隨她，她成天四處跑，天黑玩到天亮也沒人管。可惜報應來了，有一晚看完野台戲回家，姐姐躺在床上哭，問什麼都不理，她累得躺倒就睡，卻沒想到以後日子就難過了。姐姐突然出嫁，爸爸跑掉，自己又被轉學到台中……一家就這麼四分五散了。

到底發生什麼事了？她曾問過媽媽。

小孩子不許問！媽媽的咆哮嚇得她再也不敢多嘴。

隨著年歲增長，她偶爾也會想念或猜測一下，但是說也奇怪，她越來越懶得費心去臆想。不一定是時間，人也可以憑著意念，刻意淡忘一些事情，她美心就做得到。

年輕人眞是拿得起放得下，阿蓮六月中旬就出發去福建了。

一九九五閏八月在台灣人的驚慌恐懼中來臨，果然平安無事地過去了。坊間的預言一時破功了，但是戰爭的陰影並未消失，反而隨著第一次總統直接民選的來臨而逐日擴大中。四組候選人裡，聲勢較大的兩組，在中共眼中都有濃重的「台獨」傾向，於是放話恐嚇，頻頻軍事演習。在這種文攻武嚇的氣氛下，台灣人惶惶不可終日，紛紛祈求宗教的慰藉。

貢噶精舍和菩提巖分院經常有人上門求教，個個都要求活佛親自加持以保平安。供養大師的功德金不斷地破紀錄，道場小賣部的天珠、水晶和活佛加持的發光照片也成了熱賣品，有時還供不應求。這種時候，淸心會叫美心去建國花市的玉市場搜購，大批買來給活佛加持，隨即以數倍於市場的價格轉到信徒手中。

美心以爲只有成佛宗如此得人心，直到有一天回家時按錯了電梯樓層，才知不然。只見電梯門開處，赫然是一座「三太子宮」，香煙嬝嬝，經唱錄音不絕於耳。她好奇地進門參觀，這才發現多年的鄰居幾時竟開設起神壇來了。以前常和杜家菲傭一起買菜的女人，這時罩上一襲灰袍，搖身一變而爲道士，自信地許諾說：「美心小姐，我可以領你去陰間，你們母子就能相會喔！」

美心想，如果不是幸遇明師，自己在軟弱時刻很可能就跟她去了。

活佛的神通，由於信者日衆，加上幾件靈驗的預告，像六合彩的明牌，失火由於預警而未成災等等，於是聲名大噪，熱火如一輪紅日。求見的人摩肩接踵，有一次活佛駕臨菩提巖分院，磕長頭的人從山門直排到停車場。日正當中，跪拜者都汗流浹背，美心看了至爲不忍。這種場面見慣了，活佛就視若無睹地揚長而去，沒有免禮的任何表示，甚至正眼都不瞧一眼。

陪師父進辦公室休息時，美心仗著師父一向對自己的慈愛和寬容，忍不住代信徒求情。

「天氣這麼熱，師父能不能免了他們的大禮？」

活佛略帶瞋怪地反問一句：「你以為我喜歡看信徒這樣長跪不起嗎？」

美心訥訥然不知所答。

「從前，我對佛教也有一番改革的抱負，譬如希望出家眾和信徒的關係如同基督教的牧師和信眾一樣，『眾生平等』嘛，懂嗎？但是行不通呀！」

為什麼行不通呢？美心沒敢問出口，上人卻為她解答了。

「這和我們被尊為『上人』的道理一樣，不威則不嚴，懂嗎？當人匍匐在地時，這表示他的謙卑和徹底臣服，視我為神的代表，願意接受我的教導。這樣，也只有這樣，才能發生信仰的力量！」

活佛說，人性是很奧妙的，有時為了救他，先要把他貶到最底層，然後才有可能提升他。

「美心，你有一天主持道場時，千萬記住這一點：為了平等，先要不平等！」

美心不甚了了，但她對活佛心悅誠服，決心在修行中體會師父的教誨。

三月初，進入總統選舉的計日倒數階段，社會上傳言泛濫成災，求見活佛的人更多了。某日中午過堂後，美心在知客室陪伴一位常住，這時有人求見活佛。常住把遞來的名片轉給美心，她一看是立法委員的身分，就明白知客尼的難處了。正逢活佛午休時刻，知客尼不敢叫醒上人，希望美心代為傳達。美心知道師父重視達官貴人的造訪，喜歡延到他的辦公兼會客室以示親近，因此二話不說就把客人帶過去了。

「請坐一下，我去叫醒師父。」

她給客人倒了茶，就去輕輕敲了兩下門。沒有回應，也許上人睡熟了。

她推開門想就近喊醒他，卻不見師父影子，床上被褥完整，想是外出了。正想轉身退出，這時瞥見牆角的一扇屏風挪開了位置，隱約露出一扇半啓的門。她曾幫助裝飾和清掃過這間臥室，居然沒看出屏風後另有玄機。這門通到哪裡呢？一時好奇，她不禁挪動兩腳，想看個究竟。剛挨近屏風，忽然聽到裡面傳來男女細語笑謔的聲音，連忙煞住腳步。

上人和誰說話，這是誰的房間呢？她想到自己的寮房和監院僅隔著一道牆……哦，那不就是清心師父的寮房嗎？

想到此，她趕緊悄聲退回去，隨身閤上了門。

「上人睡太熟了，」她隨機應變說，「我打電話叫他。」

電話響了五聲，上人終於來接聽了，氣喘的鼻息被聽筒放大了，一聲聲撞擊著美心的耳膜。

她報上立委的名字。

活佛聽了很高興：「我換了衣服就出來。」

半盞茶光景，活佛開門見客。

立委頂禮並寒暄過後，就開門見山地請上人預卜選情。

「我們這組候選人，有希望勝出沒有？」

活佛遺憾地搖搖頭：「李登輝還有四年的總統命。」

客人聽了有些沮喪，於是又換個話題：「哎，海峽兩岸的關係繃得這麼緊，美國航空母艦又開過來了……都怕會擦槍走火呢！」

活佛卻微微一笑，轉頭問身後站著的美心：「你說說看，兩岸打得起來嗎？」

她記起姐姐的預言，便照說了：「不會的。」

話雖如此，她也聽到傳言說，淸海師父讓兩岸的信徒準備睡袋和乾糧，那是要打仗的意思了。活佛一向把本宗之外的教派皆斥爲「外道」，不屑置評，當下也不敢提起這個傳言。

活佛正色告訴客人：「我的弟子說不會打仗，那就打不起來！」

「可是……」立委憂形於色地，「我看鄧小平還很強硬似的……」

「不會啦！」活佛很有把握地揮揮手說，「眞有必要的話，我可以把鄧小平的分身叫到台北來！」

立委肅然起敬地連連點頭：「是，是，活佛神通廣大！」

他表示要趕回立法院開會，於是再度屈膝接受活佛的加持才匆匆離去。

「衆生太可憐了，成天競逐名利，又擔心戰爭來臨……」活佛說著打了個哈欠。「我中午沒睡好，下午不見客了。」

「是，師父。」

美心連忙告退，出去傳達上人的意思。

次日，她和阿妙有機會單獨在一起，忍不住提起昨日的發現。她還沒講完，就被阿妙伸手掩上嘴巴。

「噓！不要再說了。要知道，活佛也是人，懂嗎？」

她望著阿妙，緩緩點頭說：「我懂了。」

阿妙卻說：「你不懂，至少還沒全懂！」

她不禁抗議：「什麼意思呀，妙師父？」

「你要明白『一榮全榮，一枯全枯』的道理才行。」

阿妙解釋，爲了成佛宗上下的榮譽和權益，對活佛的言行和作爲要從正面去理解和包容。她強調：「理解的要執行，不理解的也要執行！」

「是，妙師父。」

美心其實並不怎麼理解，卻把阿妙的告誡如實寫進了日記，期勉自己今後多多通過修行以加深理解。

到了中旬，中共最不喜歡的李登輝當選總統了，但兩岸並未動武。活佛的預測靈驗了，精舍個個喜形於色，信衆也覺得活佛是鐵口直斷，佩服極了。

他的聲名更遠播彼岸和東南亞，先是香港，接著馬來西亞也有人來信，都邀請他去講經。活佛幾經斟酌，讓清淨多方連絡和爭取，最後擬定了香港、新加坡、馬來西亞和菲律賓四國巡迴弘法的行程，爲期半個月。

邀請單位負擔三位法師的全額旅費，精舍想隨師行的弟子很多，美心很快就感受到一股相互排擠的暗流。她沒去過歐美，這四個地方倒是隨旅遊團去過了，因此興趣不大。沒想到無心出線的人，反而被師父點名，讓她和清淨隨行出訪。

六月中旬出發，三個人乘機飛香港。

行前阿妙悄悄警告她：「清淨是上人跟前的大紅人，懂嗎？你要小心，衣著打扮最好樸素些。」

美心特地去買了些裙長過膝的素色套裝和黑色平底鞋，一頭卷髮剪得齊耳短，脂粉不施，對著鏡子覺得自己徹頭徹尾是個「素人」了。

上人注意到她的改變，當眾讚美說：「美心好莊嚴美麗喔！」

到香港的頭一天，美心發覺師父似乎變了個人，顯得輕鬆又活潑。師徒三人獨處時，他會說笑話逗弟子發笑，自己更笑得嗓門比誰都大，都放肆。擺脫了時時被人簇擁和包圍，看不到跪了一地的人頭，活佛顯得自在又開心。

原來「上人」不好當，美心相信，包括「活佛」都比不上凡人快樂呢！

她接著發現上人連飲食也改變了，頗出乎意料之外。

師徒三人住一排三間客房，師父居中。清淨安排上人的早餐送到房裡用，她和美心下樓用餐。抵港的次晨，美心到師父房裡請安，發現餐盤裡還有吃剩的火腿炒蛋，相當驚訝。

「不用大驚小怪，」上人笑笑說，「給什麼吃什麼，要隨遇而安嘛！」

「是。」

她不好意思問，難道是清淨師姐疏忽了？

上人銳利的目光釘準了她：「佛陀在世時並沒有吃素，化緣到什麼就吃什麼，懂嗎？吃素是中國皇帝梁武帝下令規定的。即使如此，喇嘛教也不吃素，西藏沒那麼多水果蔬菜嘛！戒殺生是爲了培養慈悲心，但只要心懷感恩，把感恩的功德迴向給動物，也還是慈悲。」

「是。」

「必要時可以吃『三淨肉』，即不殺、不聞殺、不爲己殺就行了。」

「是。」

「你在家吃不吃素？」

「我吃全素，因爲吃素有益健康……」

「不對！吃素若是出於健康，那是利己主義，沒有絲毫功德可言了。」

「哦，知道了。」

她決心要導正自己的素食觀念，以達到完全利他的標準。

當天的行程是在港三天的重頭戲，上午就開始了千手千眼觀音灌頂祈福法會，到下午四時方結束。休息個把小時後，主辦單位把他們載去淺水灣一家海鮮店吃晚餐。

主人說：「這裡都是活海鮮，保證新鮮！」

今晚要吃「三淨肉」了，美心想著先暗暗念起《往生咒》來。

頭一道菜是活魚三吃。主人先去水箱中挑選一條魚，須臾端上一盆生魚片，裝飾的魚頭還見到兩腮正一起一伏地苟延殘喘著。美心看了不忍，就只來墊底的生菜吃。

第二道是泥鰍鑽豆腐，她也只敢吃豆腐。

接著侍者開火燒滾了桌子中央的一鍋水，然後送上一盆剛從水裡撈起的蝦，隻隻活繃鮮跳。食客紛紛夾起活蝦往沸水中浸煮，然後沾醬吃。

「靚呀！」主客交相讚美。

美心不忍看，把頭往旁邊歪去，恰巧和師父如炬的目光撞個正著，他的筷子正夾起一隻煮得通紅的蝦子。

他告訴美心：「魚蝦都喜歡讓我吃，功德大，輪迴也快……」

美心聽不下去，匆匆道聲「對不起」，就起身往廁所跑。

「她身體不舒服……」身後傳來上人替她緩頰的聲音。

一關上廁所門，她對馬桶就「哇」的一聲嘔吐起來。

「美心，你怎麼了？」

出來正碰到清淨趕來慰問。

「我有一點不舒服。」她順著上人的意思回答。

「上人讓你先回去休息，司機在外面等了。」

美心不想掃人興，就接受安排回旅館來。到時她去餐廳叫了一碗菜麵，舒舒服服地塡飽了肚子。

九點半，上人和清淨回來了。她趕緊過門去請安。

「美心，關於戒殺生的定義，我們需要好好地談談。」

上人說完，隨即吩咐清淨：「你累了一整天，休息去吧。」

「是。」清淨瞥了一眼美心，就起身告辭。「師父晚安！師姐晚安！」

互道晚安後，清淨出房去了。

美心以爲上人要說一番殺生的大道理，就坐在沙發上洗耳恭聽。不料他一字不提，而是聊聊香港的風土人情，令她大大鬆了口氣。

聊了半小時，美心起身告辭。

「師父您該休息了，我回去睡。」

上人跟著起身說：「就在這裡睡吧，美心。」

美心沒仔細聽，仍往門口走去，半途卻被他一把拉住。

「留下來陪我吧，嗯？」

美心回頭撞見一對噴火也似的眼珠子，頓時怔住了。

「師父是什麼意思……我不懂。」

「誰都會的事，有什麼難懂？」

說著他把她拉向沙發，推她入座，然後跪下來抱住她索吻。

「不行，師父……」

她一掙扎，他立即強力貼上臉來。事起突然，她未曾防備，舌頭一下子癱軟了，毫無招架之力。這是一記深吻，舌尖長驅直入，觸及靈魂，架勢和力道都讓她閉上眼就看到了吳君深情款款的眉眼。等緩過一口氣，睜眼一看，眼前並非吳君，她趕緊別過臉，並使勁推開對方。

「師父，不可以……」

「沒什麼不可以……你練密宗男女雙修時，不也和那師父做過愛嗎？」

「那不是有意……是走火入魔……」

她已羞得滿臉燒熱，身子被肉鉗箍得難以動彈，眞像晚餐桌上那隻被筷子挾住的煮熟蝦子。

「你不愛師父嗎？」

「我愛師父……但是……」

她不知怎麼解說敬愛和情愛的區別，一時急得眼淚汩汩而下，只好苦苦哀求：「師父！師父！」

淚水淹過耳渦時，上人突然鬆手了。

「好吧，我不勉強你。門永遠開著。」

她掙扎起身，出去關門時，瞥見上人頹然坐上她剛脫離的沙發。

她回房就倒鎖了門，猶嫌不夠似地再以身壓上，兀自氣喘個不停。這時才發現全身僵硬酸痛，十個手指抖得像巴金森病人似的。

人啊人，怎麼男人永遠都是男人啊！

她在襲捲而來有如波濤翻滾的失望和幻滅中，很快又萌生了自怨、自責的念頭。爲什麼偏偏是我？我一定哪裡做錯了，否則師父怎麼會把我想成這樣……也許我以前化妝太艷？穿得太暴露？或者我說得太多了引起誤會，像是男女雙修不成功的事例？

不愛師父……天大的冤枉呀！

她感到無限的委屈，很想對師父傾訴，然而隔著一面冰冷的牆壁，一切枉然。夜深人靜了，她一腦子喧囂擾攘，不但沒睡意，連床鋪都無法挨近，不停地在狹窄的走道中來回打轉。及至瞥見桌上的日記本了，這才撈到一根救命稻草似地，坐下來寫日記。

「師父，我愛你，非常愛你，但是我的愛不是一般的，就是說不是世俗的愛，不是男女的愛，但是我一時也說不明白，不過我是眞心眞意……」

她這麼邊說邊寫，說到動情處還一邊流著淚，但手中的筆卻停不下來。她寫到服務台打電話叫起床，才知天亮了。回頭翻看，平常記不到半頁，這夜竟寫了九頁之多。有幾頁還沾了淚痕，顯得字跡斑駁，眞是心血結晶呀！

日記眞有療傷止痛的效果，她已經平靜許多了。記起阿妙「一榮俱榮，一枯俱枯」的話，她決定丟掉這段記憶，只當一切沒發生過，今後更加用心禮敬師父，努力修行才是。

漱洗完畢，她打電話給清淨，但沒人接聽。她連忙趕去餐廳，也沒發現清淨的影子。好在是自助餐，她就先用起來。快吃完時，才見清淨姍姍來遲。

一見對方臉色凝重，美心剛平定的心又忐忑不安起來了。

「上人讓你今天回台北。」

清淨甫落座，就冷冷傳達了上人的意思。

美心既驚訝又失望，又隱隱然在意料中，心內頓時五味雜陳。

「爲什麼？」她到底有些不甘心，還是問了出來。

「你自己知道，還用問嗎？」

「可是我……」

「不用說了，」清淨厭煩地打斷她，「我都知道了！」

你知道多少呢？但是清淨不容她爭辯，繼續吩咐下去。

「航班訂好了，機場巴士八點正開車，你快收行李去呀！」

時間這麼趕，清淨的語氣又是急促、嚴厲兼而有之，明擺著沒有和師父道別的機會了。

「我回精舍……做什麼呢？」

「閉門修行嘛！上人要你背誦比丘尼戒律，有空念《淨土三經》，他回來要考你！」

「是，淨師父，請告訴上人，我一定用功讀書！」

臨行還作這樣的交待，可見上人沒有拒她於千里之外的意思，美心高高提起的一顆心這才輕輕地放下了。

她當天就飛回台北。下機不敢回家，先奔精舍向監院報到。

清心放下手中的報表，沒起身表示歡迎，也沒問她爲什麼提早返回，只是上下打量了她一眼，就淡然表示：「你要讀經懺悔的話，住回家裡也一樣。」

美心很堅持：「心師父，我當然是住精舍了，可以專心修行嘛！」

淨心將信將疑地哼了一聲，冷冷說：「那也隨你。」

說完她即埋頭報表，不再理睬了。另一位常住見狀也跟著低下頭，室內一時鴉雀無聲。

美心受到如此冷落，臉上頗覺掛不住。但想到這位師父除了工作需要外，一向待人冷淡寡情，當下就自我寬解，並默默提了行李回房去。

很快她就發現，清心的冷淡給精舍樹了榜樣，衆人一個模子印出來似的，個個待她冷冰冰的，對她視若無睹。美心明白了，這是清心藉機對她打擊報復，報復她以前獨得恩寵，搶盡她人風光，終於逮到機會可以整她幾天了。

沒關係，美心決定潛心修煉「戒定慧」，恢復喜馬拉雅山的修行方式，把自己關在精舍裡念經。她不回家，也沒給家人和朋友電話，天天隨常住上早晚課。清心沒派她任何執事，她課餘就把自己關在寮房念書。媽媽常說「日久見人心」，她相信以師父的慈悲和神通，定會理解她的眞心和虔誠，大家很快也會再熱情接納她的。

阿妙不負她的友誼，有一天悄悄抓住她打聽。

「到底發生什麼事了，你怎麼被提早趕回來？」

想起阿妙說的「一榮俱榮」，她第一個念頭是保護上人的清譽。

「都怪我不好，沒聽師父的教導。」

「就這麼……簡單？」

「嗯，就這麼簡單。」

任憑阿妙怎麼旁敲側擊，她就是不露口風。

活佛的弘法之行，在東南亞掀起熱潮，迎請者衆，臨時又加了幾場法會，直到七月中旬才束裝返台。

美心想見上人，但是飲譽歸來的活佛，更受徒衆和信衆的擁戴，所到之處不是被層層包圍，就是鶴立鷄群地接受滿地的跪拜，都沒有她挨近的份。她追尋上人的眼光，但是望穿了秋水也得不到一絲青睞。她難過極了，全心仰望崇拜的人就在眼前，卻是可望不可及呀！

找清淨師父說去！好不容易碰到清淨落單的機會，她上前一把拉住。

「淨師父，我找上人……」

清淨卻見了蛇蝎似地趕緊推開她的手，一壁閃過身去。接著狠狠瞪了她一眼，然後一言不發地掉頭就走。

美心羞得滿面通紅，眼淚不聽使喚地奪眶而出了。她快步走回寮房，把自己丟到床上，放開喉嚨大聲哭出來。

正值賀伯颱風逼近台灣，窗外風急雨驟，打得玻璃乒乓作響，整個掩蓋了她的哭聲。幾天來的委屈，從未有過的羞辱，早已讓她胸口憋得快爆裂了，這下就像颱風帶來的豪雨般，痛痛快快地藉著淚水發洩了。那一夜，她哭得迷迷糊糊，幾時和衣睡去都不知道。

清淨的態度是什麼意思呢？事後想想，她還是無法釋懷。她必需找阿妙問去。

這天過堂時，阿妙有事遲到。美心等眾人用完餐午休去了，自己才過來挨她身邊坐下，向她訴起苦來。

「師父生氣不理我就算了，怎麼連淨師父也不睬人呢？」

「噓！」阿妙以指壓唇，示意她別大聲嚷了。「常住們都在傳說，你對上人心懷不軌……什麼『性騷擾』的……」

「啊！你你你……說什麼？」美心驚得幾乎口吃起來。「誰騷擾誰……」

「當然是你騷擾上人呀！」

阿妙好氣又好笑的口吻，急得美心一時忘乎所以，忍不住嚷叫出來。

「冤枉呀，妙師父，恰恰相反呀，是……」

她及時伸手摀住了嘴，但是阿妙耳尖，卻不放過她。

「什麼恰恰相反？你說呀！」

一再逼問下，她才把那夜香港旅店的事簡略地說了一遍。

「這種事……」阿妙聽得將信將疑，「實在難以證實……」

「我有日記可以證明！」美心情急之下，想到的只有它還差可佐證。

「日記？日記又能證明什麼呢？」

「證明我對上人是師徒之情……一種父女之情，沒有任何私心邪念。」

「美心，這件事，還有日記什麼的，」阿妙鄭重其事地警告她，「你別再向人說起了，懂嗎？謗僧如同謗佛，要墜入阿鼻地獄，萬劫不復呀！」

「是，是，我不再說了。」她只央求阿妙：「你替我告訴上人，我念了比丘尼戒律一百遍了……」

「私人的事先擱一下。」阿妙打斷她，同時站起身來。「你不知道嗎？賀伯颱風帶來豪雨，菩提巖進水了！上人明天去埔里，我們忙著準備……」

「知道了，妙師父，我晚上送來日記。」

聽到颱風和埔里，美心頓時思念起媽媽，而且十分內疚。爲了自己的煩惱，她幾天來兩耳不聞窗外事，把親人的安危都拋到九霄雲外去了。埔里！埔里！埔里！聲聲如同告急令，牽起遊子不絕如縷的思親和懷鄉之情。她決心跟隨上人回鄉去。

當晚，她用絲巾包好日記本，覷個空交到阿妙手中。

次晨，沒有人通知她或做任何安排，但是美心厚了臉皮，早早拎了個小包，坐到巴士後排去。出發時，包括清淨、清眞和阿妙等七名女弟子陪著活佛上車，她們衆星拱月地坐在上人身邊和身後。一路上大家有說有笑，就是沒人回首望她一眼。

美心被孤立在座位上，像患了絕症，是痲瘋，也是愛滋病，人人敬鬼神而遠之。她咬牙忍耐，告訴自己，這是師父對她的磨練，一定要熬過去才行。

進入南投縣了，眼見窗外有許多農作物被風雨蹂躪得倒伏不起，香蕉樹幹折葉頹，電線桿東倒西歪，也有屋頂鐵皮整個掀掉的，堪稱滿目瘡痍。

相比之下，埔里的情景好很多，讓美心比較心安一點。菩提巖地下排水溝挖得不夠深，碰到賀伯這種特大風雨時，排水不暢，造成中庭淹水，但颱風過後兩天，也自已消下去了，總算有驚無險。

寺裡的常住對美心笑臉相迎，像以往那樣，搶著引導她和其他人去安單。十二人一排的廣單，美心自覺地選擇了最邊遠的角落安單。

阿妙不知有意還是無意，把鋪蓋捲攤開在她身邊不遠處。瞅個沒人注意時刻，她悄聲告訴美心：「我把日記交給上人了。」

美心一愣，但立刻點頭表示贊同了。當初寫日記，就是向上人訴說學佛的心路歷程，如今給他過目正可表白心跡，也算歪打正著的意思。她只怨自己學養差，寫作沒水平，但願一顆眞心能感動上人，因而縮短磨練她的時間就於願足矣。

下午，幹部開會，沒邀美心參加。她乘機打電話回家。

「美心呀，你一去沒消息，我還以爲你在菲律賓被綁架了呢！」

媽媽以怨瞋和玩笑的口吻表達了一腔的慈愛和關懷。

「我不聽師父的話，被罰去閉關思過啦！」她簡單地一句帶過。「颱風怎麼樣？刮倒了什麼沒有？」

「沒有啦，我早說了，埔里是難得刮到颱風的人間仙境嘛！倒是土石流把神木村全埋了，眞可憐呀！」

老人家天天看電視，很高興有機會把災情仔細叙述一遍。說了一陣，她忽然叫起來。

「美心，我眞是老番癲了，說了半天竟漏了最大的新聞。好多人來南投賑災，七師父也要親自帶人來賑災耶！」

美心驚喜交加：「太好了！姐姐師父什麼時候到？」

「該是這兩天吧，不過我還沒接到電話。還有好消息喔！阿蓮回來了！」

「哦？不是要去兩年嗎？」

「哎呀，大陸那麼苦，去一年就太長了！喂，你什麼時候回家來呀？」

美心雖然歸心似箭，卻寧可含糊些：「我這邊的事安排好就回家。媽媽有什麼消息，一定要趕快給我電話喔！」

母女倆約好了這才掛掉電話。

晚上，幹部接著開會。美心一個人無聊，索性早早就寢。

次日清晨，她一聽到打板，立即一骨碌爬起，趕著洗漱完，好隨上人上早課。平常大家都在水槽前摩肩接踵地排隊洗漱，今天個個一反常態，不但靜默無聲，還有意避開似的，讓她一個人佔用了偌大個水槽。

早齋時，她捧著一碗粥挨近一位常住坐下來。這人卻像見到鬼似的，立即捧起碗筷，逃之夭夭地換一張桌子去坐了，留下美心獨自面對一張空桌。

怎麼會這樣呢？美心想，是阿妙講了我什麼壞話了？

她捧著一碗粥，四面張望要尋找阿妙的影子。好不容易四目交接了，對方立即別過頭去，似乎目光會傳染病菌似的。連阿妙也這樣！美心驚得渾身打抖顫，手裡的碗捧不牢，叭的一聲摔在地上，頓時碎成幾片，粥也灑了一地。

她悲痛莫名，只好一頓腳，頭也不回地奔出齋堂。

是師父忍心磨練我，還是他聽信了讒言來懲罰我呢？

她怎麼也找不到答案，只是一腳高一腳低地走著，不知不覺竟走上藏經閣來了。她有鑰匙，於是打開了門，進去找本書來看。可惜一個上午過去了，她連一頁書都沒翻過。後來肚餓難忍，她寧可回去睡也不願去用齋了。

回到寮房，看到她那疊成豆乾的被子上有紙張。拿起一看，共有兩頁複印的手稿，看那疏朗斗大的字體，不正是自己的筆跡嗎？邊上有眉批，娟秀工整的字體很像是清淨的筆跡。

天呀，誰把我的日記影印公布了？她感到一陣椎心的痛楚，好像被人從背後捅上一刀，沒有預警也無從抵擋。

而且還先塗掉部份內容！她覺得不但被出賣，還被歪曲得離譜。

有一頁在開頭「師父，我愛你，我非常愛你」之後就塗黑了幾行，邊上批有「內容淫穢，不堪入目，此處從略以免敗壞道德」云云。另一頁也是大同小異，眉批是「她長期暗戀師父，包藏禍心，但不可告人的秘密卻在日記裡赤裸裸暴露無遺，可見冰凍三尺非一日之寒，從暗戀變本加厲地發展到惡性騷擾，在在有脈絡可循」云云。

誰會這麼沒良心，這麼狠毒地打擊我杜美心呢？美心又驚又怒，一再問自己：究竟是清淨，還是上人要破壞我名譽，置我於死地呢？

她抱著頭枯坐地板上，久久也找不到確切的答案。想得累了才忽然驚覺，其實誰主使並無差別。阿妙早說了，「一榮俱榮，一枯俱枯」，爲了共同的利益，大家勢必抱成一團。她該後悔的是沒聽姐姐的勸告，甚至沒有汲取自己求道一再迷失的教訓，以致走到今日身敗名裂的地步。

我還剩下什麼呢？她問自己。愛情追不回，兒子走了，以爲安身立命的偶像翻臉不認人……她變得一無所有，更無面目見親友了。以前曾奇怪姐姐怎麼年紀輕輕就想到割腕自殺，現在終於理解了，姐姐一定也像她一樣，感到走投無路才想一死了之。

不過她很不甘，忿忿不平之意如梗在喉。她想，我是演員，表演是我的職責，哪怕是最後一場演出也要造成轟動，叫人難忘才行。

午休時間到了，聽到尼師們走向寮房的足音，她趕緊把兩頁日記搓成一團塞進皮包裡。眾尼紛紛脫鞋要上廣單時，她反而穿鞋出門。在大家噤聲低頭的當兒，她昂頭直走，不畏阻攔，也沒人阻攔。

眾尼熟睡之際，美心悄然回房。她和衣睡下，拉上被單把頭腳全罩上，然後從皮包裡取出刮鬍刀片，按計劃進行。

她一直對輪迴將信將疑，當熱血自手腕汩汩而流時，她強烈地渴望有輪迴。她要再回人世，回來把是非理個清楚明白。

進入恍惚狀態時，她見到了光亮，也聽到聲音了，有兒子的、老媽的、姐姐師父……電話鈴聲……誰喊美心來著……太晚了，一切都太晚了，她知道。

王慧蓮

「阿蓮師姐眞厲害，駕著賀伯颱風過海來啦！」

海光寺的勤字輩都這麼調侃慧蓮，也慶幸她趕在中正機場關閉前抵達，沒被困在香港。

「準備了讓你去大陸遊學兩年的，怎麼提早回來了？」

她從浙江天台寺打電話請示，上人就是這句問話，見了面仍未改口。

「師父，我太想念台灣了！」

她說的是眞心話，雖然有些避重就輕，因爲這一年裡縈繞心頭的是當面叫不出口的母親身影。母女相認沒多久就奉命去大陸遊歷學佛，固然是難得的學習機會，內心卻是萬般不捨，好像還沒補回撒嬌的童年時光就又生生被隔離開了。失而復得的媽媽不在跟前，讓她剛彌合的心靈缺口又有崩潰之虞，怎麼也是一份缺陷。理性告訴她，媽媽以前沒有拋棄她，現在更會愛她，這是超越兒女私情，一種永生的長情大愛。就是這樣的愛也還是讓人思念渴盼，很快就凝聚成濃得化不開的思鄉之情，一份理不清的惆悵。就這樣，她帶著鄉愁在大陸闖蕩；鄉愁讓人神魂牽掛，也是返鄉的最佳藉口。

她們這一代在「只要我喜歡，有什麼不可以」的口號裡長大，偏偏她選擇了「六根清淨」的比丘尼行業，被同學視爲「另類」。另類非異類，偏偏親情在傳統佛教裡不宜宣諸於口，幸好多的是返鄉的藉口。

「佛教在台灣的發展比大陸快多了，可以做的事更多啦！」

可不，一回來就發現全寺忙於準備南投賑災的事。睽違整年，上人清瘦多了，雙眸更顯深邃明亮，一襲長衫輕飄飄的，正是慧蓮心目中仙風道骨的高僧模樣。只是上人眉宇間不時閃過抑鬱神色，尤其母女久別重逢竟顧不上多說兩句，讓她感到委屈外，又不勝擔心。賑災誠是好事，但心事重重又食不下咽的樣子，是否操勞過度了，抑或身體欠安呢？慧蓮急著找答案。

大師父退休不管事了，當家的是五十出頭的二師父，一副不苟言笑的嚴肅面孔，令人望而生畏；三師父數下來，幾位師父多少有些道貌岸然，僅有八師父承禧是例外。這位師父比上人小幾歲，四十不到已顯得福泰了，想是性情開朗以致心寬體胖之故。她對小輩的不擺架子，對上人則是親愛兼死忠，處處都護衛著上人，這正是慧蓮私下打聽的最佳人選。

「八師父，上人身體還好吧？」

「很好呀！她聽說你要回來了，可高興得很哪！」

八師父跟著笑呵呵的，好像說的是自己的事。

「上人跟我說了，你剃度時要邀你外婆和姨媽，也教你弟弟從日本回來觀禮。阿彌陀佛，你們一家人又可以團圓了！」

慧蓮知道媽媽對自己的事早作了安排，好生歡喜。

「還告訴你一個好消息！」

八師父說，去年台北縣八個比丘尼道場聯合組成比丘尼協會，向內政部登記了，會址是海光寺，住持被推爲首屆會長。

「以後，我們自己可以開壇授戒了！」

慧蓮歡喜之餘，才說出自己的掛慮。

「我看上人胃口不好，又不大說話，還以爲她哪裡不舒服呢！」

「唔，你不說我還想不起來。年年有颱風，上人不知怎麼對賀伯颱風特別關注，幾次掛電話回埔里呢！」

「是嗎？」

慧蓮嘴上不說，內心不免暗笑，媽媽想是太久沒回老家了，竟忘了埔里有中央山脈庇護，是颱風很難刮到的洞天福地呀！

「我是竹山人，南投算我最熟了，」她找上人的大弟子勤耕商量，「我陪你們去發放救災物資吧，哪裡需要勞駕上人呢？」

勤耕覺得有理，就去請示，不料上人很堅持。

「我二十年沒回老家了，正要順便去埔里走走。」

彗蓮十分想念外婆和姨媽，誰知上人偏偏叫她留守淡水。

「我去把你外婆和姨媽接來，阿蓮，你先作好準備吧。」

上人只帶著勤耕和謝雯雯，租了一部九人小巴，載著日用品匆匆上路了。

夜裡就接到勤耕的電話，說姨媽割腕自殺，已送去埔里基督教醫院急救中，目前尚未脫離險境。

「天呀！爲什麼要自殺？外婆……她在哪裡？」

勤耕是一問三不知，只翻來覆去地表示：「我早說上人有神通，大家都不信，喏！這不是一到埔里就打電話找師姑了嗎？如果不是那通電話，一切就太遲了……我明天再給你電話。」

儘管慧蓮急得團團轉，第二天卻音訊杳然。她撥去外婆家，整天沒人接聽。直到晚上，勤耕才來電話報平安，慧蓮已茶飯無思到人快虛脫了。

兩天後，上人果然載回外婆和姨媽。

慧蓮從沒見過姨媽這等模樣，一頭亂髮如鷄窩，脂粉不施，滿臉憔悴，顯得倦怠不堪；裹著紗布和綳帶的左手腕一直擱在心口，似乎那裡才是受傷的位置；以前穿了高跟鞋還健步如飛，現在穿了繡花拖鞋竟然步履蹣跚，簡直比外婆還顯老邁呢！

外婆想必熬夜過度了，只見她眼窩深陷，臉色煞煞白，剛大病過一場似的。她見到外孫女就一把攬進懷裡，告慰似地喃喃自語：「老天保佑，你可回來了！」

慧蓮忍不住撒嬌起來：「阿嬤，我好想你喔！」

「阿嬤也想你啊！乘孫，你可不能再走了……你們都不要走，不要丟下阿嬤一個人……」

老人說著聲音便哽咽起來。

慧蓮連聲答應著：「不走，不走，我永遠在這裡陪阿嬤。」

她和姨媽見面時，後者以未受傷的膀子默默擁抱她，似乎種種離情和哀思盡在無言中。

上人是最鎮靜的一位，似乎超脫了生離死別，一副天塌下來也無動於衷的篤定相。

她沉著地吩咐大家：「美心需要安靜，不許外界打擾，生人熟人的電話都不接。海光寺也不接待記者，任何人問起美心的行蹤，一律保密。」

慧蓮不明就裡，但也和衆尼一樣，遵命如儀。

上人責成八師父和慧蓮負責照顧外婆和姨媽。

安單時，八師父有意輕鬆氣氛，望著外婆的頭髮說：「師嬤，你不必染頭髮了，就等著全白，一頭銀髮可是水噹噹耶！」

「八師父還是愛說笑。」

外婆嘴上這麼說，嘴角倒是難得地綻出了一朵微笑。

慧蓮這才注意到，幾時外婆的頭髮白掉七八成了。聽說外婆年輕時是集集有名的美女，老了也在意容顏，出現幾縷白髮就想染黑了，只因上人不贊成而作罷。上人相信染髮劑有致癌物，不要媽媽觸碰。慧蓮倒不在乎致不致癌，她這代人好在頭髮上炫耀，許多大學女生染出各種顏色，男孩子也競相比「酷」，她不燙不染反而被目爲「反潮流」。

「阿嬤，你要染就染成全白的，看起來一定『酷斃』了……我是說，美極了！」

美心聽她論美容，在一旁感嘆說：「美有什麼用，不但『色即是空』，還徒然招惹麻煩呢！」

八師父安慰她：「生命無常，過去種種只當做一場夢好了，要緊的是把握當下。師姐先好好休息，養好了身體再作打算。」

外婆也跟著勸她一番。

安單完畢，八師父在寮房門口掛上「請勿打擾」的牌子，然後就帶著慧蓮走了。

上人果然有先見之明，從美心進寺起，電話就多起來了，寺裡遵命一律守口如瓶。有個別記者闖上山來，也被知客技巧地擋掉了。如此防得滴水不漏，八卦新聞捕風捉影了一陣，終究炒不起來。

姨媽人在寮房休養，近在咫尺，慧蓮反而不敢打聽她自殺的原因。還是次日早課後，慧蓮被叫去會議室開會，才知道姨媽是抗拒非禮反被倒打一耙，不堪誣衊造謠才憤而輕生的。

上人以平靜的聲調問道：「像這樣的事，大家以爲該怎麼辦？」

凡是不執事的尼眾都出席，耕、讀、詩、書四位勤字輩的到齊了，連老態龍鐘的大師父也拄著枴棍兒來，並且踴躍發言。

大師父以爲姨媽能全身而退，算是不幸中的大幸了，最好息事寧人。

「難得活佛已修到一宗之長了，」她說，「成全他的名譽也有功德嘛！」

監院也有此意：「差一點鬧出人命來，活佛會閉門思過才是。」

「什麼『活佛』，焦芽敗種唄！」八師父儘管不以爲然，卻也顧全大局。「就怕張揚開來，整個佛教界都沒面子哪！日久知人心，不理睬也罷。」

勤讀不以爲然：「正因爲是焦芽敗種，更該早早拔除才是！」

「對，告他性騷擾！」勤字輩的都附和她。「不給他一個教訓，不知還有多少人要受到傷害呢！」

「阿彌陀佛，別看得這麼簡單吧！」大師父期期以爲不可。「兩人之間的事很難佐證，若告不成的話，小心落個謗僧毀佛的罪名哪！」

勤耕忍不住問她：「如果容忍下去，那不就是……姑息養奸嗎？」

「話也不能這麼說，」大師父以老成持重的口吻分析了，「那麼大的道場，就不信個個都那麼容易受騙。『善有善報，惡有惡報；不是不報，時候未到』，菩薩會有安排的。最重要的是，這種事趕快淡忘掉最好，再要張揚起來，對美心師姐又是一番打擊……這種打擊，如今有個流行名詞了……」

勤讀搶著回答：「二度傷害。二度傷害！」

「對，對，叫二度傷害。」

慧蓮發現，年輕人都主張給姨媽討回公道，但是長輩師父們都很謹慎，偏向息事寧人。她早爲姨媽憤憤不平了，礙於身爲住持之女，才勉強克制自己，怕落人強出鋒頭的把柄。她崇拜母親，一年前就發誓要努力修行，一心協助母親的志業，讓母親以女兒爲傲才好。

「慧蓮，你怎麼看呢？」

她正愁得胸口發悶，忽然聽到上人點名，連忙坐直了身子表態。

「我主張找律師告他！」

勤字輩的都大聲響應：「對，告他！」

上人耳聽八方，這時沉吟片刻，當即作了決定。

「我找美心談談，她願意的話，我們就幫她找律師提出控訴。」

那天下午，慧蓮被找去方丈室。

「你姨媽同意走法律途徑討取公道，」上人告訴她，「我們道場的律師比較擅長婚姻法，現在牽涉到宗教，也許要另請高明。你以前在報社做事，能不能找些這方面的資訊？」

「是，師父，我馬上去問。」

「好，這件事就交給你辦吧。你尚未圓頂，要進出法院也方便些。」

「是，師父。」

她並沒有找報館，第一個念頭就是找潘怡保。一年不見了，她非常惦念這位兄長也似的朋友。輾轉幾通電話，終於在馬祖找到了人。

「慧蓮？是你呀！走了一年沒消息，你好讓我惦記喔！我天天爲你禱告，求天主保你平安哪！」

「謝謝你，天主有沒聽見我不知道，我可是感受到了！我也祈求佛陀保佑你耶！」

互道一番問候之後，她說出姨媽受辱的事，問他可有合適的律師人選。

「你算找對人了！我們有位金弟兄，很熱心也很有經驗，兩年前受理過性騷擾的案子，結果打贏了官司，你們找他準沒錯。」

慧蓮很高興：「你趕快給我電話……不，你先替我找找金律師，好嗎？」

回答她的是一串朗朗笑聲。

「我說慧蓮，天主當然是聽到我的禱告了！你知道嗎？我剛買了機票，明天就要飛回台北休假啦！」

「這麼巧？」慧蓮一陣驚喜交加。「那是……佛陀也聽到我的禱告耶！」

「好啦，我們別爭了！我說天主和佛陀是『二合一』，行了吧？」

慧蓮俏皮地套用了一句流行語：「雖不滿意，但可以接受。」

怡保於是答應她，掛了電話即聯繫金律師去。

兩天後，她陪姨媽上律師樓，怡保早等在會客室裡了。

慧蓮給兩人作了介紹。

姨媽的神色已大為好轉，開始淡施脂粉了，衣著卻樸素得近乎出家裝扮。她瘦了幾公斤，身材苗條如少女，一舉一動顯得楚楚動人。出門時戴一副深藍色太陽眼鏡，進了律師樓也不摘下。慧蓮不知道她是久不出門眼睛畏光了，還是寧可隔著有色眼鏡看世界。

「怪不得慧蓮要出家，原來是一位帥哥神父呀！」

姨媽和怡保握手時，又是打趣，又是感嘆。

怡保只當笑話而泰然自若，慧蓮卻很尷尬，還好金律師及時出來打岔，大家又重新彼此介紹一遍。

金律師對慧蓮說：「王小姐，如果當事人不需要陪伴的話，我想和她單獨談談。」

姨媽毅然表示：「我不用人陪。」

律師點點頭，就把客人讓進了辦公室，留下怡保和慧蓮在外等候。

慧蓮不得不佩服姨媽，她戴了有色眼鏡還能慧眼識英雄。現在的怡保既俊秀又莊嚴，而且容光煥發。馬祖的陽光把他的手臉曬成了健美的古銅色，膚紅齒白，像煞電影裡的美洲印地安人。

聽說他還要待一年馬祖，慧蓮忍不住驚叫了：「哇！到明年你不是紅人，而是黑人了！」

玩笑歸玩笑，她到底難掩好奇之心。

「馬祖是蕞爾小島，你在哪兒能做什麼呢？」

「太多了！」怡保告訴她，「一共就是三位修女，要維持天主堂、幼稚園、英文班，加上醫療工作，實在忙不過來，我可是唯一的壯丁兼幫手哪！」

他介紹了一下情況，特別讚美比利時修女石仁愛。

「快八十歲的老人了，還每天拎著醫箱，翻山越嶺去訪貧問苦，給癱瘓的老人翻身、擦澡，馬祖人都喊她『姆姆』。」

「姆姆……就是媽媽的意思？」

「嗯，她是媽祖再世！」

正是，她完全同意，否則怎麼解釋一個外國人會跑到無親無故的馬祖去服務窮人呢？

「姆姆說，她是爲了送天主的愛才到馬祖去的。天主的愛，就是愛每一個人。」

她聽了大爲感動：「愛每一個人……說來簡單，做起來不容易呀！」

怡保點點頭說：「這正是我選擇在馬祖修行的原因。」

他問慧蓮，什麼時候剃度出家？

「年底吧。我們海光寺有位阿珠姐，帶髮修行十多年了，她聽說我要出家，也決定和我一起圓頂了！」

怡保溫文地望著慧蓮，疼惜地表示：「我支持你出家求道，但是很捨不得你剃掉頭髮，尤其還要在頭皮上點火燃燒……」

「沒那麼可怕啦！」她喜孜孜地告訴他，「中國大陸早在一九八三年就明文禁止『爇頂』的陋規了。我媽媽一向勇於改革，上一個弟子勤書就沒燒戒疤了。」

怡保鼓掌叫好，表示放心也兼祝賀她免受皮肉之苦。

「你媽媽很有勇氣。本來嘛，『身體髮膚，受之父母，不可毀也』！」

「是呀。媽媽和我都以爲規章制度是人爲的，要隨時空修正，也就是戒律要現代化和本土化才行。佛教傳來中國後，唐朝的百丈制清規，就是那時的現代化和本土化嘛！」

她解釋說，燒戒盛行於元代，是爲了便於區別喇嘛和漢僧，其實是對漢僧的侮辱和歧視；明清時代也怕有人躲避兵役而混充和尚，陳規陋習遂延續下來。

怡保另有感受：「燒戒讓我想到美國的西部電影，給牛隻打烙印是怕牠們跑掉了難以辨認，但人到底不是動物呀！」

慧蓮表示同感，但也指出點戒有同門相認的意思。以前的中國僧人憑外表和戒牒可以四處雲遊，逢寺掛單，但在九十年代的台灣漸漸行不通了。

「媽媽說，現代人講究隱私，除非預約，道場不隨便讓人掛單，戒疤和戒牒都失去意義了。雖是這樣，幸虧我們廟小，媽媽很會團結全寺老少，否則破除一條陋規困難重重呢！像比丘尼之間改稱師姐，剛開始還有人反對，以爲女人成不了佛，非稱師兄來裝男人不可。」

怡保深表同情：「天主教和佛教都是古老又保守的宗教。不過你別灰心，保守是擇善而固執，並不等於絕望。希望就在我們年輕一代身上，是不是？」

她同意：「我就是在我媽媽身上看到改革的希望，才決定出家的。」

他表示佩服：「令堂眞有膽識和毅力，她是台灣佛教現代化的實踐者，這方面，你們佛教又比天主教進步了！」

「怎麼說？」

「我們修女的地位就沒有台灣一些比丘尼的地位高。」

他說，台灣和全球一樣，修女數目遠遠多過神父，但是神父再怎麼缺乏，教庭就是不考慮晉升女性當神職人員，對衆多修女來說很不公平。

慧蓮聽了叫起來：「哇，怡保，你是『奇貨可居』，『神』途無量啊！」

正說笑間，金律師送姨媽出來了。

律師對慧蓮說：「我兩天內就會代表當事人送出存證信函，要求對方公開道歉並賠償。」

慧蓮表示了謝意，大家就告別了下樓來。

慧蓮邀怡保到海光寺奉茶，但他急著要回鹿谷鄉探望父母，約了後會有期就分手了。

在計程車裡，姨媽迫不及待地責備起外甥女來。

「你怎麼回事，這麼一位帥哥竟然讓他跑掉了？暴殄天物呀！」

彗蓮摸熟了姨媽的脾氣，乘機撒嬌兼開玩笑說：「姨媽，你這麼小看我，爲什麼不倒過來說他呢？」

「對，對！我們慧蓮秀外慧中，這傢伙太不識好歹啦！」姨媽說著，忽然長喟一聲。「我說呀，你們兩個都是瘋子！」

看姨媽一臉正經，慧蓮不好意思再嘻皮笑臉了，一時沉默起來。

她在情竇初開的少女時代，的確對怡保十分傾心，只是跨不過怡保設下的這道兄妹鴻溝。她進入大學後，怡保便坦承走神職道路的意圖，同時鼓勵她交男朋友，自己願意當她的軍師。追求她的大學生並不少，但就是擦不出火花來。大三時曾和一位高年級的物理系學生約會了七八次，終於受不了對方汲汲營營於肉體歡樂的舉動，主動打了退堂鼓。

也許是怡保完美的形象讓其他男孩子相形見絀，或者她也繼承了母親的基因，總之自己也不明白何以難墜情網。

有一點倒是可以肯定，她們同室四個女同學都爲男生傾倒過，有失意或失戀的，也有移情別戀或受騙或背叛，有一位甚至企圖仰藥自殺了，只有她有驚無險地度過四年光陰。怡保常去看她，帶她出去看電影上館子，呵護備至。曾有同學羨慕她和怡保是「天仙配」，等聽說他要去當神父，還驚訝得尖聲抗議。

「王慧蓮，你怎麼可以讓帥哥跑去當神父呀？」

那種責備和不解，和姨媽如出一轍。

「我知道啦！」姨媽忽然大夢初醒似的叫起來，「潘怡保是同性戀！」

「姨媽，你想到哪裡去了！」她說著狠狠白了姨媽一眼。「現在的年輕人想出家的多著哪！我自己就覺得是很好的生涯規劃和選擇，難道我像是……」

礙著前座的計程車司機，她勉強打住舌尖，沒讓「同志」兩字溜出口。

「很好的生涯規劃和選擇……」姨媽略作沉吟就加了但書，「要看什麼道場，你媽的道場的確是很好的選擇。」

「怡保也這麼說。」

「是嗎？」姨媽好笑地瞪了她一眼。「你倆宗教不同，倒臭味相投！」

回到海光寺，兩人先去東廂書房，上人正陪著外婆在品茗閒聊。

慧蓮向上人報告：「金律師說，兩天內就會發出要求道歉和賠償的存證信函，這是先禮後兵的步驟。」

「那好，」上人對姨媽說，「這事有律師操心，你就安心調養吧。」

姨媽卻說：「我想出家。」

慧蓮和外婆都感到突兀，狐疑的目光先掃向姨媽，隨即鎖住了上人。

上人淡然笑問：「一有挫折就想出家，美心，你還是把道場當避難所嗎？」

姨媽說：「阿蓮和阿珠姐要正式出家了，師父也順便給我剃度吧！」

上人仍然不為所動：「出家是何等大事，哪能搭順風車呢？」

外婆趕快出來圓場：「美心，你何必著急呢？出家的事慢慢來，哪天因緣具足了再說不遲嘛！」

姨媽不再堅持，但表示要回家休養去。

外婆說，姨媽新交的一對朋友嚴氏夫婦，要來埔里找退休住的房子，她也要趕回去作陪，正好送美心回台北。

上人挽留不住，親自下廚做了幾道菜供養母妹，然後才送她們下山。

海光寺開始了整修大寮的工作。這是阿珠姐的要求，她掌廚十幾年了，認為因陋就簡的廚房需要徹底翻修才行。她早說動了一家裝修公司，願意廉價改裝，從紗窗、碗櫃到煤氣灶，全都煥然一新。阿珠姐強調，灶頭、流理台和冰箱不能形成一條線，要組成三角形才有利灶頭師父的操作。

上人表示佩服：「原來家具要怎麼擺設，阿珠姐還有一套學問呢！」

阿珠姐抿著嘴笑：「沒有學問啦，不過是我長年作飯的體會罷了。」

上人請工匠順便刮掉大殿香爐上的年代，把「民國」改回原來的「大正」。

她說：「要尊重歷史。宗教歸宗教，政治歸政治，不要混爲一談。」

慧蓮這才注意到，這座大殿建於日治時代，而香爐和東殿的觀音神像是廟裡年代最久的兩件寶貝，已被香煙薰得黑漆漆的。她想起大陸的寺廟，幾十年不許燒香後，一旦開禁了，信徒便大把大把地燒香，不但空氣污染，火災機率也很高。相比之下，海光寺清爽多了，原來春天已開始禁點蠟燭和燒金紙，線香規定一人一枝也僅三寸長，大大降低了浪費和污染。

外婆有些不以爲然：「俗話說：有吃有行氣，有燒香有保庇，有燒金就賺大錢嘛！一下子禁這麼多，人情味不嫌薄了一點嗎？」

「媽媽常說『心誠則靈』，」上人安慰她，「那麼燒一枝香也和燒一把香一樣了。」

慧蓮暗讚一聲「酷」，卻也考慮到一般善女信女的信仰習慣。

她問上人：「只有海光寺這樣做，信徒能適應嗎？」

「當然可以。只要善加引導，信徒都能接受。寺廟賣香燭有收入，我們不賣，免了營利的嫌疑，信徒更相信是誠心做環保了。」

說到環保，慧蓮覺得海光寺做得很好，到處有「請節約用水」、「請自備碗筷」的貼示，垃圾也分門別類做資源回收，菜園做堆肥，一切井然有序。

她自動請纓：「師父，以後環保的宣導工作，讓我來做吧。」

上人欣然允許：「也好。你姨媽的官司也一起交你辦了。」

過幾天，慧蓮接到金律師來電。

「菩提巖有回音了，他們的律師表示，住持否認所有的指控，尤其否認有日記存在的事。」

律師口氣嚴肅地查問了：「到底有沒有這麼一本日記？」

「應該有吧……」慧蓮也有些遲疑。「我姨媽不會說謊的。」

「法律不能自由心證，有就有，沒有就是沒有，和會不會說謊無關。」

「好，我去問清楚再回你電話。」

當天，她請假去台北看姨媽。

姨媽聽到菩提巖誣她栽贓，氣得跳腳大罵。

「金身活佛你這沒良心的！我要是撒謊就不得好死！」

她看姨媽發作了一陣，覺得這樣並不能解決問題，還是冷靜要緊。

「姨媽，你回想一下，怎麼知道人家對你的日記斷章取義呢？」

「我親眼見到了嘛！」

「什麼時候？證據在哪兒？」

姨媽愣了好久。終於她默默起身，回臥房去拎來一只皮包。

「這是我出院時，埔里基督教醫院的護士交給我的，一直懶得打開看。」

慧蓮忙不迭一把搶過來，打開皮包翻過來往外倒。頓時嘩啦啦，口紅、粉撲、眉筆、鏡子……紛紛掉下來。她再伸手往裡頭摸索，便扯出一團紙來。

姨媽眼尖，立即叫出來：「就是它！有兩張！」

她把紙張舒展開來，果然是兩頁複印紙，大段文字塗黑了，旁邊加了許多不同筆跡的眉批。

她飛快地讀了一遍，立刻就明白姨媽爲什麼要自殺了。

「且看律師怎麼說！」

她立即趕到律師樓。金律師看了一眼文件，頓時雙眼發亮。

「原來眞有一本日記！行！這下子他們想賴也賴不掉了。」

一星期後，金律師來電，說菩提巖沒有反應，有可能是拖延戰術。

「你問一下杜美心小姐，要不要正式遞狀控告？」

姨媽一時猶豫不決。一旦提起控訴，不管成敗如何，立即就是社會新聞一樁，自己可能被媒體炒得不成人樣。這還不說，緋聞勢必打擊了佛教界的清譽，自己有兩位出家的親人，豈能不考慮後果呢？

「姨媽，你別在乎對佛教界的負面影響，」慧蓮鼓勵她，「揭發開來，也給佛教界很好的反省機會嘛！」

「我不知道該怎麼辦，」姨媽坦白表示，「還是讓你師父裁決去吧。」

上人聽了，略微思索就吩咐了：「先擱幾天，給他們一點思考的時間。」

第二天，衆尼用過藥石後在齋堂看電視新聞。螢幕出現一批民衆在一座大廟前慷慨陳詞的鏡頭。記者報導，埔里中台禪寺前有家人前來尋找親人，因住持閉門不見而引起家長憤慨。其中有一位是知名藝人，他說妹妹參加中台寺舉辦的暑期佛學營，結果竟剃度出家了，他要求惟覺老和尚務必「讓我妹妹還俗」。

一位婦人說，她女兒十天來音訊杳然，問了中台寺，說是「剃度名單中無此名」，婦人不信，懷疑是「引誘或強迫」剃度了，特地趕來要人。「還我女兒！」她叫嚷，「我供養女兒讀到大學，她怎能出家呀？」

另一個婦人說：「我辛苦養大了兒子，這一出家就絕子絕孫啦！」

一位比丘代表寺方出面解釋，說這回共剃度了一百五十位新戒，包括廿多位未成年者，目前全分發到不同寺院去安養修行中。

他強調：「憲法保障人身自由，成年人有權決定是否出家。未成年的出家衆也都有家長同意書，根本不存在『引誘』或『強迫』出家的事實。」

家長紛紛詰問：「我女兒現在人在哪裡？」

比丘拒絕透露。

氣憤的家長紛紛向記者表示：「中台寺不交出人來，我就到法院告去！」

鏡頭轉過後，海光寺的尼衆都感到事態嚴重。

有的說：「出家是大事，怎麼能瞞著家長呢？」

有的說：「這麼多人要出家，何必找未成年的人剃度呢？」

「不對，」八師父指出一點，「那些鬧事的都是成年人的父母哪！」

年輕的尼師較同情中台寺的處境，勤讀就說：「子女成年了，當然有選擇出家的自由才對。」

勤詩跟著點頭唱和：「這些Y世代的年輕人，才不理會傳宗接代的事呢！」

兩鬢露霜的阿珠姐也同意：「台灣這麼富裕，不需要『養兒防老』啦！」

議論了一番，大家轉而請教上人的看法。

「你們說的都有道理，」她既肯定又不免提出警告，「但是中國人自古就講究『情理法』，先照顧人情世故，然後才講道理，不得已才訴諸冷冰冰的法律。」

勤禮說：「出家人不打妄語，如果明明剃度了，中台禪寺爲什麼要說『名單裡查無此人』呢？」

上人吟哦半晌說：「也許是應了新戒的要求，暫時不要讓家長知道吧。這叫『方便妄語』。就像你姨媽住我們這裡時，怕炒八卦新聞，我們也否認她在海光寺一樣，都是應當事人的要求或爲當事人著想。」

上人擔心的是，中台禪寺這種據理力爭的強勢作風，可能招惹麻煩。

果然，事件的發展不出所料。在縣議員的關說和媒體壓力下，中台禪寺爲藝人之妹舉行了還俗典禮。誰知事件有如滾雪球似的，家長們紛紛要求比照辦理，卻出現子女不願還俗的抗拒場面，結果是十八位家長按鈴控告，迫使南投地檢署以「妨害家庭」的罪名傳訊惟覺老和尚。

儘管罪證不足，事件後來不了了之，但是幾天來電視日夜報導，報刊成篇累牘的評論，「中台寺剃度風波」不但台灣炒得紅火，也是海外華僑的話題。中台寺是佛光山、慈濟和法鼓山之後的新秀，合稱台灣四大佛教道場，卻因剃度程序上一點瑕疵，便遭受輿論撻伐，佛教界都表示惋惜。

海光寺內部也議論紛紛。

「學佛一個夏天就決定剃度，太快了吧？」阿珠姐很不以爲然。「我出家十幾年了，現在才想到剃度呢！」

八師父乘機問上人：「太快當然是不好，但是我們幾年才度一個出家人，是不是又嚴格過頭了呢？」

慧蓮知道大家都希望上人多開方便之門，因此也跟著爭取。

「我們不必像佛光山那樣，在海內外廣建道場，」她說，「但是多收些弟子也好幫助師父推廣婦女救濟的志業，是不是？」

上人笑笑說：「台灣這麼小，道場何必競相比多又比大呢？我們海光寺人少是事實，但是來了就不走，一個人頂兩個人的用場，不也很好嗎？」

衆人聽了都沒話反駁。

剃度風波未了，忽然又爆出一伙宗教騙徒的案子。有個自稱宋七力的教主控告女會計侵佔公款，官司判贏時，會計出於報復，抖出他利用影像合成手法洗出「分身」照片的騙局，一時社會嘩然。

慧蓮慨嘆科技竟淪為詐騙手段，連宗教界行騙也不後人，眞不可思議。

原來八年前，魚販出身的宋某人因違反票據法入獄，和囚犯鄭某串通行騙來打發監獄歲月。他自稱夢中得道，有定身神力，兩人一搭一唱，唬人無數。出獄後這套花招變為糊口本事，又結合某攝影師，設計出「分身」照片，合伙在竹東招搖撞騙，信徒買了照片掛在家裡據說可以蚊蠅不進。次年上台北闖天下，借用「天人合一」學說和禪宗「明心見性」的理論，自創「宇宙光明體」理論，成立顯相協會，自任董事長，正式開班授徒，並改名「宋七力」。這七力指的是佛教的天眼通、天耳通、天鼻通、他心通、神足通、宿命通和漏盡通，信徒膜拜後，他就可以「送七力」給對方了。

宋還雇用名律師協助出版《宇宙光明體》，該書開宗明義就宣稱：「我不是神，我不是佛，我也不是上帝，我是實現三位一體的人，是無量分身的本尊。」這位本尊不但可以幫信徒開天眼，看前世，更能給信徒治病，讓他們靈魂出竅，和他的分身結合，帶往佛國淨土，死後化成舍利子得永生，而且一人得道便能九族升天。他幾年來受信徒供養的金額在十到二十億台幣之間，錢多到花不完。除了坐擁台北最名貴的鴻禧山莊別墅，和數一數二的政要比鄰而居外，還有信徒供奉的十多輛進口轎車。於是白天是高高在上的教主，夜裡便是舞廳酒店的宋董，七克拉的鑽戒隨手送給舞小姐，小費隨便一扔就是五萬塊。

這宋七力雖然長於詐騙，倒不狡猾，被警察逮捕後，很快就公開認錯：「我用不正當手段騙取信徒的信仰，這一切錯誤都是我造成的。」

姨媽看到這則認錯的新聞後，立刻給外甥女來電話。

「我當自己是天下最笨的女人，原來還人外有人呢！」

慧蓮趕緊安慰她：「姨媽，您當然不是笨女人！」

「沒想到台灣有這麼多的宋七力！你看，好多師父都說自己有分身，金身活佛還有肚子發光的大幅照片掛在精舍呢！」

「是嗎？我要提醒金律師一聲。」

根據報導，宋能大行其道，先得力於影藝界的皈依，還有政商名流，甚至司法和警界高官也加入造勢。勤禮想到姨媽當初也一頭栽進去，不免好奇。

「爲什麼影藝界這麼迷信……我是說，這麼容易信神信鬼的？」

「問得好！」姨媽帶著反省的口吻說了，「我想是福禍不可恃的緣故，就是說成名的機會難以掌控，每個人都患得患失的……其實，生意人和做官的何嘗不是這樣？」

「那倒不假，堂堂立法委員也有人拜倒在宋七力的腳跟前呢！」

姨媽恨恨地表示：「這種神棍太可惡了，希望記者挖下去，把大大小小的宋七力都揪出來才好！」

慧蓮聽了先回以一聲唯息。

「我們每天看報都戰戰兢兢的，唯恐又爆出什麼見不得人的事來。這些醜聞雖然是個別事件，但是對佛教的殺傷力可不小呢！」

她的憂慮不是沒有根據的，本來剃度風波就給人收徒急躁的印象，佛教界這下更增添了神棍和斂財的惡劣形象。於是讀者投書，學者發表譴責，記者深挖追擊，報刊舉行座談……不一而足。佛教一時成爲衆矢之的，連帶著所有的宗教都出了問題似的，學界紛紛要求政府立法管束宗教，譬如採用日本的「宗教法人化」作法。

在一片擾攘聲中，忽然接到姨媽來電話。

「不得了！有人查抄清海師父的道場了！」

「她沒有道場呀！」慧蓮提醒她。「我記得她都是搭帳篷傳道的。」

「噯，沒錯，不是道場，」姨媽承認，「是信徒在新竹和苗栗的荒山上搭的修道棚，很簡陋，只澆出一小片水泥地，上面鋪草席，大家在上面打坐睡覺，四壁光禿禿的。我自己就去修行過。」

她說，剛接到一位師姐來電，這些簡陋的修道棚都被憤怒的民衆搗毀了。清海師父目前不在台灣，事起突然，信徒嚇得人心惶惶。

「我皈依過她，這種時候倒要憑良心說句公道話了。她不接受供養，靠賣珠寶和天衣維持開銷有什麼不對？價碼都標得清清楚楚，又不強迫信徒買，拿她和宋七力相比實在不公平。」

慧蓮說：「就是宋七力也要依法量刑，不能隨便喊打喊殺嘛！」

「是呀！」姨媽很是不平，「總不能因爲她穿金戴銀，衣著華麗，那就罪該萬死了，就算是什麼……『邪教』吧？」

「當然不是，」慧蓮想了想才接下說，「應該算是一種新興宗教。」

她請姨媽別爲清海師父擔心了，「眞金不怕火煉」，給新興宗教一個考驗的機會也好。

「在佛陀時代，印度盛行婆羅門教，他創的佛教也是一種新興宗教，當時備受打壓，後來不就發展成世界三大宗教之一了嗎？」

姨媽聽了，果然放心許多。

晚餐前的黃昏時刻，慧蓮去辦公室找上人，轉告了姨媽的聽聞。

上人相當同情：「這是一種『獵巫』行動，幸好台灣已進入民主法治時代，不會發生大規模的宗教迫害了。」

慶幸之餘，上人說起當年留學美國曾讀過宗教史，深知歷史上對異教的排斥經常是你死我活的鬥爭。中古時期歐洲固然有「異端裁判所」，對持不同宗教見解的人視爲異端加以血腥鎭壓，就是近代美國也發生過類似事件，把所謂的異端份子當作女巫而處以私刑，像以前法國的聖女貞德一樣，「獵巫」一詞即由此而來。

「危機也是一種轉機，」上人欣慰地指出，「這幾年佛教在台灣發展蓬勃，現在乘機進行一點檢討和反省也好。就是衆說紛紜，有些提法實在離譜，正信佛教徒應該站出來說話才好。」

上人說著，即攤開桌上一堆剪報，讓她瀏覽了一遍。

原來這幾天各大報刊都在討論「宗教亂象」，對政府在六十七年前草訂的「監督寺廟條例」，以及六十年前公布的「寺廟登記規則」提出各種批評。

佛教界也有反應。最引人注目的是，有位佛教界大老呼籲台灣的道場聯合組織起來，仿羅馬天主教也設立「教皇」職位，大小道場的收入一律上交，再由教皇按需分配，庶能照顧到弱小道場和老年出家衆的生活。

慧蓮很驚訝，世紀末的年代居然還有人對帝制那麼感興趣。

「這不是時光倒轉嗎？我以爲下個世紀全球只會剩下兩個皇帝，一個是英國女皇，一個是羅馬教皇了！」

上人也是搖頭嘆氣：「要是恩師在世，一定會寫文章去駁斥一番。我可惜太忙了，最近幾位老居士家有喪事，點名要我去做法事……」

慧蓮急於爲師父分憂，當下衝口而出：「師父，我來幫您擬草稿好嗎？」

上人先是一愣，隨即欣然應允：「那樣也行。你也正好練練筆頭，等寫好了文章，我再找地方發表去。」

聽師父的口氣，似乎發表園地並不寬裕，她的腦子立即冒出點子來。

「要是我們自己辦個雜誌多好！」她權當白日夢來想像。「對於佛教的過去和未來，我們可以展開討論，也可以爲推動改革而廣造輿論。」

上人想想說：「辦雜誌有利弘法，也許要排在婦女救援中心之後了。」

「救援中心還差多少錢呢？」

「再有兩百萬就可以動工了。」

「那就快了！」慧蓮手頭還沒有超過兩萬元的經驗，卻信心滿滿。「我們一定可以蓋成房子，也可以辦好雜誌！」

「但願如此。」

上人簡單地口述了對「監督寺廟條例」及「寺廟登記規則」的看法，認為是對佛教的片面管制，有失宗教平等，理應重新制訂一套涵蓋所有宗教的規範準則；政府最好不管宗教，或越少管越好，尤其不宜做正、邪教之區分，以保彰憲法賦予的信仰自由。

「至於設立教皇之說，過去的中國佛教會在兩蔣的威權時代都做不到，現在更不可能，你要沒空就不用浪費筆墨了。有人發展道場像開辦連鎖式的超商，有的孤家寡人就把公寓登記為寺廟，這些又如何統一得起來？」

慧蓮也同意，這種天方夜譚的教皇想法，不理也罷。

次日午休時刻，她到西廂的會議室，鋪開稿紙正準備構思文章，知客來叫她聽電話。

「好消息！」金律師告訴她，「貢噶精舍方面有回音了，你和你姨媽幾時來我辦公室一趟吧。」

她爭取第一時間陪姨媽去見金律師。

好消息是，活佛方面拖了一個多月，終於願意道歉和賠償名譽損失。然而道歉卻打了大折扣，由他秘書釋清淨具名，以書面表達歉意。大意是「我沒有替師父保管好杜師姐的日記，以致失竊並且部份內容被人塗污影印，對師姐造成精神困擾，謹致以最誠摯的歉意。精舍願意通過律師給師姐合理的賠償金額，並保證全寺上下不會再提起有關日記或師姐的任何事」云云。

「不管是誰出名道歉，」金律師強調一點，「活佛承認有日記這回事並且願意賠償名譽損失了。」

姨媽並不滿意：「要不是『宋七力效應』，他可能還會拖下去呢！他爲什麼不能自己道歉？」

金律師笑笑說：「他自稱『活佛』，怕面子不好看吧？」

慧蓮比較掛心日記的下落。

「我不相信他們會遺失這本日記，就怕以後又生波折。」

這一提醒，姨媽也很著急：「一定要他們還回來！」

律師分析，日記對活佛只有害處，遭毀的可能性很大，因爲明眼人一看就知道作者是無辜的，斷章取義並加以塗黑的部份只能暫時瞞騙教內的徒眾，長遠的話還是會啓人疑竇的。何況，經手律師的書面保證具有法律效力。

「你們放心，活佛作夢也想不到杜小姐會採取那麼絕裂的手段，經過這一鬧，他有生之年最想忘掉的人肯定是杜小姐了。」

兩個女人都沒想到賠償金額，律師乃主動告訴她們：「對方的律師提出五十萬的賠償金，可以接受嗎？」

姨媽望著慧蓮，無所謂地表示：「這筆錢反正要捐出去……」

慧蓮趕緊說：「捐給婦援中心嗎？就那多多益善嘛！」

姨媽問律師：「還能再爭取多少？」

「一、二十萬塊吧。」「姨媽慨然表示：「那就算了，我要的是尊嚴，不是金錢賠償！」

律師問她：「那麼，這樣的道歉，你可以接受嗎？」

姨媽低頭陷入沉思，半天沒作聲。

慧蓮沉不住氣，替她說出來了：「我想，姨媽的意思是，活佛要親自並且公開道歉。」

律師點點頭：「好吧，我和對方去溝通。」

很快的，兩天後就有回音了。

「精舍說，他們可以把秘書的道歉信張貼在布告欄上一星期之久，這樣也等於公開道歉了。怎麼樣？」

慧蓮很失望：「活佛還是不肯親自道歉！」

律師說：「他寧可加碼賠錢。你們堅持的話，就開口報個數目吧。」

姨媽有些哭笑不得：「這簡直是倒打一耙，好像我們在勒索他似的！」

律師提出警告：「你們雙方不能互相妥協的話，事情只有拖延下去。」

姨媽只好委託慧蓮：「你替我問問你師父，好嗎？我小時候碰到拿不定主意的事，都是姐姐說了算。」

上人對這件事倒是相當果斷：「阿蓮，你告訴姨媽，事情來了就面對它，處理它，然後放下它。金身活佛是被迫認錯，還沒眞正悔悟，所以放不下身段來。你姨媽若能慈悲爲懷，先把事情做個了結，懺悔的事留待後日吧。」

姨媽儘管不情願，卻也勉強接受勸告，讓慧蓮陪著上律師樓簽字。領了支票後，她立即存入銀行，另開一張支票給海光寺。

「師父，看來救援中心很快就可以動工了！」

上人望著慧蓮遞上來的支票，笑笑說：「算了，這只是過路財神。」

慧蓮不解：「怎麼說？」

「轉捐給婦運團體做律師費呀！」

原來爲了杜絕人身受虐，幾年來婦女團體聯合推動立法工作，聘請律師擬出《家庭暴力防治法》，目前卡在立法院裡，需要經費去關說。

慧蓮這才發現，婦女救援工作眞是千頭萬緒，更佩服上人的愛心和耐力了。

「我們先給你和阿珠姐授戒吧。」

阿珠姐本以爲要找黃曆來挑個黃道吉日，不料上人說「天天都是吉日」，她想想也對，就建議挑個星期天，以方便親友來觀禮。慧蓮也覺得有道理，自己的弟弟來往東京和台北，一個週末也夠了。

十一月下旬正值秋冬交替時分，天氣晴朗又涼爽，果然是良辰美日。

一早起來，慧蓮就感到滿心法喜。她和阿珠姐昨晚幫忙佈置戒壇，直忙過午夜，又互相剃光了對方的頭髮，沐浴後頭才落枕，就聽到早課打板了。即使一夜未眠，晨起只覺一頭清涼爽朗，心無罣礙，輕鬆無比。

早餐後不久，外婆、姨媽和耀祖搭車上山來了，先被請到方丈室奉茶。

一家三代歡聚一堂，都感到歡欣無比。乍見她一顆光頭，姨媽不但處之泰然，眉目間還隱約透著羨慕之意。祖孫倆就不一樣了，既難以掩飾突兀和不捨之情，但又尊重她的生涯選擇，也相信是最佳選擇，因此歡欣笑語中眼光不約而同地避開她的腦袋瓜。

這一老一少關愛卻又尷尬的滑稽表情，倒叫慧蓮忍俊不住了。

「嘿，我可是無髮一身輕喔！」她忙著安慰外婆和弟弟。

老少都搶著回答：「就是！最好啦！」

一年半不見，弟弟長得腰圓膀粗，紅光滿面，哈腰點頭滿是東洋味。他給親人捎來一批東京的糖果和點心，每盒都層層包裝，紮以金絲銀線，顯得富麗堂皇。這樣精美絕倫的包裝讓大家讚嘆不已，只有上人表示不以爲然。

「這樣層層裝裹，太奢侈也太浪費，還製造出許多垃圾來。」

這一提醒，大家才警覺到果眞是華而不實。

耀祖很不好意思，趕緊道歉，好像包裹如此虛有其表是他的過失。

慧蓮跟著反省了：「日本人發明一次丟筷子，看來害人不淺，不但台灣到處是這種筷子，連大陸也泛濫成災呢！」

耀祖再次表示歉意說：「嗨，嗨！也有日本人在反省了，說這種隨用隨丟的筷子都是外國進口的，就是砍伐外國森林的意思，罪過，罪過！」

姨媽對文謅謅的外甥有些好笑：「你又不代表日本，別窮道歉了！」

師父合十說：「善哉！佛家講『無緣大慈，同體大悲』，地球上的人理當同舟共濟才是。」

大家都點頭稱是。

耀祖對慧蓮說：「姐姐，我本來很捨不得你出家的，可是在東京機場見到一群光頭男子組成的樂隊，聽說他們是精神病人，在一個台灣和尙的教導下，竟能出國表演，讓我感動得想哭呢！我相信佛教在台灣會大有作爲。」

慧蓮還來不及謙謝，外婆就問了：「你說的是龍發堂的大樂隊吧？」

耀祖一聽就叫起來：「是呀！隊旗上有『高雄縣龍發堂』的字號。」

外婆說：「我看過龍發堂的宋江陣，表演時中規中矩的，好熱鬧喔！」

慧蓮還不甚了解，上人解釋了才有些眉目。原來釋開豐主持的龍發堂免費收容精神病患，平常施以符咒、誦經等宗教和民俗療法；嚴重的以「感情鍊」捆綁，輕者則輔導他們從事諸如種菜養鷄或做泥水工等等。電視上曾出現一棟八層樓高的鷄舍，內養一百萬隻鷄，令人過目難忘。這些措施有一定的鎮定和收斂效果，也給病患自給自足的成就感，深受家屬感戴，卻常被醫療界檢舉告發，認為民俗療法其實無「療」可言，鐐銬病人也有侵犯人權之嫌，要求加以關閉。然而龍發堂以一間小寺廟為基礎，收容病患人數常達五六百名，每有風吹草動，家屬先就出面抗議，要求政府先解決收容病患的問題。在台灣，精神病院設施不足，經常一床難求，廿年來龍發堂就成了醫療界懸而未決的議題。

「龍發堂沒有執照，迄今究竟是寺廟、醫療、還是社會福利機構，都還爭執不斷。我們的婦女救援計劃，現在和社會福利機構合作，就是怕產生這種糾紛。」

這時大殿響起了梵唄，八師父來請當事人上殿就位，於是大家都移往大殿去了。

阿珠姐也請來半打親友，兩家人分站大殿兩旁，個個臉色莊嚴歡喜。

全寺尼眾都出席充當見證師，其中住持擔任引禮師，監院任羯磨師，而傳戒師則請了基隆水月庵的住持雲清法師。

傳戒師先行「請聖」儀式，開導十戒的意義並為新戒授三皈依。她接著向新戒問「遮難」，只揀重要的問，如：「曾盜僧物否？六親男女中行淫否？污破僧尼梵行否？」

沙彌戒之後傳比丘戒，雲清法師逐一問過「十三重難」，包括殺父母的十三種罪，還有「十六輕遮」即妨礙出家的問題如欠債或患癲狂病等。新戒一一回以「否」。

授完具足戒後是菩薩戒。新戒懺悔三世罪業並發十四菩薩行大願，戒師宣說不得殺生、偷盜、淫欲、妄語、酗酒、謗三寶等十重戒，然後發給新戒一張比丘尼協會的受戒證明，典禮便告完畢。

這是簡化了的三壇大戒，儀式雖簡但氣氛卻莊嚴又溫馨。住持給阿珠姐的法號是勤儀，慧蓮是勤禮，兩人的臉上始終掛著難以壓抑的喜悅和笑容。

勤禮仰望慈眉善目的佛陀像，忽然想到天主教的修女出家有出嫁之喻，不禁心有戚戚焉。她覺得從此跨入佛門了，誓以道場爲家，以母親爲榜樣，一心奉行佛陀教導，慈悲忍辱，己渡渡人。

中午，海光寺開了三桌筵席，慶祝新成員也兼招待新戒的親友。

一直執掌香積的勤儀，早爲自己的大喜日子研擬了幾道菜，請上人命名。像秋葵炒蘆筍，菜上灑了黃菊和紅椒絲，白盤週邊點綴了紫蘇，上人就叫它「心蓮萬蕊」；冬瓜盅裡燉花菇，叫「清心寡欲湯」；胡蘿蔔、白蘿蔔挖成球，配了圓球狀的豆製品，四週繞以九層塔，名爲「歡喜團圓」……都是色香味俱全，名稱又十分吉祥。

上人看耀祖體格壯碩，胃口又好，便關心兼鼓勵他說：「你若能常吃素，身體就不會發胖，還能長命百歲，多好！」

外婆也一旁助陣：「耀祖還愛吃牛肉嗎？改吃素可以積功德喔！」

耀祖說：「在日本就屬牛肉最貴，我吃不起啦！」

上人告訴他，素食也有利地球的環境保護。

「十二公斤的穀物才能生長一公斤的牛肉，你看養牛不是很浪費糧食嗎？十二公斤穀物可以救濟多少飢民呀！非洲和南美的原始森林被砍伐了來開墾農場和牧場，養豬和養牛的廢水又污染了河川，這樣惡性循環下去，地球就快就會負荷不起。」

大家都同意，要救地球，素食是當務之急。耀祖當場答應，回日本就要開始吃素了。

飯後，外婆三人依依不捨地下山去了。耀祖當天飛回東京。

過兩天，勤禮輪值知客室，奉上人命去傳勤詩，要派兩人出勤的任務。

正是黃昏時刻，勤詩當值飯頭，飯剛蒸熟出籠，滿室生香，一時引誘得勤禮飢腸轆轆。

勤儀正在灶邊炒菜，聽說兩人要出門，連忙加快翻攪手中的大鏟。

「蕃茄和草菇炒百葉，保證好吃喔！你們等一下先吃了再出門吧。」

勤詩婉謝了，匆匆收拾一下就偕勤禮直奔方丈。

上人向勤詩交待：「台北縣社會科來電話，石門鄉萬芳醫院有一位病人需要幫助，你和勤禮先去看看。」

「是，師父。」

回寮換裝時，勤禮問師姐是否用了藥石再出發。

勤詩說：「上人要我們效法『聞聲救苦』的觀音菩薩，既然案主在醫院裡，還是先看了再說。」

她很尊重這位師姐，聽了便悄悄以口水療飢，不敢再有二話了。

勤詩和她是同屆大學畢業生，念大學時就有意輟學出家，上人婉拒也一直不灰心，熬到大學畢業才得剃度，戒臘因而領先勤禮。勤詩在課業上非常精進，佛學修養直追專修宗教學的勤讀，讓勤禮十分佩服。上人派自己和勤詩出差，明顯是向師姐學習的意思，她當然樂得配合了。

勤詩去調來汽車，立即和勤禮開車下山去。

兩人在石門鄉轉了一圈才找到萬芳醫院。護士領她們去女病房找郭阿妹，勤禮看到病人五花大綁的樣子，先就嚇了一跳。

阿妹的大半個頭臉都被紗布遮住了，嘴唇塗了紫藥水，露出的眼睛滿是無奈和膽怯的神情；右手從手掌到肩膀都裹了繃帶，僅露出掛點滴的部位；左腳上了石膏再用繃帶層層包紮，高高翹起在床欄之上。

護士說：「社工人員下班了，有什麼決定等她明早來了再說。」

病人見到勤詩倆，先開口要求：「師父，我要出家。」

勤詩俯身安撫病人：「你先養傷要緊。」

勤禮問護士：「怎麼會傷成這樣？」

「被丈夫打的。」護士掐指算了算。「嗯，我在這裡四年，她就入院三次了。」

勤禮很驚訝：「都是被丈夫虐待成這個樣子？」

「是呀。」

勤禮焦急地轉身問病人：「你沒報警嗎？」

病人氣息微弱地回答：「報過……他打得更凶……說我是他的煞星……」

護士說：「她丈夫喝酒又賭博，一旦喝醉或賭輸就打她出氣，連失業也派她的不是。」

勤禮聽得心痛如割，不禁責問起來：「你為什麼不離婚呢？」

聽到「離婚」兩字，勤詩趕忙扯了一扯她的長衫下襬。然而她實在氣憤不過，當下裝作沒知覺，繼續追問下去。

「你不離婚，就不怕有一天被他打死嗎？」

婦人的口氣充滿了無助和無奈：「他說了，我要離婚，他會把我打死。」

勤禮覺得太矛盾了：「他說你是煞星，卻又不放你走……親友怎麼看，沒人幫你說話嗎？」

「他們都說，離婚不好。」

勤禮感到哭不得。什麼年代了，人們竟還抱著「勸和不勸離」的教條不放！

勤詩問阿妹：「你需要我們怎麼幫忙……你有醫藥費嗎？」

她還是那句話：「我要出家。」

護士替她解釋：「她聽說海光寺幫助被虐待的婦女，進了急診室就吵著要出家了。」

勤詩向阿妹說明：「我們只是急難救助的中途站，提供佛法來療傷止痛，和出家是兩回事。」

阿妹的目光頓時罩上了陰影。

護士勸她：「你家裡有孩子，出家了誰管他們呀？」

阿妹枯槁的眼神，透露的是萬念俱灰的心情。沉默半晌，她退而求其次：「我能去住幾天嗎？」

「可以，但是要通過社工人員的安排。」

勤詩答應明天找社工人員商量，又勸慰了幾句，這才和勤禮離開。

路上，勤禮問師姐：「我們會收留她嗎？」

「不知道，要看社工人員的安排。我們沒有心理治療的學位和證照，只提供宗教和生活服務，不能做正式的心理諮商。」

勤詩說，如果有可能的話，她很想回到學校去修個學位，將來爲婦援中心服務。

「我們要有專業知識和證照才能大力推動工作，」她告訴勤禮，「龍發堂就因爲沒有專業醫生，雖然收容了六百個精神病人，對社會貢獻那麼大，可是三天兩頭就遭到告發檢舉，窮於應付呢！」

「你說得對極了！」勤禮急忙問她，「師父知道你想念書的事嗎？」

「當然知道，」勤詩說，「還是師父的意思呢！」

「那麼，你快去念呀！」

勤詩聽她性急的語氣，不禁笑了：「急也沒用，軟體和硬體的建設都需要資金嘛！」

「錢一定會有的，」勤禮告訴她，「我姨媽剛捐了五十萬呢！」

勤禮以爲龐大的數目，勤詩卻不爲所動。

「你不管錢，不知道我們海光寺的開銷有多大。就說這個婦援中心吧，我們提供食宿外，還捐錢給婦女團體去打官司……」

勤禮說：「我知道了，是推動『家庭暴力防治法』吧？」

「是呀。像阿妹這樣，就得用法律來制裁施暴者才行。」

「怎麼制裁……嗯，這麼嚴重，應該送他坐牢去！」

「阿彌陀佛！希望能感化他才好。」

但是勤詩也同意，肢體傷害應該不是什麼淸官難斷的「家務事」，而該以「傷害罪」求刑才是。

勤禮想到生身母親的遭遇，一時感同身受，更加理解海光寺救援工作的意義和迫切性了。她想到一個點子：「我們上街募款如何？」

「師父不會同意我們拋頭露面的，」勤詩相信，「她願意默默地付出。我們到底是宗教團體，修行爲主，不宜正面捲入政治和社會運動。師父爲了讓我們有時間修行，不但不趕經懺，連法會都輕易不肯接辦呢！」

勤禮想著也對，自己寧可清貧度日，也不要海光寺像衆多寺廟那樣，整天忙著迎客誦經，到處人語喧嘩，煙霧瀰漫。

「我們師父太有原則了，堅持有所不爲，」勤詩不無遺憾地指出，「要不然，寺廟籌錢可比買股票發財要來得既快又穩當得多。」

勤禮問她：「你是說，去找大財團要錢？」

「恰恰相反，是大財團和其他人都會找上門來！」

勤詩說，若上人同意再蓋個骨灰塔，光賣蓮座一年就有百萬以上的收入。

「聽過一個妙天禪師嗎？他光是賣蓮座，從一個五萬賣起，現在喊價三十萬啦！聽說一年幾千萬的收入，也不比宋七力差多少！」

勤禮大爲心動：「哇！師父爲什麼不蓋呢？」

「她說那樣太商業化了，而且地就那麼大，蓋個救援中心恰恰好，蓋多了破壞水土也破壞景觀。要知道，爲這個問題，二師父、三師父……都和上人爭辯過幾次呢！」

「噯，理想和事實是難以妥協，眞叫『魚與熊掌不可兼得』了。」

勤禮口頭表示遺憾，心裡可是爲師父感到萬分疼惜。壓力這麼大，住持不好當呀！

次日早課後，勤詩和她向上人報告郭阿妹的情況。

上人裁示：「報恩寺那邊現在只剩謝雯雯一個人，郭阿妹要來也容得下，我們聽候吩咐好了。」

一星期後，郭阿妹出院了，手臉解脫了紗布，但是腳還包著石膏，拄著拐杖由社工人員陪著到海光寺來。

聽說大師父這兩天身體欠佳，上人親自帶著勤字輩的弟子，陪著社工人員和阿妹到報恩寺來。她先介紹謝雯雯認識阿妹，兩人正好睡上下鋪。雯雯很高興來了同伴，答應阿妹療養期間要好好照顧她，社工人員感到很放心。

勤讀代師父送社工人員出寺，上人便領著弟子們來探望大師父。

老人家這兩天臥床不起，見到上人來了，皺摺重重的臉上頓時舒展開了，露出一口雪白整齊的假牙。她說話很吃力，氣如游絲，卻興奮得說個不停，怎麼也攔阻不了。

「謝謝你們來看我……我夠了……也準備好了……留下東西，給海光寺……」

上人鼓勵她：「大師姐，你老人家還不到一百歲，說什麼夠不夠呀？」

她只是笑笑不反駁，繼續說下去：「可惜看不到……你蓋樓給雯雯……」

勤詩告訴她：「剛剛又來了一個郭阿妹了！等她傷養好了，就來看大師父。以後，雯雯和阿妹就一起照顧大師父了，好嗎？」

「好……」

老人家張大了嘴，因話說多而呼呼喘著氣，但欣喜之意溢於言表。

「我的骨灰……放報恩塔。」

上人安慰她：「一切都照師姐的吩咐，你好好養病吧。」

老人勉強擠出個「好」字，才閉嘴歇息。須臾，雯雯過來招呼她，她已沒力氣回應了。

上人吩咐雯雯好生照顧老人，有什麼需要隨時來報。交待完畢後，這才辭別了老人，帶著弟子們離去。

次日早課後，雯雯匆匆跑來大殿，說大師父圓寂了。

大師父高齡示寂，海光寺尼衆哀而不傷，在上人主持下，輪班誦經，安靜地料理起喪事。

骨灰入塔後即舉行遺物分配的「唱衣」儀式。

勤禮在大陸遊學時，目睹過全程儀式，從亡僧的財產登記和造册，接著七折「估衣」價，然後「唱衣」拍賣。這種方式有遺愛同門、睹物思人的美意，拍賣所得也可貼補喪葬費用，是佛教獨特的共產習俗。

海光寺住持僅略作修改，把大師父存款歸公，遺物分做十三份，尼衆抽籤取得一份，彼此可以交換，即分而不賣。由於大師父預先留了遺囑，家屬也沒有異議。

「唱衣」次日下午，勤禮輪值園頭。耙梳菜地時，忽見八師父匆匆趕來。

「上人叫你哪！她在辦公室等你。」

她來不及問因由，連忙放下鋤頭，跟著八師父快步走向東廂，然後獨自敲門進去。

上人在書桌後肅然而立。

「勤禮，你姨媽剛來了電話，說外公去世了。」

外公？勤禮一時楞著沒反應。外公不但是陌生的名詞，也是陌生的人，一時難以想像。「去世」意味著繁文縟節的喪事，倒是這個比較煩心。

「我們剛給大師父辦過喪事……」

「你姨媽已經通知你舅舅，他會趕回來辦理喪事的。我想喪事後，可以在海光寺給繼父做個超度法會。你準備一下，快去埔里接外婆來台北吧。」

「是，師父。」

回寮房整裝時，勤禮一直感到迷惑和茫然。媽媽離婚後，王家和李家、杜家都不來往，自己從沒見過外公，連唯一的舅舅也是這幾年在姨媽家的照片簿上認識的。她小時候誤會媽媽遺棄她，對母系家族故意不聞不問。長大了掩不住好奇心，才關心起自己的身世來。聽說外婆帶著媽媽和姨媽改嫁，後來不知什麼事和外公鬧翻了，外公就離家遠走台北，偶爾才回埔里看舅舅一眼；媽媽和外婆站在一邊，等於和他脫離父女關係了。

有關外公的消息全來自姨媽，但也不甚了了。只知老人性情孤僻，住台北敦化南路上的一棟大樓裡，和四鄰也不往來。他以吝嗇出名，只捨得培養舅舅留學美國，沒想到舅舅由留學變成學留，還娶了美國太太，老人只落得向姨媽訴苦的份：「天呀，咱李家竟養出了雜種！」

有關外公的爆炸新聞發生在政府開放兩岸探親之後。他急急忙忙跑大陸，原來老家早有妻子和女兒了。怪不得外婆從來不在兒孫面前提起他。勤禮猜想，當年外婆和他鬧翻了臉，肯定是發現騙婚的事了。

佛家以慈悲為懷，勤禮相信，虔誠信佛的外婆現在能既往不究才是。

她夜裡趕到埔里才發現，原來自己是被派來報喪的。

「美心下午來電話，只說阿蓮要來埔里看阿嬤，我還以為菩提巖又鬧出什麼事呢！」

外婆從她進門歡敘天倫之樂，到訃聞引起的驚愕，短短幾分鐘就平靜下來了。這其間還張羅她吃飯，不慌不忙，好像生死早在預料中。經過大風大浪的老人就是不同，她不禁暗自佩服了。

「你外公算來也有八十歲了，高壽往生，是喜事啦！」

「阿嬤說的是。明天一早去台北吧？」

「那當然。你今天早點睡，到時我會叫醒你。」

外婆早在和式房間鋪了一應被褥，看著她舒舒服服地躺進被窩裡，才爲她熄了燈並拉上紙門。

一年多沒睡這木板床鋪了，頭挨上枕頭就明白它是多麼與衆不同。她側過身來，臉頰偎依在媽媽睡過的枕頭上，渾身感到溫暖和滿足。她覺得人彷彿一下子縮小了，小到可以窩在媽媽懷裡撒嬌，又回到那短暫卻是無憂無慮的幼童時代。

在大陸行腳一年，她睡過各種各類的木床和板床，但是都沒有外婆家這份溫馨和踏實。每天早課都自動醒來的人，這次卻睡得又沉又香，不是外婆大聲喊叫，還睜不開眼呢！

祖孫倆搭早班車北上，中午就到了姨媽家。

「媽，爸爸好像有預感，知道自己什麼時候要走耶！」

姨媽一見到她們，就像叙說一件奇蹟似地，絮叨開了。

「你知道，我和弟弟勸他雇個菲傭，這把年紀了，應該有個人日夜在家照顧嘛！他說什麼也不肯，說自己能走能動，花錢請個人在家吃住太不划算了。他只找了個計時的清潔工叫詹嫂的，一星期來兩次。詹嫂說，她本來是今天才要來上工的，但是爸爸忽然通知她，要她提早一天來打掃，還交待說整個公寓要『徹底清掃』一番。詹嫂覺得有些怪，開玩笑問他『莫非要請客不成？』他居然說要『請客』！你們說，神不神呀？」

勤禮到這時才知道，原來是清潔工人報的喪，倒是巧合得緊。

外婆聽得出神了，驚訝的表情中難掩一份敬畏，但是開口卻透著幾許羨慕，甚至是妒嫉的意味。

「眞是萬萬沒想到，你爸爸老來無病無痛，還走得這麼平靜，竟然是很有福報嘛！」

「老爸一生節儉，往生也計劃得乾淨利落，」姨媽口服心服地說下去，「詹嫂發現東家往生了，嚇得不知所措，正急得團團轉當兒，一抬頭就發現床頭櫃上攤開一張紙，上面清清楚楚地寫著我和弟弟的姓名電話，下面壓著她的薪水呢！」

勤禮十分感動：「外公走得多麼從容呀！」

「豈止從容，還計劃周詳呢！」姨媽一副不可思議的神情。「詹嫂又在餐桌上發現一封給我的信，叫我轉告家人，他要最簡單的佛教葬禮，大體火化，骨灰存海光寺……對了，還有，不要外人參加葬禮；不可以驚動大陸的家人，只能事後報備一聲。還有……哦，遺囑和一切費用找一位黃律師，還有一個姓魏的會計……」

外婆聽到這裡，也動容了：「老頭子做事……還眞仔細哪！」

「媽一定沒想到吧？嗳，神的還在後面呢！」

姨媽越說越興奮，沙發坐不住了，霍地站起身，恢復演員身分地在祖孫面前邊說邊比劃起來。

「昨天我趕過去，不久姐姐也帶了八師父和海光寺的助念團來了。信不信由你們，我可是親眼目睹喔！老爸的臉色剛開始是臘黃乾癟，神情很僵硬，可是幾聲佛號後就慢慢開始轉變了。姐姐助念兩個鐘頭後，必須先回海光寺。你們猜，這時爸爸的臉色怎麼樣？竟是兩頰紅潤而且豐滿起來了！神吧？」

勤禮不敢搭腔，都說唱念阿彌陀的佛號，對往生西方極樂世界可助一臂之力，至於人體僵硬枯乾可是客觀生理現象，姨媽形容的簡直是一種神蹟了。她想，姨媽出身演藝界，當然要誇張一點，但是助念效果想必不差才是。

外婆默默聽著，臉色逐漸肅穆起來。好一陣子她才問起：「大體如今在哪兒呢？」

「因爲事出突然，我們怕驚動媽媽，弟弟讓我找殯儀館包辦喪事。昨晚佈置好靈堂，已經移過去了。」

「很好。」外婆點頭表示讚許。「耀祖什麼時候回來？」

「下午六點到中正機場。」

外婆隨即決定：「你帶我們先去靈堂燒一支香吧。」

儘管是生平頭一回見到外公，勤禮不得不承認姨媽沒有誇張，老人的臉色在助念和化妝師的雙重美化下，果然顯得紅潤豐滿，表情安詳極了。他像走了遠路，很高興有機會躺下來休息，樂得沉沉睡去，和平安穩，了無牽掛。

外婆倚著棺木，久久凝視著外公，臉上也是和平安然的表情。人到此刻，勤禮相信，以前的恩恩怨怨都化爲烏有了。

海光寺的助念團兩人一組，繼續輪班到殯儀館唱念。姨媽有些過意不去，勸她們收攤，卻被婉拒了。

一位中年婦人說：「我來送師公一程，是對七師父表示感恩呢！」

外婆一行人離開時，正碰到助念團換班，這位婦人脫下長衫，也跟著她們走出大門來。

姨媽隨口問她：「你皈依七師父嗎？」

「是呀，她還是我救命恩人呢！」她說，「四年前，我遭遇婆媳問題，婚姻也亮起了紅燈，想不開要自殺了。幸虧七師父給我安慰和幫助，就像牽著我的手一步步從懸崖邊走回來。這麼多出家人，我看她最了解我們女人，也最有愛心了！」

一直都沒掉淚的外婆，這時忽然眼眶紅了，鼻音濃濃地一再表示：「謝謝你，謝謝你……」

婦人問姨媽：「這位老太太是……？」

「七師父的媽媽。」

「原來是師嬤呀！你生了這麼好的女兒，我向你頂禮道謝啦！」

不是外婆勸阻，她就要當街匐伏下跪了。

分手時，外婆帶著兒孫向她合十致謝：「多謝你們護持！」

外婆堅持要陪姨媽去機場接孫子，勤禮就直接趕回海光寺銷假。

次日一早，上人帶著勤字輩的尼衆下山來，繼光風塵僕僕趕回台北，這時已披麻戴孝等候在殯儀館裡。儘管外公不要驚動外人，但是黃律師來了，生前服務的保全公司也來了五位員工，包括總經理和一位姓魏的女會計。

詹嫂帶著一個孫子來了，她叫孩子向外公禮拜：「這位爺爺升天成神了，你求他保佑你身體健康，懂嗎？」

孩子跟著禮拜如儀。

在溫柔莊嚴的梵唄聲中，親友向外公表示告別，沒有哭聲，有的是敬重和祝福，一片安寧詳和的氣氛。

外婆不收奠儀，舅舅還送弔客每人一份他從美國揹回的禮物。因為孩子小，美國太太走不開，但她親自包紮了一箱的禮物，以此表示孝心。弔客光看那精美的包裝，再掂掂重量，都露出了感謝的笑容。

儀式一小時不到就結束了，簡單隆重。事後，律師請家屬到他辦公室開會。勤禮告別了幾位師姐，自己陪上人去律師樓。到時發現，魏會計已拎著公事包在等候了。

家屬到齊並坐定後，律師先自我介紹。

「我擔任李忠正先生的律師十年了，這位魏小姐更是老會計。」

魏會計連忙補充說：「李先生在保全公司時代，就找我管賬了。退休後也找我幫他報稅。加起來算，我們共事將近二十年了。」

家屬都點頭表示感謝。

律師打開桌上的一份卷宗。

「李先生的遺囑，和他的葬禮一樣，簡單扼要。」律師對著文件念：「他有六百萬人壽保險金，平均分給杜阿春、杜美慧和杜美心。埔里一棟住房和一塊土地的名下權益讓給杜阿春，銀行的存款也由杜阿春繼承。他把敦化南路的住房產權留給杜美慧。」

說完，律師啪地一聲合上卷宗。

「就是這樣。」

家人一時默然。

上人第一個打破沉默：「我不能接受繼父的遺產……我把它讓給弟弟。」

舅舅跳起身來抗議：「不行！我早和爸爸說好了，我不要哪怕是一分錢的家產！不但不要，我還答應給媽媽養老，還要護持姐姐的志業……」

律師揮手打斷他的話：「李忠正是少有的特立獨行者，你們有心孝順，不如尊重他的遺囑和心願吧。至於他銀行戶頭的存款……」

魏會計接口報告：「扣掉葬禮費用，還剩三萬五千三百二十四元。」

家屬聽了不約而同地「啊」了一聲，接著面面相覷起來。

勤禮也暗自驚訝不已。外公住在台北的黃金地段，住房價值約在兩千萬之譜，怎麼銀行存款這麼少？他又怎麼維持生活呢？更加納悶的是，在他生前母親並沒盡過孝道，彼此不相往來，怎麼還獨獨厚待她呢？

會計環視家屬一眼，微笑說：「你們一定很奇怪，他手頭的存款怎麼這麼少，是吧？」

大家沒吭聲，目光齊聚在幾時已攤開在她膝上的帳本。

「李先生是一位虔誠的佛教徒，爲了贊助海光寺一位尼師出國求學，把住房拿去抵押貸款。後來又辦理貸款供他的公子出國留學。這些貸款直到去年才付清。此外，他從十二年前開始，每年匯款贊助海光寺；五年前開始，每年匯錢去大陸……喏，這些都有帳可查……」

會計的話被哭泣聲打斷了。勤禮發現它來自身旁，一回頭，幾時上人已淚流滿面，一時悲傷過度而壓抑不了，終於爆出斷斷續續的抽泣聲來。

對面坐的外婆見了也嗚嗚哭出聲來，還走過來硬擠進勤禮母女之間，伸手環抱住上人的肩膀，兩人相擁而哭作一團。

姨媽忽然哪根筋被觸動了，大叫一聲「爸爸」，就抱頭痛哭起來。

眼見最親近的三個人都哭聲大作，勤禮被感染得咽喉發酸，跟著眼淚就不聽使喚地冒出來，只得挽起僧袍的袖子來揩拭。

「好了，好了，都別哭了！我們謝謝律師和會計吧！」

唯一不落淚的舅舅趕緊出聲勸慰，帶頭站起身來和律師、會計握手道謝。

勤禮事後也記不起如何步出律師的辦公室。那一陣子，她渾身是勁，腳步卻飄飄然，腦袋塞得滿滿的卻又理不出個所以然。她跟隨上人戴孝，骨灰入塔時舉行了感恩和祈福法會。送走了外婆和舅舅後，海光寺上下仍處於哀悼中，尼衆自動在早課時爲「師公」誦《大悲咒》和《梵網經》，歷時四十九天。

勤禮長這麼大了，經常看到鑼鼓喧天、花車遊街的喪葬場面，卻是第一次發現葬禮可以這麼簡單、莊嚴而且溫馨無比。外公生前少人聞問，但往生時親友執禮，尼衆誦經，如此有福報著實可以含笑九泉了。

她感到興奮的是，師父繼承房子和兩百萬現金，救援中心的建立指日可待了。沒料到的是，遺產的用途在海光寺引起了辯論。

上人很早就宣佈，遺產不準備據爲己有，全部奉獻給海光寺。興建救援中心是大家的共識，可是剩下的用途就出現了分歧。

當家師父表示，海光寺早該擴大道場了，許多信徒建議去埔里建分院，台東的洪義雄施主就是一位，他願意帶頭募款。

「埔里好！」八師父也躍躍欲試。「上人從埔里來，在家鄉反而沒有落腳地，實在說不過去呀！」

「那是台灣最好的靈修場地，」監院表示，「氣候也好，若能蓋個分院，將來師父們退休了也有個養老的去處。」

勤字輩也主張去埔里建分院。據說埔里的各類道場，有登記和沒登記的，大大小小有五百家之多，海光寺如今小有名氣了，在地理中心佔個據點完全合乎台灣佛教發展的潮流。

上人偏偏不以爲然：「埔里可以做很多事，就是不能再蓋寺廟了！」

她說，這回乘賑災之便，她回鄉走了一趟，發現家鄉人口暴增，簡直「屋滿爲患」，許多寺廟還蓋上山坡，加上滿山檳榔，深有土地超載、山坡過度開發的感覺。

「我想到神木村的土石流慘狀，怎麼也不忍心再去加重埔里的負擔。與其破土建道場，我寧願種樹。」

「不建分院，」監院退而求其次，「那就蓋靈骨塔吧，信徒對這方面的需求很大，報恩塔的蓮座已經沒有剩餘了。」

幾位師父附和她：「靠蓮座就可以維持道場的大部份開銷，我們不必仰賴法會和施主的香金了。」

勤禮覺得經濟利益是很現實的事，何況幾位師父年事漸高，也要考慮到後事。

果然，勤字輩中戒臘最高的勤耕說話了：「關於蓮座的未來需求，本寺最好能未雨綢繆才是。」

「很好，我們要早作準備，」上人點頭承諾後又說，「不過我個人願意開風氣之先，往生後用樹葬，以骨灰爲肥料，種一棵台灣欒樹。」

八師父先是一愣，但立即就大聲附和了：「上人講環保，這樣做是最徹底的啦！我也願意樹葬……我種一株……山櫻花吧！」

勤字輩的紛紛表示要追隨上人，也採取植樹造林的方式來遺愛人間。

勤禮聽潘怡保說過台灣有些原生樹瀕臨絕種了，當下暗自決定，以後要尋找一顆本土樹當做自己生命的延續。

「塔葬和樹葬可以兼容並存，」上人表示妥協說，「如果經費夠了，當然可以考慮再建一座塔。」

幾位師父鬆了口氣，都把目標指向菜園。

監院說：「菜園很大，容得下塔葬和樹葬，還能相得益彰呢！」

六師父說：「時代變了，『出坡』的形式也該調整一下。先師在世時，我們遵守『一日不作，一日不食』的百丈清規，現在社會服務項目多了，像婦女救援的工作，本身就是勞心勞力的修行契機，不一定要種菜才行吧？」

上人同意：「對，『出坡』的方式可以也應該有新解。」

像這樣的會議開了兩次，一直沒有定案，還是「妙天事件」的影響才出現急轉彎。

勤禮在清華大學念書時，校園裡已有妙天禪師的靈修班，學費一期兩萬元，不少同學去超市打工或靠家教支付，甚至借債供養據稱可消除業障的蓮座或金幣。當時傳說很「靈驗」，連大學老師也趨之若鶩。最近在「宋七力效應」下，也有信徒出面揭發妙天是「斂財」，招式和宋七力大同小異，爆出的金額也是天文數字。

最讓勤禮跌破眼鏡的是，母校和交通大學有數十位師生聯手舉行記者招待會，譴責妙天是「不折不扣的大神棍」。有一位清大畢業生說，她花了兩百多萬買了十二個蓮座，等看清妙天眞面目要離開時，妙天威脅她永世不得超生，還「作法」讓她全身不斷流血、長期咳嗽，走在路上常有車子突然撞過來，因而惶惶不安。有位女生也負債數百萬元，還走火入魔，動不動就說牆上、門上有妙天，連夜裡也會聽到妙天的指示。也有大學教授拜師修行多年了，如今發現是上當受騙，主動站出來控訴妙天詐財。妙的是，妙天賣蓮座，除了一紙證明外，什麼都沒有。

勤禮不理解：「都是受過高等教育的人，怎麼會輕易受騙呢？」

上人說：「這是人心空虛，加上貪瞋癡作祟的緣故。貪字當頭了，什麼都想速成、走捷徑；不願意一步一腳印的艱苦修行，只想一步登天。」

「宋七力和妙天都講神通，究竟有沒有神通，怎麼證明呢？」

上人想了想說：「神通是一種心靈感應，不能證明並不表示沒有神通。但是佛陀早就告戒我們了，不要用神通和符咒。神通不可靠，更不可炫耀。」

可能妙天事件給了上人一些啓示，她後來和師父們達成協議。外公的遺產敦化南路的公寓用來做婦援中心，客廳佈置成佛堂，每週排一位尼師和一位居士去輪值駐守。菜園土地大部份未來用以種樹，一部份鄰近報恩寺的土地請專家來設計一座靈骨塔，大小和外觀須和報恩塔協調。塔座供應本寺尼僧及資深信徒，價碼取市價的平均值，不得藉口哄抬。

勤禮提起辦雜誌，不料上人打了退堂鼓：「目前正值佛教多事之秋，隨時不知還要爆出什麼事件來，我們廟小人少，寧可保守些。讓我們小心謹慎地把既有工作做好，以後再考慮新項目吧。」

這以後三年，海光寺忙於硬體建設外，就是培訓人才，譬如送勤詩去念心理學博士，在寺內強化佛學課程的學習，並開辦適合不同階層民衆的進修班。儘管沒有去埔里建分院，海光寺卻把佛法傳去南投了。

原來姨媽結識了一對維蔓傳道協會的嚴氏夫婦，雙方一見如故，姨媽出事後，嚴吳美芸還親自北上來探望她。這對夫婦退休了想搬到埔里居住，過耕讀修行的農禪生活。外婆陪他們找了一陣房子都沒結果。外公往生後，桃米坑的八分地全歸外婆所有，嚴氏夫婦去看了一眼，感到環境清幽，土地肥沃，宜室宜耕，便透過姨媽問外婆肯不肯出售。

姨媽對埔里情有獨鍾，聽了兩人的構想，感到心有戚戚焉，便萌生了合作之意。「桃米溪對岸的山頭蓋起了暨南大學，」她勸外婆，「你那塊地蓋墓多可惜！不如賣給我們蓋修行的農場吧。」

外婆聽說姨媽有意回歸埔里，開心極了，當即作了決定。「將來我的骨灰就和你爸爸一起放在海光寺。地也不賣了，算是我們倆提供土地，美芸夫婦蓋房子，蓋好了我們一起修行吧。」

當海光寺的靈骨塔完成，取名懷恩塔後，桃米溪的三合院農舍也告落成，取名桃溪講堂，外婆母女和嚴氏夫婦分住東西廂。嚴先生設計了每月請一位高僧大德來講堂講經，爲期三到五天，也對社區開放。

講堂的主建築是佛堂，請上人下去開光並講《父母恩重難報經》，社區參與非常踴躍，聽衆多有淚眼婆娑的，當天就有十多人請求皈依。

第二期請中台禪寺接棒，它如今是中台灣最大道場，以多學問僧聞名海內外。住持開講《金鋼經》的海報貼出後，座位即被預訂一空。姨媽受到感召而請求皈依，老和尚慈悲，次年就授她菩薩戒了。

就這樣，桃溪講堂重金禮聘南北高僧來講經，而海光寺則是義務護持，每半年派兩位法師來莊嚴這個居士講堂。

勤禮渴望回鄉探親，但師父們像有意磨練她，直熬到九九年春天才有機會陪八師父下埔里講經。來了才發現，所謂的佛堂只在牆上掛了一幅佛陀像，像前一張短几，上供鮮花和淨水，此外是空盪盪的木板地，兩側牆邊疊著幾樏團。據說大門不設防，任何人隨時都可以進來打坐冥想。

勤禮出身農家，見堂前一排眼熟的花果樹，桃樹綻滿綠芽，櫻花笑靨迎人，龍眼樹蔭濃綠，芭樂枝葉翡翠……便感到親切極了。堂後是菜圃，各種菊花圍成了短籬。菜圃都是成壠排列，有家常蔬菜壠，也有像過貓、刺蔥和龍鬚菜之類的野菜。更有一隴長得半人高，葉片像芹菜的植物，問了才知是藥用的明日葉。

兩家四口人過著分工合作的生活，嚴太太執掌香燈和對外連絡，外婆掌管伙食，嚴先生和姨媽輪流帶早課。有時嚴氏夫婦出門旅行，有時外婆回老家，或者姨媽回台北收房租，但是講堂永不缺人看顧。

嚴氏夫婦經常一副老農的打扮，布衣斗笠，怡然自得。他們的房間，除了經書就是各種育苗、耕耘和除蟲的手冊。

嚴太太愛山也愛菊，以「採菊東籬下，悠然見南山」的陶淵明自況，認為「悠然」更有過之而無不及。

她告訴勤禮：「到處是菊花，抬眼就是山，山上還有大學，這樣的耕讀環境，陶淵明地下有知，不羨慕才怪呢！」

勤禮承認，埔里的山色美如仙境，桃榠講堂是洞天福地。

姨媽說她生平不曾這麼認眞看過山，也被山看得心柔如水了。

「看太陽出山也是早課的一部份。」她以夢幻的聲調描述那個情景。「那晨曦一點點發白然後轉紅，突然一眨眼就天光大亮，太陽跳出來了……每次我都覺得新鮮、純潔得像剛出生似的，可以重新去愛，去包容一切……其實看山比念經更讓人感動，也更有收獲呢！」

姨媽以前是南北來回跑，眞正定居在講堂不過一年，精神狀態整個變了樣，一點看不出十年前那個濃妝艷抹的明星痕跡了。

當年辭親去大陸遊學時，勤禮就發現姨媽不大重視打扮了，現在更是洗盡鉛華，天天素面見人，卻也自有一份清麗。性情沉靜下來是最大轉變。以前在哪兒都以她為中心，現在不但話少了，連顧盼生姿的雙眸也常呈垂視狀態，似乎歷經滄桑了，如今不看也罷。這份沉潛和內斂，使姨媽變成一個穩重有自信的中年人，另有一番迷人的風韻。

八師父最是觀察入微：「勤禮，你姨媽發心修行，法相莊嚴多了，那神情越來越像上人呢！」

可不是，俗話說「相由心生」，這話眞應在姨媽身上了。兩人雖是姐妹，但相貌原先各有千秋，如今神情逐漸相似，容貌也快能重疊了。

外婆是越活越年輕了，古來稀的年紀竟紅顏鶴髮，神采奕奕，不但廚房一把抓，還能荷鋤下田，且健步如飛呢！

八師父稱讚她是「活神仙」，樂得外婆直抿著嘴笑。

「人生七十才開始哪！」老人家信心滿滿地預告，「我要活一百歲喔！」

在講堂三天，勤禮沒聽到誰提起菩提巖，但路上看到大幅的廣告看板，可以想像它在埔里的勢力當是有增無減。

姨媽問起婦援中心的進展。

「主要是婦女團體在主導，我們提供場地並從旁協助，也捐款贊助。」

「這十幾年來，上人一共幫助了多少婦女，有統計嗎？」

勤禮搖頭：「我知道婦援中心住過十八人次了，至於以前海光寺那一段，我就不大淸楚。」

「都是些什麼樣的案例呢？」

「被丈夫毆打的最多。去年開始出現老媽被不孝兒子打得半死的例子，不止一件了，上人很憂心，每個月都要講幾遍《父母恩重難報經》哪！」

「碰到世紀末，眞是人心不古呀！」姨媽嘆息說，「親身體驗過的人才知道上人的愛心和苦心。我永遠都忘不了那個邵族少女莫娜亞，像一隻跌落陷阱、撞得頭破血流的小動物。」

勤禮對幾個原住民比較熟悉。她告訴姨媽，莫娜亞念夜校時認識一位來自東勢的鉗工叫阿順的，戀愛結婚後搬到台中住，生活很美滿。莫娜亞感謝海光寺，每年會回來看上人，也到過婦援中心給受虐姐妹現身說法，鼓勵她們奮發圖強。

「眞是功德無量！」姨媽很關心制度層面的進展。「拖了幾年的『家庭暴力防治法』，還睡在立法院嗎？」

「通過了！」勤禮安慰她，「今年六月二十四日就要開始生效了！」

事情的發展出乎意料的好，法律生效的日子，就有受虐婦女出面要求保護。一位化名忍冬姐的女子被丈夫潑了硫酸，由婦女團體陪同到法院申請保護令，由於情況慘烈且全國注目之下，法官當庭簽了「緊急保護令」，在一段日子裡嚴禁丈夫靠近她。

消息傳來，海光寺上下都爲之額手稱慶，認爲家庭暴力很快就會一去不復返了。

上人似乎不忍心潑大家冷水，語帶保留地說了一句：「希望法官辦案不是三分鐘熱度才好。」

勤禮當時不甚了了，但是半年下來，就明白果然樂觀得早了點。

忍冬姐的「緊急保護令」期限過了之後，丈夫還是惡言相向，挨打的威脅並未消失。法官認爲無法證明丈夫「未來」還有加害的危險性，拒絕核發普通保護令。然而還沒發生的事怎麼證明呢？忍冬姐每天活得戰戰兢兢的。

本以爲法律能起嚇阻作用，但是統計卻指出嚴竣的事實。台灣每二點九天就有一人死於親人之手，譬如男子肢解同居人母女、逆子買凶弒父以詐領保險金、兒童被父母凌虐致死……罪行令人髮指，且有變本加厲之勢。

勤禮驚嘆：「台灣社會怎麼病成這樣呀？」

正在撰寫博士論文的勤詩分析說：「這是台灣社會在急劇轉型中，舊的價值觀崩潰了，但新的一套還沒奠定的緣故。」

「亂世用重典嘛！」勤禮以爲，「可見制度還有缺失，我們應該再接再厲去修改法律！」

上人不以爲然：「社會上大欺小、強欺弱，表現在家裡就是暴力了。改善的關鍵在人心。」

「師父說的是，」勤詩說，「觀念不改，再好的法律也是虛文！」

「觀念的轉變不能一步登天，」上人指出了方向，「用佛法淨化人心是不可或缺的一環，我們還要努力。」

勤詩倆都點頭稱是。

九月中旬的一個週日，莫娜亞串連了三位原住民姐妹，一同上山來看上人。四人裡，一位泰雅族的來自花蓮，其它有三位來自南投。勤禮第一個被叫來招呼客人，說起老家竹山，都有「他鄉遇故知」的歡喜。接著來了雯雯，她當了沙彌尼，法號勤文。因爲遭遇相同，她宛如見到親人一般，拉著手先就樂得笑聲不斷。

上人問她們：「最近回過老家沒有？」

泰雅族女子回過花蓮，其它三位則面面相覷。

莫娜亞趕緊解釋：「大家都忙著工作，但是我們都想念家鄉，也想為家鄉做點事。我就是來報告上人，已報名參加山地解說員的訓練班了！」

她說，從小喜愛大山，這幾年離開山地，在平地行走都無踏實感，盼望有回鄉服務的機會。

上人點頭讚好，也不忘叮嚀她：「家事要先安排好才行。」

「有啦，阿順支持我的工作，我們只有一個孩子，公公婆婆疼得不得了，搶著要照顧呢！公公以前在大雪山林場工作，阿順從小就愛山，將來退休了，要陪我回南投住呢！」

上人聽了很安慰，也鼓勵其他三位說：「家鄉需要人材，不能回去定居，也要常常回去走走才好。」

四人都點頭稱是。

勤禮問莫娜亞：「師姐還記得我外婆嗎？」

莫娜亞叫起來：「怎麼能忘記杜婆婆呀！她老人家好嗎？」

「托師姐福，外婆活得像棵長青樹。」

她介紹了桃溪講堂的耕讀生活，聽得莫娜亞哇哇驚叫不已。

「禮師父，你什麼時候再去埔里？說一聲，我要和你一起去！」

雯雯也央求地望向上人：「師父，下次去講經，讓我跟一次吧？」

上人慈愛地答允了：「可以呀，下一次是……」

勤禮回道：「十月二十三日那個週末。」

「好呀，十月回南投！」

莫娜亞三人喜形於色，約好到時結伴還鄉去。

人算不如天算，一場地震讓莫娜亞提早一個月回了家鄉。

九月廿一日凌晨一時四十七分，勤禮在睡夢中被一陣劇烈的搖晃驚醒過來。

地震！南投人對地震並不陌生，她坐起亮了燈，看寮房一切安然，便放心地倒下又睡去了。

不料躺下沒多久，又震了一次，力度不相上下。天亮後，她才逐漸理解這次地震的厲害。

早課做完，大家集中在齋堂裡看電視。一聽說是七點三級的大地震，震央在集集，上人立刻去辦公室打電話。勤禮想到外婆和姨媽等親戚，也焦急地跟在她身後。

打去南投的線路都不通，甚至台中也斷了音訊。

困守電話機沒用，兩人不久又趕回齋堂看電視。據說台中通往南投的公路多處損毀，太魯閣過來的中橫公路也柔腸寸斷，但是最慘烈的莫過傷亡人數之多了。災區的消息主要來自零星的有線電話和無線電廣播，幾分鐘就起變化，天亮才五人死亡，隨即節節上升，半小時後就突破百位數了。

首先出現在螢幕上的是台北市的災情，十二層高的東星大樓塌了，一到七樓壓成一團，完全分不清樓層來。台北縣也傳出災情，有棟大樓的低層全壓塌，高層傾斜到岌岌可危地步，牆壁龜裂或破碎如捏碎的餅乾。睡夢中逃出來的人呼爹喊娘，哭成一團；電線走火了，濃煙冒起，消防員豎起雲梯噴水救火，還冒險爬進危樓去救人。看到這番慘烈情景，眾人的一顆心頓時沉落谷底了。台北遠離震央，只測得四級震度，災情尚且如此慘重，那麼震央的南投縣還有完膚之地嗎？據說那廿秒的震害有如四、五十顆原子彈爆破的威力，那該是何等悲慘的景觀呀！

中午傳來南投縣政府要求支援一千個冰櫃冰存屍體的呼吁，上人聽了，一時哀傷得低下頭來，良久無語。然而等她抬起頭來時，神情已鎮定下來了。

「佛經說『人生無常，國土危脆』，世紀末的大劫終於來了！」她沉著地吩咐大家：「我們準備賑災物資吧。」

不是上人提醒，大家只會栽在電視機前哀嘆，這下便分頭去置辦諸如礦泉水、方便麵、睡袋、毛毯等。勤儀主動去連絡貨車，勤禮受命去備辦袖珍錄音機和誦經的磁帶。上人則守在電話機旁，隨時把消息和親友的問候轉告大家。她一向拒絕使用「大哥大」，這天卻接受一個信徒的好意，開始使用手機了。

勤禮知道弟弟和舅舅都想趕回台灣，但全被上人阻擋了。

「要實事求是，」上人說，「把機位讓給賑災人員和物資吧。災後重建時，你們再來捐款也不遲。」

救災物品在市場被搶購一空，勤禮和師姐們四出搜求。信徒也自發自動地送來毛毯、棉被和罐頭等，中庭很快就推成一座小山了。泥水師傅廖有福自動請纓，願意開他的小貨車去賑災。

高速公路擠得水洩不通，政府成立的救災中心一再呼籲：「沒有急事不要上高速公路，務必保持賑災物資的流通！」

民眾都想趕往南投賑災去，但上人幾經考慮，決定先當後勤爲宜。她讓大家繼續收集賑款和物資，同時請廖師傅先分批運往救災中心，以免誤了救濟時機。

餘震不斷，次日的六點八級餘震，無異火上加油。就在人心惶惶之際，上人接到埔里基督教醫院一位護士的電話，匆匆說了句「杜阿春母女平安」就切斷了。雖然詳情不明，但埔基是有名的醫院，不會在這種時刻無的放矢，上人和勤禮都很感恩知足了。

這天勤禮也接到潘怡保問安的電話。他鹿谷老家也斷了音訊，急得他一個人在馬祖「度日如年」。

「我已經在機場守了一夜，隨時等到機位就走，我們南投見！」

餘震有如一道道動員令，糾集了島內外的遊子，也驚動了外國友人。許多救難專家紛紛飛來台灣，還帶來最新探測器和訓練有素的救生犬。外國人強調「救活不救死」的觀點，對勤禮很有啓發。他們設備好，團隊也有默契，果然第三天就從地底下救出了一個六歲的男童，無異給全體救難人員打了一劑強心針。

勤禮歸心似箭，但三天來埔里如一座圍城，音訊不通。

晚上突然接到莫娜亞來電報平安。她說台中市倒了四百多幢房子，目前死亡和失蹤的約在百人之數。她家人還好沒事，但是阿順的老家東勢鎮最慘了，聯外的公路不是地層隆起，就是橋墩下陷或斷落，已形同孤島；房屋倒塌無數，阿順家雖平安，但旁邊的老街已成廢墟；有如地標的十四層「東勢王朝」，兩棟大樓倒做一堆，壓垮了一排店鋪，也把街道堵死了。

勤禮急著打聽：「有埔里的消息嗎？」

「整個南投斷水、斷電，電話也不通哪！阿順有四輪傳動車，我們想開進去看看。」

「我和你們去！」

勤禮請示了上人，上人決定次日一早出發。

眞是特別的中秋節，摸黑起床做了早課，五點就整裝出發了。勤耕開小汽車載上人兼載貨，勤禮和廖師傅一車，小貨車物盡其用，救濟品堆得半天高。二師父領著餘衆直送出山門，這才彼此揮手道別。

高速公路車滿爲患，一路停停走走，近午時才到台中和莫娜亞夫婦會合。

感謝大哥大的方便，打回海光寺報平安時，獲知外婆和姨媽平安的消息。埔里終於可以通電話了！打去桃溪講堂時，聽到嚴太太的留言，說四人都平安，住房和講堂均毫髮無損，目前分別投入救災中，有事可以留言云云。

稍事休息後，改爲阿順開車，載上人師徒和莫娜亞先行，勤耕和廖師傅押貨隨後，兩車直奔中投公路。

由中投切入中潭公路後，地震的威力開始顯現了。經過國姓鄉時，翠綠連綿的九九峰，一夕竟被削禿了頭，成爲高高低低的一堆黃筍尖，令人感到怵目驚心。路上塞滿了各式各樣的車輛，車車滿載救濟物品，以蝸牛的速度行進。好不容易過完了第三個觀音隧道，甫上愛蘭橋，埔里盆地便在眼前了。

山城堪稱傷痕累累，原本翠峰層疊，如今是萬綠叢中掛著一道道黃土，宛如一道道淚痕。關刀山下一座拱起如牛背的矮丘，崩塌尤其厲害，裂出了好多條黃土溝，好像被人剖了腸肚，景象至爲悽慘。

上人指著矮丘說：「那是牛眠山。」

勤禮大吃一驚，那不是菩提巖的所在地嗎？

上人不再吭聲，她也不敢開口了。

埔里街上瘡痍滿目，轉角屋多有倒塌，尤其公家機關如鎮公所、警察局和中小學校，等比民房更不堪一震，幾乎倒光了。不倒的也十室九空，人們在空地上見縫插針，到處是蘑菇也似的一頂頂帳篷。空氣中瀰漫著濃得發膩的屍臭味，即使車窗緊閉也隔絕不了這種腐朽和霉爛。連日火傘高張，軍人和義務消防員在瓦礫堆中奮力挖掘，以致滿街塵土飛揚。陽光爲守在瓦礫旁的倖存者塗上了一層朦朧的希望，每一雙乾澀的淚眼都是渴盼奇蹟的神情。

上人望著車窗外災難深沉的景象，臉色凝重得化不開，直到望見老家整條街的房舍都完好無損，臉上才略微舒展些。

外婆的房子沒上鎖，但推開進去卻杳無人影。鄰居有認出上人的，立即過來合十敬禮，也有奔走相告的。

「阿春嬸的出家女兒回來了！」

鄰居搶著告訴上人有關外婆的消息。原來地震時，外婆和姨媽恰好都住在桃米坑的農場，那裡一切平安無事；地震後，外婆僅回來一次，待了十分鐘而已，然後就一頭栽進「慈濟」的賑災工作了。

「阿春嬸變成『土地婆』了！」

原來外婆管救濟品登記和發放的工作，在辦公桌前從早坐到晚，鮮有離座的時刻，因此贏得了「土地婆」的稱號。

勤禮問：「你們知道我姨媽在哪裡嗎？」

「阿春嬸說，美心一直在埔基醫院照顧傷患呢！」

埔基距家較近，上人決定先去看姨媽。她吩咐卸下救濟物品，留一部份給阿順夫婦，其餘的就在外婆家成立發放站，責成勤耕和廖師傅暫時負責。然後她帶著勤禮在愛蘭橋頭下車，堅持讓阿順即刻趕往日月潭，好去探望莫娜亞的親友。

一路步行上鐵山路，坡道兩旁掛滿了帳篷，處處是或躺或坐的災民。兩人不時要讓路給身後的擔架。越近醫院，路況更加擁擠，到處是傷患，或坐或站，再不就是躺在擔架上。好不容易走近了醫院，卻發現圍起了黃布條，裡面的大廳杳無人影。原來害怕餘震，病患和醫療人員都轉移到院子裡來了，兩側都搭起了大帳篷，右邊的停車場還用布片當門簾遮擋著。

勤禮發現，有一個擔架抬往右邊的停車場，架上的人蒙了染滿血跡的白布，血跡已乾，此人了無聲息，看來已無生命跡象。很多擔架抬往左邊，架上的傷患一路叫苦求救，令人不勝同情。她和上人跟著傷患往這邊來，這才發現，醫護人員多在這一邊，大帳篷搭出了急救站，而長榮海運的貨櫃則充當手術室和病房，這兒成了臨時醫院。

一路上都是傷患和家屬，不是呻吟叫苦，就是高聲呼喊醫生和護士。護士和義工們不管是抱氧氣筒或是拎點滴瓶的，來往都是快走或慢跑姿態，那份急迫眞是恨不得一身劈成兩半來使用才好。

勤禮和上人在嘈雜的人群中轉了一圈，怎麼也找不到姨媽。護士都知道「美心阿姨」，因爲她哪裡都去幫忙過，但是此刻在哪兒卻都茫然。最後碰到一位外科護士，她敲敲腦袋後大叫一聲：「有啦！」

說著，她立即領著兩人回到醫院門口來。

「美心阿姨好熱心喔！昨晚運來好多屍體，驗屍的檢察官忙不過來，要人支援，她眉頭皺也不皺地就跑去幫忙了！」

護士很忙，走到望見大帳篷的地方，她手一指說：「那邊是臨時的太平間，你們找去吧，我先走了。」

勤禮經歷過祖母的葬禮，但因父叔一手操辦，自己從沒見過太平間。眼前雖是臨時場地，但氣氛忽然肅森起來，走近了不免內心一陣畏縮，手腳先就冰涼起來。上人體諒她的畏怯，立即搶先一步，伸手撩起了布簾。

勤禮知道這裡沒有冷氣，但是見到一排排森然而臥的大體，她覺得脖子間吹過一陣陰風，渾身忍不住抖顫了一下。等壯起膽來再往前望去，眼前的景象不但震住了她，連上人也爲之動容。

水泥地上躺了幾十具大體，有缺腿、斷臂、甚至無頭的，但都排列整齊，頭前有名牌，身上多少覆蓋了一塊布。蓋布有的是白床單，也有明顯是窗簾布撕扯成片臨時派上用場的。對比外面的嘈雜，這裡是寂靜的世界，連空氣都凝住了似的，靜得沉甸甸的。

唯一高出大體的是姨媽，她一身白大褂已染成了花長袍，刻正跪在一具滿臉血污的大體前，用布在揩拭他的眉眼，神情那麼專注，手觸那麼溫柔，彷彿在安撫死者，同時作無言的對話。

一路走進災區，勤禮都在含悲忍淚，但眼前這一幕卻叫她感動得眼眶濕潤起來。姨媽愛美成性，現在推己及人，也爲往生者整容，盡量讓他們走得有尊嚴。勤禮問自己，多大的愛心才能克服對死亡的恐懼，這麼安然地擁抱它呢？

彷彿感受到她的疑問，姨媽忽然抬起頭來。

「姐姐！阿蓮！」

隨著這聲聲呼喊，姨媽一手撐地，掙扎著站起身來。

「妹妹！」

「姨媽！」

上人小心地避過大體，快步走過去，把姨媽攬進懷裡。勤禮跟過來，也激動地抓住姨媽的手。三個人相擁相抱也喜極而泣，任由眼淚去訴說彼此的掛念和感恩。

激動過後，姨媽第一句話是：「媽媽很好，你們放心！」

「是，我們馬上去看媽媽。」

上人望著一臉倦容的姨媽，既心疼又不忘誇獎：「美心，你眞勇敢！才多久不見，你已經修行到這個地步，太好了！」

姨媽謙遜地表示：「離姐姐師父還遠著呢！眞的，我心裡多的是憤怒和恐懼……譬如，爲什麼我們要遭受這麼大的災難？上天爲什麼懲罰我們？」

上人溫柔地撫著她的肩膀說：「災難讓我們反省很多事，也有正面的意義嘛！來，我們一起爲往生的念段經吧。」

於是三個人站成一排，合十爲禮，由上人帶頭念起《大悲咒》來。

一念起經來，勤禮不再害怕，還很快就感受到四周的莊嚴和祥和了。帳篷外正當落日西沉，光線透過帆布，照得篷內明亮又溫馨。她覺得一路走來災區，總恨自己一無用處，卻能在此爲往生者誦經，稍稍感到了些許安慰。

念完經後，姨媽招呼勤禮：「來，我知道你外婆賑災的地方，我們找她去。」

三人剛要離開，忽見剛才領路的那位護士匆匆趕來。

「美心阿姨，這麼多師父來找你，你好有福報喔！猜誰找你來了？金身活佛呀！」

「金身活佛？」

姨媽一臉的訝異。

「師父在我們埔基做手術，你不記得嗎？你還幫他換過紗布哪！」

「傷患那麼多，」姨媽說，「我根本沒空看清誰是誰……」

活佛受傷的消息令勤禮十分驚訝，忍不住要求證一下：「菩提巖……塌了不成？」

「還好……不算倒塌啦，只有活佛被壓斷四根腳趾頭，謝天謝地！」

護士說，菩提巖只有方丈室靠山的那面牆倒塌了，正好壓到活佛，經人搶救後，他僅是頭部受點輕傷，四根腳趾頭壓得稀爛已全部切除了，以後穿上鞋子也看不出來，算是不幸中的大幸。

「阿彌陀佛！」姨媽也同意，「眞是不幸中的大幸。」

護士領著大家撩起布簾走出來。才到醫院門口，迎面就見一個比丘推著一位輪椅病人，辛苦地在人群中左衝右拐地找路過來。病人的左腳裹著厚厚的紗布，頭戴軟帽，帽沿也露出紗布來。推輪椅的比丘，脅下還挾了一對枴杖。

病人遠遠就合掌並朗聲說：「美心，我向你表示感恩和請罪來了！」

勤禮一聽，即知他是金身活佛了。

姨媽連忙合掌回禮：「不敢當，師父。」

「請讓我頂禮拜謝！來，給我枴杖！」

活佛說著，立即掙扎要站起來。比丘聽說，便忙著扶住輪椅，又要遞上枴杖，一時亂成一團。

姨媽趕上前去攔阻：「不行呀，師父！算我心領了，好嗎？」

「弟子代師父禮拜！」

到處是行人和擔架，但是比丘不顧一切，讓枴杖靠著輪椅，當下便匍匐在地，差一點讓走避不及的人踩過身去。

眾目睽睽之下，姨媽急得不知如何是好：「師父，請快起來！」

比丘不肯起身，而活佛無人扶持也站不起來。僵持片刻，活佛合十向姨媽表示讓步：「也罷，等我腳好了，就拜佛一百遍，把功德回向給你吧。」

姨媽說：「不敢，請回向給眾生吧。」

比丘奉命起身時，一直冷眼旁觀的上人乃合掌朗聲唱道：「善哉，阿彌陀佛！」

「這位是承依大師吧？」

活佛這一問，姨媽趕緊介紹了上人和勤禮。

「久仰了，承依大師！」

「久仰了，金身活佛！」

「感恩你們千里迢迢趕來救災，有機會的話請到小廟來奉茶。」

「多謝了。」

活佛再度合掌致意，然後師徒倆轉身循著原路回去。

目送輪椅沒入人叢後，姨媽請承依和勤禮在門口稍待片刻。她去義工組告了假，脫下血跡斑斑的袍子，然後和母女倆離開醫院。

正逢太陽沒入觀音山，西邊的天空一片紅彤彤。霞光透過樹梢，絢燦化爲柔和，織出的是一幅溫馨的中秋暮色。這暮靄開始化解一路的喧鬧和呻吟，安撫著受傷的大地，給五味雜陳的空氣帶來淨化的希望。

經過埔里高中的門口，姨媽駐足仰望一眼天色，忽然輕輕點起頭來。

「姐姐師父說得對，這場災難讓我們都有反省的機會。」

上人溫柔地拉起她的手，彼此微笑對視，深情大愛盡在無言中。

勤禮發現，多少年來姨媽的神情就數這一刻最是莊嚴美麗，容貌果然和上人一模一樣了。

陳若曦中文著作簡表

翻譯作品：

奇妙的雲（莎岡原作）	學生書局		一九六二

短篇小說集：

尹縣長	遠景出版社	台北	一九七六
陳若曦自選集	聯經出版公司	台北	一九七六
老　人	聯經出版公司	台北	一九七八
城裡城外	時報出版公司	台北	一九八一
	八方出版社	香港	一九八一
	天地圖書公司	香港	一九八三
陳若曦小說選	廣播出版社	北京	一九八三

陳若曦中短篇小說選	海峽出版社	福州	一九八五
貴州女人	遠流出版社	台北	一九八九
	香江出版社	香港	一九八九
走出細雨濛濛	勤十緣出版社	香港	一九九三
陳若曦集	前衛出版社	台北	一九九三
王左的悲哀	遠流出版社	台北	一九九五
媽媽寂寞	教育出版社	河北	一九九六
貴州女人（中短篇選集）	時事出版社	北京	一九九六
女兒的家	探索出版社	台北	一九九八
清水嬸回家（選集）	駱駝出版社	台北	一九九九
完美丈夫的秘密	九歌出版社	台北	二〇〇〇

長篇小說集：

歸	聯經出版公司	台北	一九七八
	明窗出版社	香港	一九七九
突圍	聯經出版公司	台北	一九八三

	三聯書店	香港	一九八三
	友誼出版公司	北京	一九八三
遠見	遠景出版社	台北	一九八四
	友誼出版公司	北京	一九八五
	北方文藝出版社	哈爾濱	一九八八
二胡	敦理出版社	台北	一九八五
	三聯書店	香港	一九八六
	友誼出版公司	北京	一九八七
紙婚	自立晚報社	台北	一九八六
	三聯書店	香港	一九八七
	文聯出版公司	北京	一九八七
	華夏出版社	北京	一九九六
慧心蓮	九歌出版社	台北	二〇〇一

散文集：

文革雜憶	洪範出版社	台北	一九七九

生活隨筆	時報出版社	台北	一九八一
無聊才讀書	天地圖書公司	香港	一九八三
天然生出的花朵	百花出版社	天津	一九八七
草原行	時報出版社	台北	一九八八
西藏行	香江出版社	香港	一九八九
青藏高原的誘惑	聯經出版公司	台北	一九八九
	博益出版社	香港	一九八九
柏克萊傳眞	勤十緣出版社	香港	一九九三
柏克萊郵簡	天地圖書公司	香港	一九九三
域外傳眞	人民文學出版社	北京	一九九六
我們那一代台大人（選集）	縣立文化中心	台北	一九九六
慈濟人間味	遠流出版社	台北	一九九六
打造桃花源	台明文化出版社	台北	一九九九
歸去來	探索出版社	台北	一九九九
生命的軌跡	四川人民出版社	成都	二〇〇〇

九歌文庫⑨⑧⑤

慧心蓮

The Story of Taiwan's nuns

著　　者：陳　若　曦
發 行 人：蔡　文　甫
執行編輯：林　薏　婷
發 行 所：九歌出版社有限公司
臺北市八德路 3 段 12 巷 57 弄 40 號
電話／25776564 • 25707716
郵政劃撥／0112295-1
網　　址：www.chiuko.com.tw
登 記 證：行政院新聞局局版臺業字第 1738 號
門 市 部：九歌文學書屋
臺北市長安東路二段 173 號（電話／27773915）
印 刷 所：崇寶彩藝印刷有限公司
法律顧問：龍雲翔律師・蕭雄淋律師・董安丹律師
初　　版：2001（民國 90）年 2 月 10 日
初版 2 印：2001（民國 90）年 11 月 10 日

定　價：230 元

ISBN 957-560-759-7　　Printed in Taiwan

國家圖書館出版品預行編目資料

慧心蓮 / 陳若曦著. -- 初版. -- 臺北市：九歌，
民 89
面；　公分. -- (九歌文庫；985)

ISBN 957-560-759-7(平裝)

857.7　　　　　　　　　　　　　　　　89020025